诉讼

〔奥〕弗兰茨·卡夫卡 著

章国锋 译

商务印书馆

创于1897　The Commercial Press

Franz Kafka

DER PROZEß

Herausgegeben von Max Brod,

Fischer Taschenbuch Verlag GmbH, Frankfurt am Main 1983

根据费歇尔简装书出版社 1983 版译出

汉译世界文学名著丛书
出版说明

　　1902年，我馆筹组编译所之初，即广邀名家，如梁启超、林纾等，翻译出版外国文学名著，风靡一时；其后策划多种文学翻译系列丛书，如"说部丛书""林译小说丛书""世界文学名著""英汉对照名家小说选"等，接踵刊行，影响甚巨。从此，文学翻译成为我馆不可或缺的出版方向，百余年来，未尝间断。2021年，正值"汉译世界学术名著丛书"出版40周年之际，我馆规划出版"汉译世界文学名著丛书"，赓续传统，立足当下，面向未来，为读者系统提供世界文学佳作。

　　本丛书的出版主旨，大凡有三：一是不论作品所出的民族、区域、国家、语言，不论体裁所属之诗歌、小说、戏剧、散文、传记，只要是历史上确有定评的经典，皆在本丛书收录之列，力求名作无遗，诸体皆备；二是不论译者的背景、资历、出身、年龄，只要其翻译质量合乎我馆要求，皆在本丛书收录之列，力求译笔精当，抉发文心；三是不论需要何种付出，我馆必以一贯之定力与努力，长期经营，积以时日，力求成就一套完整呈现世界文学经典全貌的汉译精品丛书。我们衷心期待各界朋友推荐佳作，携稿来归，批评指教，共襄盛举。

商务印书馆编辑部

2021年8月

目　录

第一章

被捕·与格鲁巴赫太太谈话·然后与毕斯特纳小姐谈话

　　一定有人诬告了约瑟夫·K.，因为，他没干什么坏事，一天早晨却突然被捕了。他的房东格鲁巴赫太太的厨娘每天早上八点钟本应给他送早餐来的，这天却没有露面，这种事过去从未发生过。K.又等了一会儿，倚在枕头上看见住在街对面的那位老太太正以一种对她来说异乎寻常的好奇打量着他。他又惊讶又饿，便拉了拉铃，并立即听见有人敲门。一个他在这所公寓里从未见过的男人走了进来。这人又高又瘦，却长得相当结实，身穿一件合身的黑衣服，像旅行装那样有许多褶边、口袋、束带和纽扣，此外，还系了一条腰带。虽然没人知道这些东西是用来干什么的，但这身装束看上去却十分合身。"你是谁？"K.在床上坐起来问。可是，来人并不回答K.的问话，仿佛用不着解释他的出现。他只说了一句："您拉铃了吗？""安娜该给我送早餐来了。"K.说，接着便仔细地打量起来人，并猜测他究竟是谁。这人经不起K.长时间的注视，便转过身走到门边，把门打开一条缝，对显然站在门后的某个人说："他让安娜给他送早餐来。"隔壁房间里响起一阵短促的笑声，不知是一个人还是几个人发出来的。虽然陌生人从笑声中没听出他早已知道了的回答，但仍然用报告的口气对 K. 说："这可不行。""真新鲜。"K. 说着跳下床，匆匆穿上裤子，"我倒要看看隔壁房间里到底有什么人，格鲁巴赫太太怎样向我解释这样的打扰。"虽然他马上意识到不该大声说出这句话，这样做就等于承认陌生人有权监视他的行动，但又觉得此刻这已经无关紧要了。不过，陌生人倒的确是这样理解的，他对 K. 说："您不觉得您应该待在这里吗？""只要您不说明您是谁，我就既不待在这里，也不想跟您说话。""我是好意。"陌生人说着自愿打开门。K. 慢慢走进隔壁房间，第一眼看到那里同昨天晚上几乎没有什么变化。这是格鲁巴赫太太的起居室，摆满了各种各样的家具和地毯，陈列着许多瓷器和照片，也许空间比过去稍大，但乍一看是很难发觉的，尤其是因为屋里发生了一个主要变化：一个男人手拿一本书坐在窗前。那人抬眼望着 K.。"您得待在自己屋里！弗兰茨没告诉过您吗？""不错。不过您到这儿来干吗？"K. 说，并把目光从这个新相识移向站在门边的那个叫弗兰茨的人，接着又移回来。透过敞开的窗户，他看到那位老妇人怀着老年人特有的好奇走到了对面的窗前，打算把一切看个仔细。"我想向格鲁巴赫太太……"K. 说着移动脚步，仿佛想摆脱那两个远远站着的人，向门口走去。"不行！"窗边的人把书扔在桌上，站起身来说，"您不能出去，您已经被捕了。""看起来似乎是这样，"K. 说，"不过，为什么呢？"他问道。"我们无权告诉您。回到您的房间去，在那儿等着。已经给您立了案，在适当的时机，您会知道的。假如我和颜悦色地跟您讲话，我便越出了我的权限。但愿除了弗兰茨谁也没听见。他刚才已经违反规定，对您太客气了。如果您的运气继续像有我们这样的看守那样好，您就用不着担心。"K.想坐下，但他发觉，屋里除了靠窗的那张椅子，根本没有地方坐。"您会发现我们说的都是真话。"弗兰茨说，并同另一个人向K.走来。那人比K.高得多，常常拍拍他的肩膀。两人仔细察看着K.的睡衣说，他现在得换一件差一些的衬衣，当然，他们会替他保管这件睡衣和其他衣服的，等他的案子有了好结果，他们将把所有的东西还给他。"您最好把东西交给我们而不要交到仓库，"他们说，"因为仓库常常失窃，而且过一段时间他们就把所有东西卖掉，不管有关的案子是否了结。另外，这样的案子不知会拖多久，特别是最近这些日子！当然，您最终会从仓库得到一笔赔偿，但首先这笔赔偿少得可怜，因为他们总是把东西卖给行贿最多的人，而不是出价最高的人。其次，根据经验，这笔赔偿费几经转手，年复一年地拖延，也会越来越少。"K.对这些话毫不感兴趣，他目前仍有权支配自己的东西，而这种权利是否能保留，对他来说也并不重要，重要的是他必须弄清楚自己的处境。但是，有这些人在场，他根本无法思考。第二个看守——他只能是看守——不断地用肚子友好地撞他，然而，当他抬起头来，看到的却是一张与这肥胖的身躯极不相称的脸，干枯而颧骨突出，脸上长着一个向一旁扭曲的大鼻子。此时，这张脸已在K.的头顶同另一个看守交换眼色。这是些什么人？他们在说些什么？他们是哪个机构派来的？K.生活在一个法治国家里，到处都很安定，所有法律都得到贯彻，是谁胆敢闯进他的住宅对他如此无礼呢？他向来不把事情看得过于严重，只有最坏的事发生后才相信世界上竟会有这种事，因此从不为自己的未来担忧，甚至危险即将降临时也如此。不过此时此地他却觉得有点不对劲了。虽然他可以把这一切看作一场玩笑，一次恶作剧，是他银行里的同事出于他尚不清楚的原因——也许因为今天是他30岁生日——而策划的。这种可能性显然存在。他只需对两个看守放声大笑，他们准会同他一起笑。或许，他们是在街角干活的听差，他们看上去同那些人有些相像。尽管如此，这一回他仍然决定，从看见那个名叫弗兰茨的看守的那一刻起，面对这些人决不放弃他的优越感。别人事后也许会说他居然不懂得开玩笑，但他并不在乎。这并不是因为他惯于从经验中吸取教训，而是因为他回忆起几件并不重要的小事，有几次他不顾朋友们的劝告，丝毫不考虑可能产生的后果，有意识地放纵自己，最后闹得几乎不可收拾。这样的事不能再发生，至少这一次不能重演。倘若这是一场喜剧，那么他也应当参加演出。

这样看来他还是自由的。"请原谅！"说着，他快步从两名看守中穿过，回到自己屋里。"看来他还是理智的。"他听见身后有人说。回到屋里，他立即拉开写字台的抽屉。那里所有的东西都放得整整齐齐的，不过，由于激动，他一下子没有找到能证明自己身份的证件。终于，他找到了自己的自行车执照，本来想拿着它去找那两名看守，但又觉得这类证件并不能说明什么问题。于是他继续寻找，最后找到了他的出生证。当他再次来到隔壁房间时，对面的门开了，格鲁巴赫太太似乎想进来。但他只同她照了一面，因为她一看见他脸上便露出了尴尬的神情，一面道歉一面退了出去，并小心翼翼地关上门。"您进来吧。"K.刚想说，门就关上了。他拿着自己的证件站在屋子中央，又朝门那边看了一眼，但门再也没有打开。他被看守的声音吓了一跳，发现他们正在敞开的窗户边那张小桌上吃自己的早餐。"她为什么不进来？"他问道。"她不许进来，"高个子看守说，"您已经被捕了。""您又来了。"那人说，并把一片抹了黄油的面包在蜂蜜罐里蘸了蘸。"我们不会回答您的任何问题。""可你们必须回答，"K.说，"这是我的证件，现在让我也看看你们的证件，特别是逮捕令。""我的天！"那看守说，"直到现在您还不明白您的处境，还要不知好歹地激怒我们！要知道，我们这会儿可是最关心您的人，关心您胜过所有的人！""请您相信，事实的确如此。"弗兰茨也说，他虽然端着咖啡，但没送到嘴边，却以一种似乎是意味深长但难以理解的目光久久地看着K.。K.不由自主地同弗兰茨交换了一下目光，又拍了拍自己的证件说："这儿有能证明我身份的证件。""您的证件与我们有什么相干？"高个子看守嚷道，"您的表现比一个小孩子还要坏。您想干什么？难道想同我们这些看守讨论什么证件和逮捕令，并很快了解您那该死的案子吗？我们不过是低级职员，不认得什么身份证件，除了每天看守您十个小时并为此得到报酬外，同您的案子毫无关系，这就是我们要说的。尽管如此我们心里也很清楚，我们为之服务的高级机关在下达这样的逮捕令之前，对逮捕的理由和被捕者的人品了解得一清二楚，在这方面是绝不会出错的。据我所知，我们的机构——当然，我只了解较低的机构——从来不去民间寻找罪行，而是像法律所说，被罪行所吸引，这才不得不把我们这些看守派出去。这就是法律，它错在什么地方？""我不熟悉这种法律。"K.说。"那对您来说就更糟。"高个子看守回答道。"这种法律也许只存在于你们的头脑中。"K.说。他很想以某种方式了解看守们的想法，以改善自己的处境或适应这种想法，但高个子看守却令他扫兴地说："您以后会体会到的。"弗兰茨这时插进来说："瞧，威廉，他承认他不懂法律，可又声称自己没罪。""你说得对，可我们没法让他明白。"K.没有再搭话，他想，难道我应当被这两个低级职员——他们自己刚才这样说——的废话把我的头脑搅得更乱吗？他们谈论的恰恰是他们自己也不懂的事情，他们的自信只不过建筑在他们的愚蠢之上。只要跟智力水平与我相等的人谈上几句，一切就会真相大白，同这些人再啰唆也没用。他在屋里来回走了几圈，看见对面那老妇人拉着一个年纪比她更大的老头儿凑到窗前。K.想结束这出闹剧。"把我带到你们的上级那儿去！"他说。"他什么时候想见您，我们就带您去，在这之前可不行。"那个叫威廉的看守说。"我劝您，"他又补充道，"回到您的房间去，安安静静在那儿待着，并等待对您作出的决定。我们的忠告是，别胡思乱想而分散自己的注意力，您得认真考虑，因为将向您提出一系列重要问题。您对待我们的态度辜负了我们对您的好意，您忘记了，我们不管是什么人，同您相比至少是自由的，这可是个不小的优势。虽然如此，假使您有钱的话，我们还是乐意从对面的咖啡馆替您买一份早餐。"

K.没有回答他们的建议，又在原地静静地站了一会儿。也许他假如打开隔壁房间的门，甚至于起居室的门，这两个人并不敢阻拦他，也许把事情推向极端就是解决所有问题的最简单的办法。不过，他们或许真的会抓住他，一旦自己被他们抓住，那么，直到目前为止他对他们所保持的优势也就完全丧失了。出于这种考虑，他还是选择了较为稳妥的解决办法，任凭事情自然发展。他又回到自己的屋里，没同看守再说一句话。

他走下床去，从洗脸架上取来一个他昨晚留下来准备早餐时吃的红苹果。现在，它成了他唯一的早点。他咬了一大口，确信这比从那些肮脏的通宵营业的咖啡馆买来的早餐味道好多了，而看守们曾大发慈悲答应从那儿给他买一份早点来。吃完苹果，他觉得好受多了，心里充满了自信。虽然他今天上午无法去银行上班，但他的职位较高，旷工的事很容易敷衍过去。他应当把真实原因讲出来吗？他认为应当这样做。假如别人不相信他——这在目前的情况下是可以理解的——他可以让格鲁巴赫太太做证，或者请对面的两位老人做证，他们现在或许已经回到他房间对面的那扇窗边了。K.感到奇怪，至少从看守的角度来看觉得奇怪，他们竟将他赶回自己的房间并让他独自待在那里。要知道他有多种方法来自杀。但同时他也问自己——这回是从自己的角度看——他有什么理由自杀。仅仅因为隔壁坐着两个陌生人，并抢去了他的早餐吗？自杀毫无意义，即使他想自杀，也不会因为一件无意义的事而自杀。如果两名看守的智力不是那样低下，那么他就可以肯定，即使是他们出于同样的考虑，也不会认为让他独自待着会出什么危险。假如他们愿意，他们现在可以过来看K.是怎样走到小壁橱旁——那里有他保存的一瓶好酒——倒了一杯酒一饮而尽，以弥补早餐的损失，接着又干了一杯，为的是给自己壮胆，最后又喝了一杯，为了在必要的时候应付不测。

隔壁房间传来的喊声吓了他一大跳，他的牙齿碰到酒杯发出响声。"监督官叫你去！"这是一声令他胆战心惊的、短促而粗暴的喊声，像是一道军令，使他难以相信是看守弗兰茨发出的。

不过，他倒是很欢迎这道命令。"终于有消息了！"他应了一声，关上壁橱，匆匆走进隔壁房间。但站在那里的两名看守好像理所当然似的又把他推了回去。"您是怎么回事？"他们嚷道，"难道想穿着睡衣去见监督官吗？他会让人揍您一顿，我们也得跟着挨打！""见鬼，别管我！"被推回到衣柜旁的K.喊道，"谁要是把我从床上拽起来，就别指望我穿得整整齐齐的。""再喊也没有用。"看守说。只要K.大喊大叫，他们就平静下来，甚至变得有点忧伤。这把他弄糊涂了，或者说使他稍稍恢复了理智。"可笑的形式！"他咕哝着从椅子上拿起一件上衣，双手撑着，仿佛征求看守们的意见。他们摇了摇头。"得穿一件黑衣服。"他们说。K.把衣服扔在地上说："还没到主要审讯的时候。"他自己也不知道他这话是什么意思。看守笑了笑坚持道："您必须穿黑衣服。""假如这样能使事情快些了结，我也并不在乎。"K.说，并打开衣柜，在一大堆衣服中找了好半天，终于找出他那件最好的黑衣服，一件制作精细的西装，他的熟人见他穿上这件衣服曾赞不绝口。他又挑出一件衬衫，开始精心打扮自己。他暗自高兴，由于看守们忘了让他洗澡，他已经加快了解决整个事情的步伐。他瞥了他们一眼，看他们是否仍然会叫他洗澡。他们当然不会想到这一点，倒是威廉没有忘记派弗兰茨去向监督官报告，K.正在更衣。

当他穿戴停当，便由威廉紧紧跟着穿过已空无一人的隔壁房间，来到旁边那间屋子。屋子的两扇门大开着。K.知道得很清楚，这间屋不久前租给了一位名叫毕斯特纳小姐的打字员。她每天很早去上班，很晚才回来，除了相互问候，他同她没有讲过几句话。

现在，她床边的小桌子被搬到屋子中间权当审判台，监督官便坐在桌子后边，跷着二郎腿，一只胳臂搭在椅背上。[1]①

在屋子的一个角落里站着三个年轻人，正在观看墙上一只镜框里毕斯特纳小姐的照片。在敞开的窗户边，一件白色的女衬衣挂在把手上。对面的窗后又出现那两位老人的身影，但这一次圈子扩大了，在他们身后又多了一个男子。他比他们高出一头，衬衣领口敞着，并不停地用手指捻着他那发红的山羊胡。"您是约瑟夫·K.？"监督官问道，或许只是为了把K.心不在焉的目光吸引到自己身上来。K.点点头。"您大概对今天早上的事感到意外吧？"监督官一边问，一边用双手把小桌上的几件东西——一支蜡烛、一盒火柴、一本书和一个针线包推到面前，仿佛这些东西对于审讯来说是必不可少的。"当然。"K.说，心中升起一股快意，他终于遇到了一个讲道理并可以同他一起谈论自己事情的人，"当然，我感到意外，但同时又并不觉得十分奇怪。""并不十分奇怪？"监督官反问道，并把那支蜡烛移到桌子中央，把其他东西摆在蜡烛周围。"您也许误解了我的意思，"K.赶紧补充道，"我是说……"K.停顿了一下，朝四周看了看，想找一把椅子。"我可以坐下么？"他问道。"一般来说不可以。"监督官答道。"我是说，"K.不再犹豫，"我当然很吃惊，但我在这个世界上已经活了三十年，并且不得不独自闯出一条路，因此，对令人吃惊的事早已习以为常，并不看得很严重。特别是今天早晨不这样。""为什么特别是今天早晨不这样呢？"[2]"我不想说整个事件像一场玩笑，对于

---

① 〔 〕表示作者在手稿中删掉的部分，这些部分将附在正文后逐段译出。——译者

一场玩笑来说，它的准备工作做得太充分，太周全了，不但公寓里所有的人，而且你们全体都得参加。这未免太过分，所以我认为这绝不是玩笑。""对极了。"监督官说，并察看着火柴盒里还有多少火柴。"不过另一方面，"K.又说，并把脸转向所有的人，想把正在看照片的三个年轻人的注意力也吸引过来，"另一方面，这也不是什么了不起的大事。我猜想，虽然我被控告，但你们却找不到任何指控我的罪证。现在主要的问题是，是谁控告了我？哪一级机构将审理我的案件？你们是否是法官？你们谁也没穿制服，假如我可以把您的衣服，"说到此他把脸转向弗兰茨，"不称之为制服的话。它顶多只是一件旅行服。我要你们对这些问题作出明确回答，并相信，在问题弄清后我们便能友好地说再见。"监督官把火柴盒扔在桌上。"您大错特错了，"他说，"这里的几位先生和我本人在您的案子中完全没有地位。我们甚至对这件案子一无所知。我们当然可以穿上最正规的制服，但您的情况也不会变得更糟。我也无法告诉您是否被控犯有罪行，或者更确切地说，不知道是否有人控告了您。您被捕了，这倒是千真万确，但更多的我就不知道了。或许看守们胡说了些什么，但那只不过是信口开河而已。〔3〕不过，我即使不能回答您的问题，也想劝告您，与其一个劲地捉摸我们和您将遇到什么事，还不如多想想您自己。不要大声嚷嚷，觉得自己受了委屈，这对于改变对您的坏印象不但无济于事，而且会更糟。另外，您得少说话，您刚才说过的话——虽然您只说了几句话——都可以写进您的表现记录，这将对您没有好处。"

　　K.愣愣地看着监督官。他难道在接受一个或许比他还要年轻的人的训斥吗？难道只因为直言不讳而要受到责罚吗？难道他不应该知道逮捕他的理由以及是谁下命令逮捕他的吗？他心烦意乱地在屋里走来走去——谁也不阻止他。他挽起袖口，触摸胸脯，拢头发，从那三个人身边走过，并说："这简直是胡闹！"。他们则向他转过身来，用讨好但严肃的目光看着他。最后，他在监督官的桌边站住。"检察官哈斯特勒是我的好朋友，"他说，"我可以给他打个电话吗？""当然，"监督官说，"不过我不懂这有什么意义，除非您有什么私事同他商量。""有什么意义？"K.与其说感到恼怒不如说非常吃惊，"您究竟是谁？您想知道有什么意义，但却在此演出一场闹剧，这难道不荒唐么？你们先是闯进我的家，现在又在此晃来晃去，让我丈二金刚摸不着头脑。在你们看来，既然我已经被捕，打电话给检察官似乎已没有什么意义？那好吧，我也不想打了。""打吧，打吧，"监督官伸出手指了指前厅，那儿有电话，"请打吧。""不，我现在不想打了。"K.说着走到窗户边。外面几个人正隔着玻璃看得津津有味，K.的靠近似乎打扰了他们。两个老人想站起身来，但他们身后的男人让他们不用惊慌。"还有人看热闹。"K.大声对监督官说，用手指了指窗外。"走开！"他朝他们喊道。三个人立即后退了几步，两个老人甚至躲到那男人身后。后者用他那肥胖的身体挡住他们，嘴里嘟哝着什么。但由于距离太远，K.什么也没听清。他们并没有走开，而是在等待机会重新凑到窗前。"多管闲事、不知羞耻的家伙！"K.愤愤地回到屋子中间。他瞟了监督官一眼，觉得他好像赞同自己的看法。不过他也许什么也没听见，因为此刻他正把手摊在桌面上，似乎在比较五个手指的长短。两名看守坐在一只蒙了一块花布的木箱上搓着膝盖。过了一会儿，三个年轻人又双手叉腰，漫无目的地环顾四周。屋里静悄悄的，像一间空无一人的办公室。"好吧，先生们，"K.大声说，在这一瞬间似乎自己应对一切负责似的，"从你们的神态看来，我的事情好像了结了。我认为，我们最好还是别再想你们的行为是否合法，而是大家握握手，以友好的方式把这件事解决了吧。如果是这样，那就请……"他走到监督官的桌前，向他伸出手。监督官咬着嘴唇，抬眼望着K.伸出的手。K.相信，他无疑会紧紧地握住它。然而出乎意料，监督官却站起身来，拿起放在毕斯特纳小姐床上的那顶硬圆帽，双手仔细地戴好它，好像在试一顶新帽子。"您把一切看得多么简单！"他对K.说，"您认为我们应当用友好的方式解决这种事吗？不，不，的确办不到。当然，这并不是说您应当放弃希望。不，为什么要放弃呢？您只是被捕了，别的没什么。我奉命来通知您这件事，并且已经通知了您，同时也看到了您的反应。今天就到此为止吧，我们现在可以道别了，当然只是暂时的。您这会儿一定乐于去银行吧？""去银行？"K.问道，"我想，我已经被捕了。"他的问话里带着一种挑衅的口吻，因为，虽然他握手的提议未被接受，却觉得他同这些人越来越不相干，尤其当监督官站起身来要走时。他要同他们开个玩笑，打算在他们离开时一直追到大门口，请他们逮捕自己。因此他又重复了一遍："既然我已经被捕了，又怎么能去银行呢？""原来如此，"已经走到门边的监督官说，"我想您误解了我的意思。您被捕了，这不假，但这并不妨碍您从事您的职业，也不妨碍您过正常的生活。""那么，被捕也不是什么坏事。"K.走近监督官说。"我从未认为这是一件坏事。"监督官说。"这样看来，通知我被捕似乎也没有什么必要。"K.靠得更近了。现在，大家都挤在门边的一小块地方。"这是我的职责。"监督官说。"愚蠢的职责。"K.毫不让步地说。"也许是吧，"监督官答道，"不过我们还是别在这样的谈话中浪费时间。我猜想您是愿意去银行的。既然您这样计较每一个用词，那我不得不补充一句：我并不强迫您去银行，只是猜测您会愿意去。为了给您提供方便并尽量不引人注意地到达那里，我把这三位先生——他们是您的同事——留在这里，听您使唤。""什么？"K.吃惊地喊道。这三个没有性格的、患贫血症的年轻人的确是他银行的同事，他依稀地记起曾在一张集体照片上见过他们。他们并不是他的同事——监督官刚才言过其实，证明他并非什么都知道——而是银行里的低级职员。K.怎么没发现这一点呢？他怎么会只认定他们是监督官和看守，而没有认出他们的真实身份呢？这就是那个死板的、不断挥舞手臂的拉本施泰纳，站在他身边的是金黄头发、眼睛凹陷的库里希，面对着他的是永远微笑着的患慢性肌肉抽搐症的卡米纳尔。"早上好，"愣了好一会儿，K.才向三位朝他谦卑地鞠躬的先生伸出手，"我真的没认出你们。那么，现在让我们上班去，好吗？"三个人讨好地笑着点点头，似乎早就等着这一时刻的到来。当K.想起忘在房里的帽子时，他们争先恐后地跑去取，以掩饰他们脸上的窘态。K.站着不动，透过两扇敞开的门望着他们。落在最后的当然是神情冷漠的拉本施泰纳，他只做了一个优雅的迈步姿势。卡米纳尔递过帽子，而K.不得不提醒自己——这在银行里常常是十分必要的——这家伙脸上的笑容是强装出来的。平时，即使他真想笑，也笑不出来。在前厅，格鲁巴赫太太为这一行人打开大门。

她看上去丝毫也不感到内疚。像往常一样，K.低头看了看系在她那肥胖身躯上的围裙，它完全没有必要系得那么紧。在楼下，K.掏出怀表来看了看，决定叫一辆出租车，免得再延误上班时间，因为直到现在，他已经迟到半个钟头了。卡米纳尔跑过街角去找车，另外两个人则竭力想使他开心。突然，库里希指了指对面房屋的大门。此时，那蓄着金黄色山羊胡子的高大男人正从门里走出来。他显然对露出了自己整个身子感到难为情，立即退后几步倚在墙上。那两个老人也许正从楼梯上下来。K.讨厌库里希让他注意那男人，其实他早就看见他了，并且一直盼着他出现。"别朝那边看！"他低声喝道，没有意识到以这样的口吻对一个有独立人格的人说话是多么不合适。不过，解释也没有必要，因为这时汽车已经开过来。他刚刚坐定，汽车便启动了。K.这时才想起，他没有注意到监督官和看守们是怎样离开的。监督官先是吸引了他的注意力，使他没认出那三个职员，而后来，职员们又让他把监督官忘得一干二净，这证明他心不在焉。K.决定今后在这方面要观察得更仔细一些。他不由自主地转过身去，伸长脖子向后张望，想看看监督官和看守是否还站在那里，但他立即又转回身来舒舒服服地靠在车的一角里，此刻他不想见到任何人。虽然如此，他倒是很想同别人聊聊。但他的同伴们仿佛都累了，拉本施泰纳从他右边，库里希从他左边望着车窗外，而卡米纳尔则脸上挂着强装出来的微笑谦恭地望着他[①]。出于人道主义考虑，拿这种笑容开玩笑是绝不允许的。

---

① 原文如此。前面作者提到这三人并未上车，此时又说他们坐在车里。——译者

这年春天，K.习惯于以这样的方式消磨晚上的时光：下班以后——他一般待到九点——如果可能，他总要独自散一会儿步，或者和几个同事一道走进一家啤酒馆，坐在一张大多是上年纪顾客常坐的桌边待到十一点。当然也有例外，比如，银行经理有时出于对他的下属表示关心或信任时，也会请K.乘汽车去兜兜风或去他的别墅吃晚饭。除此之外，K.每星期要去看望一次一个名叫艾尔莎的姑娘。她在一家酒吧当女招待，得从晚上一直干到第二天早晨。白天，她总是在床上接待来访者。

不过这天晚上——白天在繁忙的工作和同事们热情友好的生日祝贺中飞快地过去了——K.决定立即回家。在工作的间歇，他总是想着早晨发生的事。不知为什么，他觉得这件事把格鲁巴赫太太的整个住宅搅得一塌糊涂，而恢复那里的秩序恰恰是他义不容辞的任务。只要那里恢复了正常，这件事的痕迹也就全部被抹去了，一切也就走上了正轨。特别是那三个职员根本没有什么值得害怕的，他们重新融入了银行庞大的员工队伍里，丝毫看不出有什么变化。K.曾好几次把他们单独或一起叫到他的办公室里，仅仅是为了观察他们。每次让他们退出去时，他都感到很满意。[4]

当他九点半钟回到他住的那栋房子时，发现大门口站着一个小伙子。那年轻人双腿叉开，嘴里叼着一只烟斗。"你是什么人？"K.凑近小伙子的脸问道。门洞里很黑，他看不清那人的脸。"我是房东的儿子，尊敬的先生。"小伙子答道，把烟斗从嘴里拿出来退到一边。"房东的儿子？"K.用手杖不耐烦地敲敲地面问。"先生是否需要什么？要不要去把父亲找来？""不，不。"K.用原谅的口气说，仿佛小伙子干了什么错事。"很好。"他说着继续朝前走，但在上楼之前又回过身来看了一眼。

　　他本来可以直接走进自己的房间，但他有话同格鲁巴赫太太说，便敲了敲她屋子的门。她正坐在桌旁补袜子，面前还放着一堆旧袜子。K.心不在焉地道歉说，这么晚了还来打扰她真不好意思，但格鲁巴赫太太显得很和蔼，请他不必介意，她什么时候都愿意跟他聊一聊，因为他是她最好、最受尊敬的房客。K.环顾四周，屋里已经恢复了原先的样子，早晨放在窗边桌上的早餐餐具已经拿走。"女人的手不声不响就把一切收拾干净了。"他想，如果是他，也许当场就把它们打得粉碎，而决不会将它们拿出去。他用感激的眼神看了格鲁巴赫太太一眼。"为什么这样晚了您还干活？"他问道。他们两人都坐在桌边，K.不时地把手伸进袜子堆。"活儿太多，"她说，"白天我得替房客们做事，只有晚上才能腾出手来干自己的事情。""我今天大概给您增加了额外的工作吧？""为什么？"她有点紧张，把正在做的活计放在膝上。"我指的是今天早上来的那几个人。""原来是这样，"她恢复了平静，"这并没有给我添什么麻烦。"K.一声不响地看着她又开始干活。当我提起这事时她似乎很惊讶，K.想，好像我不该谈。可越是这样，我就越应该弄清楚，这样的事只有跟一位老太太才好谈。"哪里，肯定给您增加了麻烦，"他说，"不过以后不会再发生了。""当然不会再发生了。"她很有把握地说，并几乎忧伤地向K.微笑着。"您真这样认为？"K.问。"是的，"她小声说，"不过您无论如何不能把这事看得太严重。世界上什么事情不会发生！既然您这样信任地同我谈话，K.先生，我也得向您承认，我在门外偷听了一会儿，两个看守对我讲了一些事。这关系到您的幸福，的确使我很担心，也许担心有点过分，因为我不过是您的房东。是的，我听到一些传闻，但我不想说情况特别糟糕。不，您虽然被捕了，但同一个小偷被捕不大一样。假如像一个小偷那样被捕，事情当然很糟，不过像您这样的被捕……我觉得有某种难以解释的原因。请原谅我讲了些蠢话，我觉得有些事情难以解释，我虽然不懂，但人们也不必去弄明白。"

"您的话一点也不蠢，格鲁巴赫太太，至于我，是部分同意您的看法的。只是我对整个事情的判断比您更敏锐，我认为这件事丝毫也不难解释，它完全是无中生有。我被搞糟了，这就是事实。假如我醒来之后不去想安娜为什么没有露面，而是立即起床，不顾有人阻拦直接来找您的话，我本来可以破例在厨房里用早餐并请您到我房里把我的衣服拿来。总之，倘若我头脑清醒一点，后来的事就不会发生，一切也就被消灭在萌芽之中了。可惜的是我当时毫无准备。在别的时候，比如在银行，我总是胸有成竹，这样的事在那里绝不会发生在我的身上。我有自己的仆人，外线电话和银行内部电话就摆在我的办公桌上，顾客、上司和职员们来来往往。除此之外更重要的是，我始终处在一种工作环境之中，头脑始终是清醒的，要是在那儿遇到这样的事，我一定会感到十分有趣。好了，现在一切都过去了，我本来不想再提起它，只是为了听听您的看法，一位明智的太太的看法，我才来打扰您的。我很高兴我们观点一致，我得和您握握手，来证明我们的看法完全相同。"

她会同我握手吗？监督官可没有和我握手，他一面想一面用一种与过去不同的目光打量着她。由于 K. 已经站起来了，她也站起身来，显得有点窘，因为 K. 的话她没有完全听懂。正因为如此，她讲了一些她并不想说并且文不对题的话。"您不必把这事看得太重，K. 先生。"她说，声音里带着哭腔，当然也忘了同 K. 握手。"我想我并没有把它看得很重。"K. 说。他突然感到有点累，发现这个女人的赞同对他并没有什么用处。

在门边他转过身来问："毕斯特纳小姐在家吗？""不在。"格鲁巴赫太太答道，并在作出这一干巴巴的回答时微笑着表示她那已经没有必要的关心。"她看戏去了。您找她有事吗？要不要我给她留个口信？""啊，我只是想同她谈几句话。""我不知道她什么时候回来，每次去看戏，她都回来得很晚。""不要紧，"K. 垂着头，转身朝门口走去，"我只想向她道个歉，今天早上我借用了她的房间。""用不着道歉，K. 先生，您太客气了。小姐什么也不知道，她一大早出门后直到现在还没回来，何况一切都恢复了原样，您可以去看看。"说着，她打开毕斯特纳小姐的房门。"谢谢，我相信是这样。"K. 虽然如此说，但还是走进敞开的门。月光静静地照着那间黑洞洞的房间，凡是眼睛能够看到的东西，的确已经放回原处，挂在窗把手上的那件女衬衫已经不见了。床上的垫褥看上去高得出奇，一部分被月光照亮。"小姐常常很晚回家。"K. 瞧着格鲁巴赫太太说，好像她应当对此事负责。"年轻人就是这样！"格鲁巴赫太太抱歉似的说。"不错，不错，"K. 说，"不过，这也太过分了。""的确是这样，"格鲁巴赫太太说，"您说得对极了，K. 先生，也许在这种情况下更加如此。我不想说毕斯特纳小姐的坏话，她是个讨人喜欢的好姑娘，又和蔼，又正派，又精明能干，这一切我都很佩服。不过有一点我却看不惯，她应该更自尊，更庄重一点才好。光是这个月，我就在僻静的马路上碰见过她两回，每一次都和不同的男人在一起，连我都感到很尴尬。向仁慈的上帝发誓，这事我只对您讲，K.先生。当然不可避免地，我也要同小姐本人谈谈，当面劝告她。另外，使我对她产生疑心的还不止这件事。""您完全错了，"K.几乎难以掩饰心中的怒气，"您显然误解了我对小姐的看法，我根本不是这个意思。我真诚地劝告您别向小姐提任何这方面的事。真是乱弹琴，我很了解小姐的为人，您的话没有一句是真的。不过，我也许是多管闲事，我不想阻拦您，您想说什么，就对她说吧！晚安。""K.先生，"格鲁巴赫太太恳求道，并跟着他一直走到他的房门口，这时，K.已打开了门，"我什么话也不会对小姐说，我当然还要继续观察。刚才我只不过把我知道的对您一人讲了。无论如何，我是为房客们着想，为了维护这幢公寓的名声，并没有其他意思。""名声！"K.透过门缝大声说，"假如您想维护这幢公寓的名声，就应该首先把我赶出去。"接着他砰的一声关上门，不再理睬那轻轻的敲门声。

他毫无睡意，决定守在那里看毕斯特纳小姐什么时候回来。尽管已经很晚了，也许他还能同她聊上几句。他伏在窗台上，疲倦地闭上眼睛，脑子里甚至闪过要教训一下格鲁巴赫太太，劝毕斯特纳小姐同他一起搬出这幢公寓的念头。但他马上意识到这样做太过分，甚至怀疑自己是否是因为早上发生的那件事而想搬家。如果是那样，那就太荒唐，太无聊，太卑鄙了。[5]

当他看够了外面空空荡荡的街道，感到不耐烦时，便把通往前厅的门打开一条缝，躺到沙发上。这样，如果有人从外面回来，他马上就能看到。他静静地躺在沙发上抽雪茄，直到十一点钟左右，但后来无法再躺下去，便走进前厅，似乎这样毕斯特纳小姐就会早些回来。其实，他对她并没有特别的兴趣，甚至记不清她的长相。而现在，他却很想同她谈谈，甚至对她深夜不归极为恼火，觉得这会给他这一天最后几个钟头带来不安和混乱。再说，他今天没吃晚饭，没去看望艾尔莎，也是因为她的缘故。当然，这两件事还可以弥补，他现在就可以去艾尔莎干活的那家酒馆。尽管如此，他还是决定同毕斯特纳小姐谈话之后再说。

大约十一点半，楼梯间传来脚步声。在前厅胡思乱想并像在自己屋里那样很响地踱步的K.赶快跑回自己的卧室，在门后仔细地听了听。回来的的确是毕斯特纳小姐。她关上正门，打了个哆嗦，用一条丝质的大围巾裹紧自己瘦削的肩膀。再过一会儿，她就该走进自己的房间了。深更半夜，K.当然不能闯进去，所以，他必须现在和她谈。不幸的是，他忘了打开自己房间的灯。假如他摸黑走出去，她一定会以为有人拦路抢劫，至少会吓一大跳。不能再浪费时间了，在仓皇之中，他透过门缝低声叫道："毕斯特纳小姐！"声音听起来不像喊人，而像哀求。"谁在那儿？"毕斯特纳小姐问，并瞪大眼睛四下张望。"是我。"K.从门里走出来说。"噢，是K.先生，"毕斯特纳小姐微笑道，"晚上好。"她朝K.伸出手。"我想同您说几句话，不知您是否允许。""现在？"毕斯特纳小姐问，"非得现在谈吗？真有点奇怪，不是吗？""从九点起我一直在等您。""原来是这样。我看戏去了，不知道您在等我。""我想跟您说的是今天才发生的事。""那好吧，我并不特别反对，只是我累得站都站不住了。过几分钟您上我房间来，我们可不能在这儿谈话，那会把大家都吵醒。我讨厌这样，不光是为别人着想，更多的是为我们着想。您在这儿等一下，我去把屋里的灯打开，然后您再把这儿的灯熄掉。"K.关掉灯，在原地等着，直到毕斯特纳小姐在房间里低声请他进去。"请坐。"她指着一张矮沙发说，自己虽然很疲倦，却在床的柱子边站着，甚至连头上那顶点缀着许多鲜花的帽子也没有摘下来。"您想说什么？我真的有点好奇了。"她双腿微微交叉说。"您也许会讲，"K.开口道，"事情并不很紧急，非得现在谈不可，但是……""我向来不喜欢开场白。"毕斯特纳小姐说。"那么，我说起来就更容易了。"K.说，"您的房间今天早晨稍稍被弄乱了，这在某种程度上是我的过错。虽然是几个陌生人背着我的意愿干的，但我刚才说过，我也有责任，因此，我要向您道歉。""我的房间？"毕斯特纳小姐问，没有察看自己的房间，却审视地望着K.。"事情是这样的，"K.说，两人的目光第一次相遇了，"究竟是怎样发生的，就不必多费口舌了。""不过那恰恰是令人感兴趣的部分。"毕斯特纳小姐说。"并非如此。"K.说。"那好吧，"毕斯特纳小姐说，"我不想探听别人的秘密，既然您坚持说这没什么意思，我也没有理由反对。您请求我原谅，我当然很愿意，特别是我根本没发现我的房间弄乱了。"她张开两手，撑着腰在屋里转了一圈，并在嵌着许多照片的镜框前站住。"您瞧，"她大声说，"我的照片被弄乱了，真讨厌！看来真的有人未经允许进过我的房间。"K.点点头，暗暗地咒骂那个名叫卡米纳尔的职员，那家伙从来不能控制自己粗鲁荒唐的行为。"真稀奇，"毕斯特纳小姐说，"我现在不得不禁止您干您应当禁止自己做的事情来了，也就是说，我不在的时候，您不能进我的房间。""我已经向您解释过了，小姐，"K.说着也走到镜框前，"我并没有弄乱您的照片。不过既然您不相信，我就不得不承认调查委员会派了三个银行职员来，其中的一个很可能动过您的照片。只要有机会，我一定要把他开除。不错，调查委员会的人来过这里。"由于小姐用询问的目光望着他，K.补充道。"因为您的缘故吗？"小姐问。"是的。"K.答道。"这不可能！"小姐大笑着说。"的确如此，"K.说，"您相信我不会干坏事吗？""哼，会不会干坏事……"小姐说，"我不想立即作出某种也许会带来后果的判断，另外，我还不了解您。不过，假如专门为一个人成立了什么调查委员会，那他的罪行一定很严重。既然您仍然是自由的，至少从您的镇静可以得出结论，您不是越狱的逃犯，那么，您不可能犯了大罪。""说得对，"K.说，"可是调查委员会既可能承认我是无辜的，也可能像他们猜想的那样宣布我有罪。""不错，两种可能都有。"毕斯特纳小姐沉思地说。"您瞧，"K.说，"您在法律问题上缺少经验。""不错，确实如此，"毕斯特纳小姐说，"我常常为此感到遗憾，我很想获得各方面的知识，对法律问题尤其感兴趣，法院对人有一种特别的吸引力，不是吗？不过我在这方面的知识马上就会丰富起来的，因为下个月我就要到一家律师事务所去当职员了。""那太好了，"K.说，"那样您就可以在我的案子里给我一些帮助。""当然可以，"毕斯特纳小姐说，"干吗不呢？我很想利用我的知识。""我是当真的，"K.说，"至少像您一样有一半认真。我的事还不至于严重到要请一位律师，不过一位顾问倒是需要的。""不错，可是您既然请我当顾问，我也应当知道事情的来龙去脉。"毕斯特纳小姐说。"问题就出在这里，"K.说，"事情的起因连我自己也不明白。""这样看来，您不过是拿我开玩笑而已。"毕斯特纳小姐大失所望地说，"深更半夜开这种玩笑可太没有必要了。"说着，她从他们俩紧紧地一起站了好久的照片旁走开。"不是的，小姐，"K.说，"我没有开玩笑，请相信我！我所知道的全都告诉您了，甚至我所说的已经超过了我所知道的，因为来的并不是什么调查委员会，我这样叫它，只不过想不出别的名字来称呼它罢了。事实上也并没有调查什么，我仅仅是被捕了，被一个委员会逮捕了。"毕斯特纳小姐坐在短沙发上又大笑起来。[6]"那是怎么回事？"她问道。"可怕极了。"K.说，但他不再想自己的事，而是目不转睛地看着毕斯特纳小姐，后者一只手托着下巴，肘部支在沙发垫上，另一只手慢悠悠地抚摩着自己的髋部。"这可太笼统了。"毕斯特纳小姐说。"怎么太笼统了？"K.回过神来问，"要不要我向您描述一下事情的经过？"他想表演一下当时的情景，但没有移动身体。"我困了。"毕斯特纳小姐说。"可您回来得太晚。"K.说。"瞧，您倒责备起我来了。不过，我这是自作自受，当初我就不应该让您进门，何况根本没有必要表演事情的经过。""当然有必要，这您马上就会看到的。"K.说，"可以把那只小柜子从您的床边移开吗？""您又想出什么怪念头？"毕斯特纳小姐说，"当然不行！""那我就没法表演了。"K.激动地说，仿佛遭受了不可估量的损失。"好吧，既然是表演需要，您就把柜子移开好了。"毕斯特纳小姐说，过一会儿又用微弱的声音补充道："我太累了，只好由您去折腾。"K.把床头柜挪到屋子中央，自己坐到它后面。"您得准确想象每个人的位置，很好玩的。我就是监督官，那边的箱子上坐着两名看守，照片旁边站着三个年轻人。顺便提一句，窗户的把手上还挂着一件白衬衣。我现在就要开始了。啊，我把自己忘了，我是最重要的角色。喏，我就站在这只小柜子前面。监督官舒服自在地跷着二郎腿，胳膊搭在椅背上，简直像个乡巴佬。现在真的开始了。监督官大喊了一声，好像要把我从梦中叫醒，他简直是在吼叫。为了使您明白当时的情景，我也不得不吼叫。当然，他叫的只是我的名字。"正在笑着听K.讲述的毕斯特纳小姐赶紧伸出一个手指头按在嘴上，示意他别大喊大叫。可是太晚了，K.已经完全进入了角色，他扯开嗓门喊道："约瑟夫·K.！"声音虽然不像他所形容的那么响，但却突然爆发出来，逐渐在房间里扩散。

猛地，隔壁房间传来敲门的声音，既短促、响亮，又有节奏。毕斯特纳小姐脸色发白，手捂住胸口。K.也吓了一跳，适才他的思想完全沉浸在早晨发生的事件里了，眼前只有那个看他表演的姑娘。刚刚恢复常态，他就跑到毕斯特纳小姐身边，一把抓住她的手。"您用不着害怕，"他耳语道，"由我来应付一切。会是谁呢？隔壁是一间起居室，没有人在那儿睡觉。""不，"毕斯特纳小姐在K.的耳边低声说，"从昨天起，格鲁巴赫太太的侄子，一名上尉，就在那儿睡了。没有别的空房间了。我把这事给忘了。谁让您大声嚷嚷来着！我着实吓了一大跳。""没有理由害怕。"K.说，并吻了吻已经坐到垫褥上的毕斯特纳小姐的前额。"走吧，走吧，"她说着又匆忙地站起身来，"快走，别再耽搁了。您还想干什么？他现在正在门后偷听呢，他什么都听得见。您真是折磨人！""在您平静下来之前，"K.说，"我决不离开。到那个角落里去，我们在那儿说话他肯定听不见。"她毫无反抗地由他把自己带到屋角。"别担心，"他说，"这虽然会使您有点不自在，但绝不会有危险。您知道，格鲁巴赫太太在这种事情上说话很管用，特别因为上尉是她的侄子。另外，她对我很尊重，绝对相信我说的每一句话。她还有求于我，因为我借给了她一大笔钱。您可以找出各种理由来解释我们为什么在一起，怎样说我都同意，即使有点荒唐也不要紧。我保证格鲁巴赫太太不但在表面上，而且打心底里真心实意地相信您的解释。您用不着为我操心，即使您说我强奸了您，格鲁巴赫太太听了也会深信不疑，但同时又不失去对我的信任。她太依赖我了。"毕斯特纳小姐缩成一团，一声不吭地望着地板。"格鲁巴赫太太为什么不会相信我强奸了您呢？"K.补充道。他仔细地打量着她的头发，那蓬松的、微微发红的头发中间分开，脑后束成一个堕云髻。他以为她会把目光转向自己，但她却一动不动地说："请原谅，我是被突如其来的敲门声吓着了，而不是怕上尉偷听所带来的后果。您喊了一声后开始静悄悄的，后来就响起了敲门声，所以我才吓了一跳。我就坐在门旁边，那声音就像从我身边发出的。谢谢您的建议，不过我不想接受。对于我房间里发生的一切，我会自己负责，不管谁来问都一样。我很奇怪，您竟然没有察觉您的建议是对我的莫大侮辱。您的用意是好的，这我当然不否认。可现在您还是走吧，让我一个人待着，我现在比任何时候都需要安静一会儿。您开始时只求我跟您谈几分钟，可现在已经半个多钟头了。"K.抓住她的手，接着又握住她的手腕说："您没生我的气吧？"她挣脱他的手回答说："不，不，我从来不生任何人的气。"他又抓住她的手腕，这次她没有挣扎，却把他拉到门口。他几乎下决心要离开，但到了门边又站住，仿佛没有料到这儿竟有一扇门。乘此机会，毕斯特纳小姐甩开他的手，并打开门走进前厅，在那儿小声对K.说："现在请出来吧，您瞧，"她指着上尉的房门，门下的缝里透出一道光，"他开着灯，正在偷听我们呢。""我这就来。"K.说着跑进前厅，抱住她吻了她的嘴，接着又吻遍了她的脸，好似一头饥渴的野兽贪婪地喝着终于找到的泉水。最后他亲吻她的脖子，并长时间地把嘴唇贴在她的喉头处。上尉屋里传来一声响动，他抬头朝那边望了望。"现在我要走了。"他说。他想叫一声毕斯特纳小姐的名字，但又不知她的名字是什么 ①。她疲倦地点点头，侧着身子任凭他吻自己的手，仿佛对此毫无感觉，然后便低头走进了自己的房间。不一会儿K.便上了床，几乎马上睡着了。进入梦乡之前，他思考了一下自己的行为，并对此感到十分满意。但奇怪的是，他又有点不满意，由于上尉的缘故，他着实为毕斯特纳小姐担忧。

① 在西方，直呼其名表示亲近，而毕斯特纳只是小姐的姓。——译者

第二章

初　审

　　K.接到电话通知，下星期天将对他的案子进行一次简短的审理。打电话的人提醒他注意，审讯将经常举行，即使不是每周一次，但也不会隔得太久。这一方面是考虑到，早日结束这件案子对大家都有好处；另一方面是因为审讯必须十分彻底，但又不能由于花费了大量精力而旷日持久地拖延下去。正是出于这个原因，才采取了这种连续而又简短的审讯方式。审讯选择在星期天是为了不打扰K.的业务工作。人们期待他同意这一安排，假如他希望改在别的日子进行，只要可能，他们也会满足他的要求。例如，审讯也可以在夜间进行，不过那时候K.可能会头脑不太清醒。无论如何他们倾向于星期天，只要K.不反对。审讯时他必须出席，这是不言而喻的，希望用不着再提醒他。他们还告诉了他应当去的那幢房子的门牌号码。它坐落在郊区一条偏僻的街道上，K.还从来没去过那里。

　　K.得到通知后，没有回答便把电话挂了。他当即决定星期天去赴约，这无疑是必要的，案子已经有进展了，他必须认真对付，使第一次审讯变成最后一次。他沉思地在电话机旁站了一会儿，身后突然传来副经理的声音。副经理想打电话，但K.却挡着他的路。"坏消息吗？"他随口问道，并不是想知道点什么，而是想叫K.让开电话机。"不，不。"K.说着向一旁闪了闪，但并没有走开。副经理拿起听筒，利用电话尚未接通的机会转过脸来对K.说："我想问一下，K.先生，您有没有兴趣星期天上午乘我的帆船出去玩？我邀请了不少人，其中肯定有您的朋友，比如检察官哈斯特勒先生。您肯赏光吗？您一定要来！"K.留神地听着副经理的话。这对他来说并非无关紧要，因为副经理同他的关系向来不好，这次邀请显然是他作出的和解的表示，证明K.在银行里的地位多么重要，以至于银行第二把手也十分看重同他的友谊，至少希望他保持中立。即使这个邀请是在等电话接通时随便说的，对于副经理来说已经是屈尊了。不过，K.不得不第二次让副经理屈尊，他说："非常感谢，可惜我星期天没空，已经跟别人约好了。""真遗憾。"副经理说，并转过脸去打电话，因为线路已经接通了。他讲了很长时间，心烦意乱的K.一直站在电话机旁，直到副经理挂上电话，他才如梦初醒般解释自己毫无意义地站在这里的原因："有人打电话给我，约我到一个地方去，可忘了告诉我应该几点钟去。""那您就再打个电话去问问好了。""不过没什么关系。"K.说，本来便不大令人信服的理由更加站不住脚了。副经理转身走开之前又说了其他的事，K.耐着性子答了几句话，心里却想，星期天上午最好还是九点钟去那个地方，因为平日法院总是在这个时候开庭。

星期日天气阴沉。K.非常疲乏，昨天晚上他参加了酒吧间的老顾客聚会，直到深夜才回家，所以差点睡过头。他没有时间考虑一星期来制订的种种计划，匆匆穿好衣服，没吃早餐便直奔指定的那个郊区。虽然他很匆忙，无心注意过路的行人，却奇怪地发现了曾介入过他的案子的那三个职员拉本施泰纳、库里希和卡米纳尔。前两个人乘一辆电车从他面前驶过，卡米纳尔却坐在一家咖啡馆的平台上，当K.走过时，他从栏杆上探出身来好奇地打量着他。三个人都望着他的背影，好像想弄清楚他们的上司忙着上哪儿去。出于某种对抗心理，K.决定不乘车去那个地方，他不愿意别人在他的案子里帮任何忙，不想求助于任何人，甚至不想别人哪怕稍微介入一下他自己的事情。另外他也毫无兴趣一分不差地准时到达那里，在审讯委员会面前降低自己的身份。不过他现在还是加快了步伐，以便尽量在九点钟时到达，尽管没有人给他规定到达的时间。

他本来以为那幢房子准会有某种标志——到底有什么标志他想象不出来——或者门前聚了许多人，从远处就能认出来。但是，他要去的那条尤利乌斯大街两旁几乎全是清一色的灰色高楼，里面住满了穷人。K.在街口站了一会儿。在这个星期天的早晨，大多数窗口都有人，男人穿着衬衣靠在那儿抽烟，或小心而慈爱地扶着坐在窗台上的孩子。有些窗口晾着被单，偶尔有一个女人蓬乱的头发从被单上方露出来。人们隔着巷子相互打招呼，K.的头顶上正好有人大喊了一声，引起一阵哄笑。在这条长长的街道上，每隔一段距离便有一家卖食品的小店，它们大多低于街面，要下几级台阶才能到达。女人们在这些店里进进出出，或者站在店门口的台阶上闲聊。一个卖水果的小贩向街两旁窗口里的人推销自己的货物，一不留神，手里的小车差点把心不在焉的K.撞倒。一架在某个较富裕的城区用坏了的留声机开始演奏，发出叫人难以忍受的杂音。

K.缓缓地沿着大街往前走，越走越远，他的时间似乎很充裕，预审法官也许会从某个窗口里看到他，知道他已经到来。九点已经过了，K.又走了很久才找到那栋房子。这是一幢大得出奇的建筑，特别是大门，又高又宽，大约是为运送货物的车辆设计的。宽阔的院子四周是一间间栈房，门口挂着许多家商号的招牌，有些商号的名称K.在银行的业务往来中已经很熟悉。他一反常态，在院子的入口处停了一会儿，仔细打量起眼前的情景来。在他不远处，一个赤脚男人坐在一只大箱子上看报；两个男孩坐在一辆手推车里摇来晃去；一个瘦弱的年轻姑娘身穿睡衣在水泵前一边打水一边看着K.；在院子的一个角落，两扇窗之间系了一根绳子，上面晾着刚刚洗过的衣服；一个男人站在衣服下大声指点着别人干活。

K.转身走向楼梯，打算去审讯室。但他又站住了，因为除了这条楼梯，院子里还有三条楼梯，另外在院子尽头还有一条窄窄的过道似乎通向另一个院子。他很生气，打电话的人竟然不告诉他审讯室的确切位置，他们对他的疏忽和冷淡已达到令人吃惊的地步。他一定要把这一点当面向他们大声而明确地指出来。他终于登上那条楼梯，心里想着那个叫威勒姆的看守说过的话：法律总是被罪恶所吸引。由此可以得出结论，审讯室肯定就在K.偶然选中的这条楼梯上面。

上楼时，他碰到了许多在楼梯上玩的孩子，由于他从他们中间穿过而打扰了他们的游戏，孩子们一个个恼怒地瞪着他。"如果我下次再来，"他自言自语道，"一定要带些糖果来哄他们，或者带根棍子来揍他们一顿。"快到二楼时，一颗弹子从楼梯上滚下来，他不得不站住，等弹子停止滚动。这时两个满脸皱纹、未老先衰的小男孩揪住了他的裤子。假如他把他们甩开，他们一定会被摔痛。他怕他们嚷嚷起来。

到了二楼他才真正开始寻找。不过他不好直接打听审讯委员会在什么地方，于是想出了一个寻找细木工兰茨的主意——他想起这个名字，是因为那个上尉，格鲁巴赫太太的侄子，就叫兰茨。他打算挨家挨户地问，这里是否住着一个名叫兰茨的细木工，并乘机向屋里瞄上一眼。这样做其实并不费劲，因为几乎所有的门都开着，小孩子从里面跑进跑出。大多数家庭只住着一间带一扇窗的小屋，并且正在做饭。不少女人一只手抱着孩子，一只手在炉子上忙碌。即将成年的女孩子除了围裙似乎没穿别的衣服，来来回回地操持着家务。每间屋子里床上都躺着人，有的是病人，有的还在酣睡，有的即使已穿好衣服还赖着不起来。如果哪家的门关着，K.便敲敲门，问这儿是否住着一个名叫兰茨的细木工。来开门的大多是女人，听了他的问话往往转身对屋里的某个人说话，那人便欠起身来。"这位先生问这儿是不是有一个叫兰茨的细木匠。""叫兰茨的细木匠？"那人在床上问。"对。"K.说，其实他已经明白，审讯委员会绝不会在这里，他用不着再费口舌。许多人以为找到细木匠兰茨对K.来说事关紧要，于是绞尽脑汁想了半天，终于想起某个细木匠来，不过那人不叫兰茨。也有人说出一个与兰茨发音相近的名字来，或者向邻居打听，或者领K.到住得很远的另一家去，因为他们认为，那间房子已被转租出去，新住户可能就叫兰茨，或者那家人也许能提供确切消息。终于，K.明白不必再问了，因为他已经跑遍了二楼。他为自己制订的这个计划感到懊悔，当初，他还以为这种做法是切实可行的。当他快到六楼时，他决定不再寻找。他向一个愿意带他继续打听的热情的青年工人道别后便朝楼下走去。但是，他为自己白白地忙碌了半天而恼怒，于是又爬上六楼，敲了敲第一家住户的门。他在小屋里第一眼看到的东西是一架大挂钟，指针已经指到十点了。"一位名叫兰茨的细木匠住在这里吗？"他问道。"就在那边。"一个长着一双明亮的黑眼睛的年轻女人正在桶里洗小孩衣服，她伸出一只湿漉漉的手指，指了指隔壁房间开着的门。

K.觉得好像走进了一间会议室。这是一间中等大小的房间，有两扇窗，天花板下是一圈楼座。屋里挤满了各种各样的人，连楼座也挤得满满的，那儿的人只能弓着身子站着，脑袋和背几乎碰到天花板。谁也没有注意到这个新来的人。K.站了一会儿，觉得空气太污浊，便又退了出来。他对那个看来错误地理解了他的意思的年轻女人说："我是来找一个细木匠的，他名叫兰茨。""没有错，"那女人说，"您请进去吧。"要不是她朝他走了两步，抓住门把手并对他说"我得关上门，在您之后任何人都不许再进去"，K.也许会走开。"说得对，"他说，"不过里面确实太挤了。"尽管如此，他仍然走了进去。

门边有两个男人在谈话，其中的一个伸开两手作出数钱的姿势，另一个人立即睁大眼睛紧紧盯住他。这当儿，从两人中间伸过来一只手抓住了K.。这是一个红脸膛、个子矮小的年轻人。"过来吧，过来。"他说。K.任他带着往前走，闹哄哄的人群中看来似乎有一条窄窄的通道，把在场的人分成两派。K.朝前几排的左右两边看了看，发现没有一个人脸对着他，所有的人都背对着他，只同自己那一派的人说话和打手势。大多数人身穿老式的黑色节日长外衣，下摆松松地垂下来。假如不是这身打扮使 K. 感到迷惑，他一定会认为这里在举行一次地方性政治集会。[7]

K. 被带到会议室的另一头，那儿有一个低矮的讲台，上面同样挤满了人。讲台上横放着一张小桌子，一个矮胖子喘着粗气坐在桌子旁的讲台边上，在一阵哄笑中同一个站在他身后的人说话。那人胳膊肘撑在椅背上，两腿交叉，不时挥舞着手臂，仿佛在模仿某个人的滑稽动作。带领 K. 到来的那个小伙子两次踮起脚尖，想通报 K. 已经到了，但都没有引起矮胖子的注意。直到讲台上有人指着小伙子提醒他，他才转过脸来，俯下身子听后者小声报告。接着，他掏出怀表看了看，又扫了 K. 一眼。"您在一个钟头零五分钟之前就应该到这里了。"他说。K. 刚想回答，但已经来不及了，因为矮胖子还没说完，屋子的右半部就响起了一片不满的喧哗。"一小时零五分钟之前您就该到这里了。"矮胖子提高声音重复道，并匆匆地扫了会议室一眼。不满的声音更响了，矮胖子住嘴好一阵才渐渐平息下来。现在会议室里比 K. 刚刚进来时安静多了，只有楼座上的人还在议论着什么。那儿虽然光线昏暗，烟雾腾腾，尘土飞扬，但 K. 还是看出来，他们的衣着比下面的人寒酸。一些人还带着垫子，塞在他们的脑袋和天花板之间，以免碰伤。

K. 决定少讲话多观察，因此并不为他所谓的迟到辩护，而只是说："我也许是来得晚了点，但我已经到了。"话音刚落，屋子的右半部便响起了掌声。这些人很容易争取过来，K. 想，但又为屋里左半部分的沉默感到不安。这些人就在他身后，他们之中只有几个人为他鼓掌。他考虑着应该说些什么，才能把所有的人一下子争取过来，即使做不到，至少也应该先把大多数人争取过来。

"不错，"矮胖子说，"不过我不再有义务现在便审讯您了。"不平之声重又响起，但这次意义相当含混。矮胖子挥挥手把声音压下去又说："不过我可以把今天算作例外，下次无论如何不能再迟到了。现在到前面来！"一个人跳下讲台，给K.腾出一块地方。K.登上讲台，紧挨着桌子站着。身后十分拥挤，他不得不使劲顶住，以免把预审法官的桌子，也许还有预审法官本人推下讲台。

不过预审法官并不为此而担忧，他舒舒服服地坐在自己的椅子上，对身后的人说完最后几句话，才抓起桌上唯一的一件东西——一个小笔记本。这是一个小学生用的那种老式笔记本，由于它的主人经常翻阅，早已变形。"那么，"预审法官一边翻着笔记本，一边用确信无疑的口气问K.，"您是房屋油漆匠啰？""不对，"K.说，"我是一家大银行的首席业务助理。"这个回答使房间右半部的人开心地大笑起来，K.也不禁笑了。人们双手撑住膝盖，笑得身子直抖，简直喘不过气，楼上甚至也有几个人开怀大笑。恼怒万分的预审法官看来没有足够的权威控制会议室里的人，于是便向楼座上的人发泄自己的怒气。他跳起来，向他们发出威胁，两条并不引人注目的眉毛在眼睛上方挤成又粗又黑的一团。

但是，房间左半部的人仍然保持着沉默，他们站成一排排，脸朝讲台，静静地听着刚才的对话和对立的一派发出的哄笑声。他们甚至容忍自己这一派的某些成员作出同对立面一样的举动。他们看上去虽然比另一派的人数要少，也许从根本上说无足轻重，但他们的沉默却是意味深长的。K.开始讲话，确信自己代表了他们的观点。

"预审法官先生，您问我是不是房屋油漆匠——事实上您并不是在问，而是把一个称呼强加给我——这种问话方式暴露了强加在我身上的这次审讯的全部特征。您也许会提出异议，说这根本不是一次审讯。您说得完全对，因为只有在我承认这是一次审讯的情况下，它才称得上是审讯。不过此刻出于怜悯，我承认它是一次审讯。倘若人们愿意正视它，便不得不对它抱怜悯的态度。我不想说这是一次下流的审讯，但我很愿意把这个称呼让给您，供您自己去使用。"

K.说到此停顿了一下，低头看了看整个会议室。他的话说得很尖刻，尖刻得超过自己的预想，但却是理直气壮的，他料想会激起阵阵掌声。然而掌声并没有响起，大家显然正紧张地等他继续说下去。也许沉默之后便是爆发，一切将在爆发中结束。但令人扫兴的是，恰恰在这时，会议室那一端的门突然开了，那个年轻的洗衣妇走了进来，看来她已经洗完了衣服。尽管她小心翼翼，仍然吸引了一部分人的注意力。唯一使K.开心的是预审法官，自己刚才的话显然击中了他的要害。他像被钉住了一样呆呆地听着，因为当他站起来斥责楼座上的人时，K.突然开始讲话，使他忘记坐下。直到此刻，他才利用这个间歇坐回到椅子上。他的动作缓慢，似乎不想引起别人的注意。也许是为了使自己镇定下来，他又拿起了笔记本。

"这不会有多大用处，"K.接着说，"您的笔记本，预审法官先生，会证实我所说的话。"他对自己能在这个陌生的集会上用平静的语调讲话感到十分满意，甚至一把从预审法官手中夺过笔记本，用手指捏着中间的一页高高举起，仿佛怕那斑渍点点、边缘发黄的小本子脏了他的手。笔记本里写得密密麻麻的纸页倒垂着向两边散开。"这就是预审法官的记录，"他松开手指，让笔记本掉到桌上说，"您尽管看吧，预审法官先生，我一点也不怕您这个记录罪状的小本本，虽然它对我是保密的。我甚至不愿用手去拿它，最多只用两个指头捏住它。"这显然是一种极大的侮辱，至少是这样被理解的，因为预审法官急忙抓过笔记本，使劲将它抚平，并重新开始翻阅。

K. 朝台下瞥了一眼，前几排的人正紧张地看着他。他们都是上了年纪的男人，有几个胡子都白了。也许他们正是能左右会场的人？即使预审法官受了侮辱也无动于衷？自从 K. 开始讲话以来，他们一直脸上毫无表情。

"我受到的待遇，"K. 的声音比刚才平静了一些，他留心地观察着前几排那些人的脸，因而有点走神，"我所受到的待遇只是个别情况，本身并没什么了不起，我也并不把它当回事，但它却体现了一种程序，一种针对许多人的程序。我在这里大声疾呼，并不是为了我自己，而是为了他们的尊严。"

他不知不觉提高了嗓门。屋子里有人高举双手鼓掌并大喊："好极了！应该这样！干吗不呢？太对了！"第一排有几个人捋了捋胡子，但谁也不回过头去看看喊声是从哪里发出来的。K. 虽然对此也不大在意，但仍感到鼓舞。现在，他觉得没有必要再赢得所有人的掌声，只要大家能认真地思考这件事就够了，通过说服，他还可以争取到一部分人。

"我不想当个演说家，在这里赢得大家的喝彩，"出于上述考虑，K. 说，"即使我想这样做也做不到。预审法官的口才也许就比我好得多，这是他的职业需要。我所要求的仅仅是公开讨论一下人们普遍蒙受的一种极不正常的状况。请听我说，大约十天以前，我被捕了，被捕的方式连我自己也觉得十分可笑。不过，这并不属于今天的话题。我是在清晨躺在床上时被捕的，也许，他们接到命令去逮捕一名同我一样的油漆装饰匠——从预审法官的话来看，这并不是不可能的，但是，他们却抓了我。两名粗暴的看守占据了我隔壁的房间。即使我是个危险的强盗，他们采取的防范措施也不会更严厉了。此外，这些看守都是些道德败坏的家伙：他们喋喋不休地暗示我向他们行贿；使出各种花招企图骗走我的内衣和外衣；他们厚颜无耻地当着我的面吃掉了我的早餐，然后又向我要钱，声称要替我买早点。不仅如此，我还被带到另一个房间去见监督官，那是一位我一向很敬重的女士的卧室。我不得不亲眼目睹那间屋子被糟蹋得不成样子，这虽然是由于我的缘故，但并不是我的过错。当时要保持平静是很困难的，但我却极力克制自己。我用十分冷静的口气问监督官，为什么要逮捕我——假如他现在在场，可以出来做证。监督官却悠闲自得地靠在我刚才提到的那位女士的椅子上，那副蛮横傲慢的样子至今仍历历在目。他是怎样回答的呢？先生们，他压根儿什么也答不上来，也许他确实什么也不知道。他逮捕了我，这就万事大吉了。他甚至还做了件额外的事：把我银行三名低级职员叫进那位女士的房间，任凭他们乱翻乱动那位女士的照片和财物。让那三个职员在场当然还有另一个目的，那就是指望他们和我的房东太太及其女用人一样，到处散布我被逮捕的消息，以毁坏我在公众中的形象，动摇我在银行里的地位。但是，这种意图完全落空了，即使是我的房东，一位普普通通的妇女——我很荣幸地在这儿说出她的名字，她叫格鲁巴赫太太——即使是格鲁巴赫太太，也十分清醒地认识到，这种方式的逮捕简直就是一次突然袭击，就像野孩子在草地上搞的恶作剧一样不值得认真对待。我重复一遍，这一切只不过使我感到愤慨和恼火而已，但是，它难道不会引起更坏的后果吗？"

K.停顿了一下，并朝一声不吭的预审法官瞥了一眼，好像看见他正在给大厅里的某个人使眼色，以传递一种信号。K.笑了笑说："坐在我身边的预审法官先生刚才给你们中的某个人发出了一个秘密信号。看来你们中的一些人是受坐在上面的人操纵的。我不知道这个信号是让你们鼓掌呢还是嘘我。由于我过早地揭露了这个事实，也就自觉地放弃了获悉它的真实含义的权利。对此我毫不在意，并且可以授权给预审法官先生，让他公开对他雇用的人发出命令，而用不着递暗号。他可以大声说：'现在嘘他！'或者说：'现在鼓掌！'"

由于尴尬或不耐烦，预审法官在椅子上蹭来蹭去。他对身后的那人说了句什么，那人立即俯下身来，好像在给他打气，或给他出主意。下面的人议论纷纷，声音虽然不高，但很热闹。原先似乎势不两立的两派此刻汇合到一起了，有的人用手指着K.，另一些人则指着预审法官。大厅内烟雾弥漫，令人难以忍受，甚至无法看清站在远处的人的面孔。楼座上的人更是深受其害，他们一面胆怯地瞟着预审法官，一面小声向楼下的人打听事情的进展。回答的人同样用手挡住自己的嘴，尽量压低嗓门。

"我马上就要说完了。"K.说，由于桌上没有铃，他用拳头捶了捶桌子。预审法官和给他出主意的人听到响声吃了一惊，凑在一起的两个脑袋立即分开了。"因为我将此事置之度外，所以能冷静地作出判断。而你们——除非你们把这个所谓的法庭当一回事——听听我的看法会大有益处的。不过我请你们以后再对我所讲的话进行讨论，因为我时间紧迫，马上就要离开这里。"

大厅里立即安静下来，K.完全控制了会场。人们不再像开始时那样乱喊乱叫，甚至不再鼓掌。他们好像被说服了，或者马上就要被说服了。

"毫无疑问，"K.轻声说，他对全场都聚精会神地听他讲话感到高兴，大厅内寂静得可以听见人们的呼吸声，这比最热烈的掌声更令人激动，"毫无疑问，在这个法庭采取的一切行动——在我的案子里对我的逮捕以及今天的审讯——后面，有一个庞大的机构在操纵。这个机构不但雇用了索贿的看守、愚蠢的监督官和至少是不中用的预审法官，而且豢养了一批高等的，甚至最高级别的法官，这些人手下还有一大帮不可缺少的听差、办事员、宪兵和其他助手，也许还有刽子手，我并不忌讳这个词。先生们，这个庞大机构存在的意义在哪儿呢？在于逮捕无辜的人，对他们进行荒谬的审讯，这种审讯在大多数情况下没有结果，就像我的案子一样。既然一切都是荒唐的，官员们贪赃枉法又怎么能避免呢？这当然是不可能的，即使是最高法官也不能证明自己的清白。正因为如此，看守们便想方设法去偷被捕者穿的衣服，监督官便强行闯入陌生人的住宅，无辜者还未审讯就在大庭广众之下受到羞辱。看守们曾经说起，被捕者的财产存放在一些仓库中，我倒很想去看看囚徒们辛辛苦苦挣来的财物怎样在那里霉烂，即使它们未被看守仓库的官员们偷走。"

K.的话突然被大厅尽头发出的一声尖叫打断。由于光线昏暗，他不得不在浓浓的烟雾之中将手搭在眼睛上方，想看清到底出了什么事。原来是洗衣妇，她刚一进门，K.就意识到大厅里的秩序有可能被搅乱。但这一次究竟是不是她的错，他还不能肯定。[8] K.只看见，一个男人把她拽到门边的一个角落里，紧紧地搂住她。但是，发出尖叫的并不是她，而是那男人。他嘴巴张得老大，眼睛望着天花板。在他的周围聚集了一小群人。楼座上离他们较近的人看到K.在审讯过程中造成的严肃气氛由于这件事情遭到破坏，似乎很开心。K.的第一个反应便是跑过去制止他们，他想，所有的人都急于恢复秩序，至少希望把那两个引起混乱的人赶出大厅。然而，前面几排人却一动也不动，谁也不给他让路。实际上他们是在阻止他，老头们伸出胳膊不让他过去，一只手——他没工夫回头看——从后面揪住他的衣领。K.此刻已顾不得那两个人了，他觉得自己的自由受到了限制，好像自己真的被逮捕了。他不顾一切地跳下讲台，现在同拥挤的人群面对面站着。他是不是对这帮人作出了错误的判断？是否过高地估计了自己讲话的效果？当他讲话的时候，这些人是否故意隐瞒了自己的真实立场？而现在，当他把所有的看法都讲出来之后，他们是否对自己的伪装感到厌倦了？瞧瞧周围这些人的脸！他们那黑色的小眼睛诡谲地东张西望，脸颊像酒鬼一样松弛下垂，长长的胡子又硬又稀，如果把它们捏在手里，一定像捏着鬼爪子一样而根本不像胡子。最令人吃惊的是，在胡子下方的衣领上别着大大小小五颜六色的徽章——这才是K.真正的发现——而且，一眼望去，所有的人都戴着同样的徽章。原来所有的人表面上分成左派和右派，实际上却是一伙。当他突然转过身来，发现预审法官的外衣领子上也别着同样的徽章。这会儿，法官正坐在那里，手放在膝盖上悠闲自得地看着他。"原来如此！"K.挥舞着手臂大声说，他现在终于明白了，"你们全是当官的，在我看来，也就是我刚才谈到的那帮贪赃枉法的家伙！你们挤到这里来，一边听，一边还用鼻子闻。你们假装分成两派，一些人给我鼓掌，为的是引诱我讲下去。你们想尝试一下，怎样捉弄无辜的人！现在，你们终于达到了目的，或者从一个无罪的人的辩护中寻到了开心，或者——滚开，不然我就揍你！"K.对一个挤到他跟前的抖抖索索的老头儿喊道，"或者，你们真的明白了一些东西，我祝愿你们所干的勾当成功！"他飞快地拿起放在桌边的帽子，在全场一片静默——由于惊愕而引起的静默中挤出人群，朝门口走去。但预审法官的动作似乎比K.更快，因为他已经等在门边了。"等一下。"他对K.说。K.停住脚步，眼睛没有看预审法官，而是望着门，手也已经按在门把上了。"我只想提醒你，"预审法官说，"也许你还没有意识到，今天你自己放弃了一次审讯将对被捕者肯定会带来的全部好处。"K.对着门大笑起来。"你们这帮无赖，"他喊道，"我把所有的审讯都送给你们吧！"说完便打开门，朝楼下快步走去。在他的身后响起了重新变得热闹起来的大厅里那乱哄哄的议论声，在场的人似乎以学者的方式讨论起刚才发生的事来了。

第三章

在空荡荡的审讯室里·大学生·法院办公室

在接下来的那个星期里，K.一天天地等待着再次审讯的通知。他不相信自己拒绝被审讯的声明会被认真对待。由于直到星期六晚上他还没接到通知，他于是猜测，他们准是等着他在同一时间到老地方去。因此，星期天一早他又上那儿去了。这一次他径直登上楼梯，穿过走廊。几个还认得他的人在自己家门口同他打招呼，但他已不必向任何人问路了，很快便来到审讯室的门口。他刚敲了一下门，门就开了，站在门后的那个女人是他早已认识了的。他没有朝她看一眼，便直接往旁边的屋里走去。"今天不开庭。"那女人说。"为什么不开庭？"他疑惑地问道。女人打开隔壁房间的门，他才相信了。屋里确实空荡荡的，看起来比上个星期天更加破败。讲台上的那张桌子还像上次那样摆着，上面有几本书。"我可以看看那几本书吗？"K.问，并不是出于特别的好奇，而完全是为了不白来一趟而已。"不行，"那女人一面回答，一面关上门，"这是不允许的，那些书属于预审法官。""原来如此，"K.点点头说，"它们大概是法律书，专为这类审判准备的，也就是说，不但无罪的人反正要被判刑，而且得不明不白地进班房。""大概是这样吧。"那女人说，并没有完全听懂他的话。"好吧，那我就回去了。"K.说。"要我给预审法官带个口信吗？"女人问道。"您认识他？"K.问。"当然，"女人说，"我男人是法院听差。"直到现在，K.才注意到，上星期天除了一只洗衣盆以外一无所有的房间，已经布置成一间设备齐全的居室。那女人看到他惊讶的神情又说："是的，这间屋子是我们的家，不过在法院开庭的日子，我们得把屋子腾出来。我男人干这差使有些不利的地方。""对这间屋子我并不特别惊讶，"K.恼怒地望着她说，"惊讶的是您居然已经结婚了。""您指的大概是上次开庭时，我扰乱了您的发言吧？"女人问。"当然是那件事，"K.说，"不过那早已过去，我差不多把它忘了。当时我确实很生气。而现在，您自己说您已经结婚了。""那天打断您的话，对您来说并没有害处，从过后人们对您的议论来看，他们对您的讲话相当恼火。""可能吧，"K.想转移话题，"不过您好像对此并不感到内疚。""所有认识我的人都原谅了我，"女人说，"搂我的那个男人长期以来死皮赖脸地追我。一般说来我对男人也许没有什么魅力，可对他却是个例外。我没法摆脱他，我男人事到如今也只能听之任之，他如果不想丢掉饭碗，就得忍气吞声。那家伙是个大学生，将来很可能成为有权有势的大人物。他没完没了地纠缠我，今天还来过，他前脚刚走，您就来了。""在这种地方，这事并不奇怪，"K.说，"对此我并不十分吃惊。""您上这儿来，大概想改善一下这里的状况？"女人注视着他，慢慢吞吞地说，仿佛她说出的话对她自己和K.都很危险，"我是从您的讲话中猜出来的，我本人很喜欢您的讲话，当然只听了一部分，开头我没听到，您快要讲完的时候，我和那个大学生正躺在地板上。这儿的一切都令人恶心。"她停了一会儿，拉住 K. 的手说："您以为，您真能改善这儿的状况吗？" K. 微笑着，转动了一下被她那柔软的双手握着的手腕。"其实，"他说，"我上这儿来，并不像您说的那样，是为了改善这里的状况。假如您这样对预审法官说，您要么会遭到嘲笑，要么受到惩罚。事实上即使我出于自愿，也绝不会干预这种事情，我决不会由于这种司法制度需要改革而睡不着觉。但是，由于有人声称我已被捕——我似乎被逮捕了——我不得不掺和进来，为的是保护我自己。当然如果在此同时我能够以某种方式帮助您，我是很乐意的，这并不仅仅是出于仁爱，而是因为，作为回报，您也能助我一臂之力。""我怎样才能帮助您呢？"女人问。"比如说，让我看看桌上的那几本书。""当然可以！"女人大声说，并马上拉着他朝讲台走去。那些都是又脏又破的旧书，其中一本的硬封面几乎裂开，书页间只连着几根细线。"这儿的一切都那样肮脏！" K. 摇着头说。那女人抢在 K. 的前面，用围裙拭去封面上的尘土。K. 打开最上面的那本书，映入眼帘的是一幅不堪入目的图画：一男一女一丝不挂地坐在一张长沙发上。画画者的下流意图很明显，但画技拙劣，画面上只有两个僵硬呆板的人直挺挺地坐在那儿，并且，由于透视法极其糟糕，作者无法使他们面对面坐着。K. 没有继续往下翻，而是打开第二本书的封面。这是一本小说，书名是《汉斯如何折磨他的妻子格蕾特》。"这就是那帮人在这儿研究的所谓法律书，" K. 说，"审判我的就是这种人！""我会帮助您的，"女人说，"您愿意吗？""您真的能帮助我，而不给自己带来麻烦吗？您刚才说，您男人在上司面前唯命是从。""别去管他，我照样愿意帮您的忙，"女人说，"过来，咱们得好好谈谈，别再说什么我会遇到危险，只有在我害怕危险的时候我才害怕它。过来吧。"她坐到讲台边上，让他坐在自己身边。"您有一双漂亮的黑眼睛，"他们坐下后，她从下面望着K.的脸说，"别人说，我的眼睛也很漂亮，可您的眼睛要可爱得多。您第一次来的时候，我就喜欢上了您。正是因为您的缘故，我后来偷偷溜进了会议厅，我以前从来没这样做过，这对我来说可以说是禁止的。"原来是这么回事，K.想，她自己送上门来了。她像这儿所有的人一样堕落了，同这儿的官员们玩腻了，因此可以理解，想勾引每一个来这儿的陌生人，恭维他漂亮的眼睛。K.沉默着站起身来，似乎已大声说出了自己的想法，并如此向那女人表明了态度。"我不相信您能帮我什么忙，"他说，"要想帮我，就得同高级官员有关系，而您肯定只认识一些在这儿转来转去的低级职员。您无疑十分了解他们，可以让他们干某些事，不过，恐怕他们所做的一切对于这次审讯的最终结果毫无影响，而您却会因此而失去几位朋友对您的宠爱。我不希望这样，保持您同他们的关系吧，我觉得这对您是不可缺少的。我这么说并非没有遗憾，因为，为了报答您对我的恭维，我也很喜欢您，特别是您现在这样忧伤地看着我，而您毫无理由感到忧伤。您属于我所反对的那个阵营，而您对自己的地位感到满意。您甚至爱那个大学生，假如您不爱他，您至少会觉得您的男人比他强。从您的话中很容易看出这一点。""不！"女人喊道，并没有站起身来，而是抓住K.来不及缩回的手，"您不能走，不能带着对我的错误判断离开！您真忍心现在就走吗？我真的这样下贱，您连同我一起多待一会儿也不愿意吗？""您误解了我的意思，"K.重新坐下来说，"如果您真的想让我多待一会儿，我当然愿意留下来，我有的是时间。我到这里来，本来是以为法庭会开庭的。我刚才想说的是，请您不必为我的案子操心。但您也不必生气，如果您以为我对案子的结局毫不在乎，即使给我判刑也只会一笑了之。这样说当然有一个前提，那就是：这次审讯有一个真正的结局。但对此我是十分怀疑的。相反，我倒相信，由于负责本案官员的懒惰、健忘，甚至可能是惧怕，程序实际上已经中断，或者即将束之高阁。当然，他们也可能假装继续审判，试图敲诈我一笔钱财。但我现在就可以说，这样做是徒劳的，我永远不会去贿赂任何人。您倒是可以为我做一件事：您可以去告诉预审法官或任何一个喜欢传播消息的人，就说我绝不会向这帮先生们行贿，即使他们耍尽他们惯用的阴谋诡计也不行。您可以公开对他们说，他们的鬼点子不会得逞。或许他们已经得出了这个结论，即使他们现在还不明白，我也不在乎他们是否知道了我的态度。这只会让他们省点事，当然也使我少点麻烦。但是，我很乐意忍受他们给我造成的不快，因为我知道，害人者终将害己。我会让这种事发生的。顺便问一句，您真的认识预审法官吗？""当然认识，"女人说，"当我提出要帮助您时，第一个想到的就是他。我不晓得他只是个低级官员，既然您这么说，我想一定是真的。尽管这样，我相信他向上司递交的报告还是会产生某种影响。他写许许多多的报告。您刚才说，官员们都很懒惰。但并不是所有的官员都懒惰，预审法官尤其不是这样。他总是写呀写呀，比如上星期天，会议开到很晚才结束，其他人都走了，预审法官却留在审讯室里。我只好给他送一盏灯去，我只有一盏厨房用的小灯，但他已经很满意了，马上开始写起来。一会儿我男人回来了，那个星期天他不上班。我们把家具搬回来，重新布置好屋子。后来又来了几个邻居，我们点上蜡烛聊了一会儿天，完全把预审法官给忘了。后来我们就上床睡觉了。半夜——那时准是很晚了——我突然惊醒，预审法官站在床边，一只手遮着灯，好像怕灯光照着我男人。其实这完全是不必要的谨慎，我男人睡觉一向很死，光线再强也不会醒，我吓了一跳，差点喊出声来。预审法官却很和蔼，提醒我别出声，并凑近我小声说，他一直写到现在，他是来还灯的，他永远不会忘记我躺在床上的模样。我对您说这些，只是想告诉您，预审法官确实一直在忙着写报告，特别是关于您的报告，因为对您的审讯肯定是星期天开会的主要议题之一。这么长的报告不可能完全没有作用。另外，您从已经发生的事情可以猜出，预审法官也开始追起我来了，而我恰恰在现在，在开始的时候，可以对他施加很大影响，因为他刚刚看上我。我还有其他证据证明他急于把我搞到手：昨天，他让那个大学生给我送来一双丝袜，大学生是他的助手和心腹。他说，这是为了报答我给他打扫审讯室。其实这不过是借口，因为打扫清洁是我分内的事，我男人为此拿到了工钱。这双袜子可真漂亮，您瞧，"她伸出双腿，把裙子撩到膝盖以上，欣赏起袜子来，"这么好看的袜子，可惜太高级了，对我这种人不合适。"

她突然不吭声了，把手放在 K. 的手上，似乎想让他保持镇静，并悄声说："别出声，贝托尔特在偷看咱们。"K. 缓缓地抬起目光。审讯室的门口站着一个年轻人，矮个子，罗圈腿，蓄着又短又稀疏的红胡子，想让自己的外貌尽量威风一些。他不停地用手指捋着胡子。K. 好奇地打量着他，这是他遇到的第一个学法学的大学生，那陌生的行当里第一个有形体的人，将来有一天，他也许会爬上某个高级职务。大学生却丝毫不理会 K.，似乎根本没看见他，他暂时停止了捋胡子，伸出一个指头给那女人打手势，并朝窗户走去。女人弯下腰，在 K. 耳边小声说："别生我的气，我请求您，别以为我很坏。我得上他那儿去了，讨厌的家伙，瞧他那两条罗圈腿。我去去就来，然后就跟您走，假如您愿意带我走的话。您上哪儿我都跟着您，您对我干什么都行，如果能长期离开这里，我会感到幸福的，最好是永远不回来。"她抚摩着 K. 的手，然后跳起来跑到窗边。K. 情不自禁地想抓住她的手，但却抓了个空。那女人确实对他产生了诱惑力，他思来想去，觉得没有任何理由不屈服于这种诱惑。他轻而易举地打消了自己的疑虑：她也许是按照法院的指示来引他上钩的。她能用什么手段引他钻进圈套呢？他不是有足够的自由来摧毁整个法庭，至少对他本人的审讯吗？难道他连这一点自信也没有？她提出愿意帮他的忙，听起来是真心诚意的，也许并非毫无价值。把这个女人从预审法官和他的仆人手里抢走并占为己有，也许是对他们最好的报复。到那时，当预审法官绞尽脑汁写完了谎话连篇的关于 K. 的报告，深夜来到这女人的床边，就会发现床已经空了。床空了，因为这女人已被 K. 所占有，因为这个此刻站在窗边的女人那裹在深色粗布衣服里的丰满、柔软、温暖的身体只属于 K. 所有。

在他琢磨了好一阵，消除了对那女人的疑虑之后，开始觉得窗户那边的窃窃私语未免太长了，他于是用指关节敲了敲讲台，接着又用拳头使劲擂了起来。大学生的目光越过那女人的肩膀，朝 K. 扫了一下。但他并不理会 K. 的打扰，反而和那女人贴得更近了，甚至伸出胳膊紧紧搂住她。她则低下头，仿佛正专心致志地听他讲话。在她低下头的那一刻，他在她脖子上很响地吻了一下，那滔滔不绝的讲话只停顿了片刻。K.从这个举动看出，大学生的确可以对那女人为所欲为，正如她刚才所抱怨的那样。他猛地站起来，开始在屋子里来回踱步。他一面斜着眼打量那家伙，一面考虑怎样才能尽快把他赶走。于是，K.的来回踱步渐渐变成了生气的跺脚。大学生终于忍受不了他的打扰——而这正是K.求之不得的——对他说："假如您等得不耐烦了，可以走嘛。您早就该走了，谁也不会拽住您的。您甚至在我进来的时候就应该走，赶快走得远远的。"大学生讲这几句话时怒气冲冲，并流露出傲慢的口吻，俨然像一个未来的法官向一个讨厌的被告训话。K.在他的身边停住脚，微笑着说："我的确等得不耐烦了，但消除我的不耐烦的最简便的办法是您赶快离开此地。倘若您上这儿来是为了看书——我听说您是个大学生——我很乐意为您腾出地方，并带着这个女人离开。另外，在您当上法官之前，还有许多东西要学，虽然我不大了解法律事务的细节，但我猜想，只会出言不逊——您当然已精通到无耻的地步了——还远远不能学到。""不能让他到处乱窜，"大学生说，好像要向那女人解释K.刚才那番侮辱性的话语，"这样做是不行的，我早就向预审法官提出过。在两次审讯之间，至少应当把他软禁在自己的房间里。预审法官有时简直让人无法理解。""废话少说，"K.说着朝那女人伸出手，"来吧。"[9]"原来如此，"大学生说，"不，那可不行，您休想把她带走。"说着，他一把抱起那女人，谁也想不到他会有这样大的力气。他一面含情脉脉地注视着她，一面微微弯着腰朝门口跑去。尽管从他的神情可以明白无误地看出他有些害怕K.，但仍然冒着进一步激怒K.的危险，用空着的那只手抚摩并搂紧那女人。K.追了几步，准备揪住他，必要的话甚至掐住他的脖子。然而这时，那女人却说："这没有用，预审法官派他来找我，我不能同您走。这该死的小怪物，"她摸了摸大学生的脸又说，"这小怪物不会放我走的。""可您自己并不想获得自由！"K.喊道，并抓住大学生的肩膀。大学生转过脸来想用牙齿咬他的手。"不，"那女人嚷道，并伸出双手把K.推开，"不，不，别这样，您想到哪儿去了！这会毁了我的，放开他吧，我求求您！他只不过遵照预审法官的命令把我带到他那儿去。""那就快滚，我永远不想再见到您！"K.感到非常失望，怒气冲冲地说。他朝着大学生的后背打了一拳。大学生踉跄了几步，差一点摔倒，于是松了一口气，抱着那女人以更快的步伐一蹦一跳地走了。K.跟在他们后面慢慢地走着，终于承认这是他与这帮人打交道时遭到的第一次明白无误的失败。当然，他没有理由因此而胆怯，因为，他之所以失败，是他主动挑起了纠纷。假如他待在家里过正常的生活，他将比这帮人中的任何一个优越一千倍，可以把任何挡他道的家伙一脚踢开。他于是设想了一个最可笑的场面，比如说，这可悲的大学生，这自以为了不起的白痴，这长着罗圈腿的丑八怪跪在艾尔莎的床前，扭曲着双手乞求她的垂青。这想象使他极为满意，于是他决定，一有机会便带大学生去拜访艾尔莎。

出于好奇，K.赶到门口，想看看那女人被带往何处，因为大学生不可能抱着她穿过街道。其实，他们并没有走多远。屋子对面便有一条狭窄的木楼梯，好像通往阁楼。楼梯拐了个弯，无法看到它的尽头。大学生正抱着那女人往上爬，他走得很慢，一面还喘着粗气，因为跑了一阵之后，他已经没多少力气了。那女人朝下面的 K. 招招手，并不停地耸着肩膀，表明她本人在这次劫持中是无辜的。然而，从她的动作中并不能看出多少遗憾来。K. 毫无表情地看着她，好像她是一个陌生人，他既不想在她面前流露出失望，也不想表明他已轻而易举地克服了失望情绪。

那两个人已经消失了，但 K. 还站在门口。他不得不承认，那女人不仅背叛了他，而且编造了一个她是被带到预审法官那儿去的谎言欺骗了他。预审法官绝不会坐在阁楼上等着，而那道木楼梯无论怎么看，也不会使人产生多少联想。正在这时，K. 发现楼梯边贴着一张小纸条。他走过去，看见纸条上歪歪扭扭地写着一行字，似乎是小孩的笔迹："法院办公室在楼上"。如此说来，法院的办公室的确就在这幢破败公寓的阁楼上啰？这绝不是一个能让人产生尊敬的机构。这儿的住户属于最穷困的阶层，房间里塞的都是些没用的破烂儿。假如法院只能把自己的办公室设在这种地方，便可以肯定它是多么缺钱。想到这一点，一位被告心里无疑会宽松不少。当然也不能排除这种可能性：钱本来是足够的，但官员们把它塞进了自己的腰包，而不是用到法律事务上去。根据 K. 迄今为止的经验，这甚至是很有可能的。果真如此，那么，这种贪污行径虽然会被被告看不起，但从根本上说，比法院本身的穷困更让人放心。K. 现在也开始理解，为什么他们在第一次审讯时不好意思把被告带到阁楼上去，而在一个住户的家里羞辱他。与法官相比，K. 处在多么优越的地位！法官只能在阁楼上混日子，而 K. 在银行里却有一间宽敞的办公室，外面还有一间客厅，透过大玻璃窗，他可以俯瞰城市的繁华景象。不错，他没有通过受贿和贪污得来额外钱财，也不能让下属给他弄个女人来，但他心甘情愿地放弃这种卑鄙勾当，至少这辈子不会去干。

当 K. 站在那张纸条前胡思乱想时，一个男人从楼梯走上来，透过敞开的门向屋里张望——从这儿也能看见更里边的审讯室。过了好一阵，他终于问 K.，刚才在这儿是否见到过一个女人。"您是法院听差，对不对？"K. 问。"不错，"那汉子说，"啊，您原来是被告 K.，我认出来了，欢迎，欢迎。"他出乎意料地向 K. 伸出手来。"可是，今天并没有宣布要开庭。"他见 K. 不说话，又补充道。"我知道。"K. 说，并端详着法院听差身上的便服，除了普通纽扣，衣服上还有两颗似乎从旧军服上拆下来的金黄色扣子，作为他官方身份的唯一标志。"我刚才还同她讲话来着，可她已经不在了，那个大学生把她抱到楼上预审法官那儿去了。""您瞧，"法院听差说，"他们老是把她从我身边弄走！今天是星期天，我本来不用干活，可他们为了把我支开，又让我去传达一个毫无用处的通知。当然他们派我去的地方不是太远，我想，要是我抓紧时间，也许还能及时赶回来。我于是赶紧跑到那个办公室门口，透过门缝上气不接下气地大喊几声，把口信传了过去，他们差点儿没听懂我的意思。完事之后我又使尽全身力气往回跑，可那个大学生还是抢在了我前面。当然他用不着跑那么远的路，只要从阁楼爬下这条木楼梯就行了。假如我不是怕丢饭碗，早就把他在这堵墙上挤成肉饼了，就在这张纸条边。我连睡觉都梦见这事，我梦见他双臂伸直，手指伸直，两条罗圈腿绕成一个圆圈，站在地板上面一点点被挤成肉酱，周围溅满了血。不过，直到目前为止，它只是一个梦。""难道就没有别的办法了么？"K.微笑着问。"我不知道还有什么办法，"法院听差说，"现在情况更糟糕了，过去他把她弄走，只是为了自己寻欢作乐，如今他又把她带到预审法官那儿去。当然我早已料到这事迟早会发生。""难道您老婆一点过错都没有？"K.问，尽管他仍在吃醋，问这话的时候也不得不压制自己的感情。"那当然，"听差说，"主要是她的错，她是自己送上门去的。至于预审法官，看见女人就要追。光是在这幢楼里，他因为偷偷溜进别人家里，已经被五户人家赶出来。我老婆是整个公寓里最漂亮的女人，而我又无法自卫。""假如是这样，那的确没有别的办法。"K.说。"为什么没有？"听差问，"那大学生是个胆小鬼，如果在他动我老婆时狠狠揍他一顿，他就再也不敢了。不过我不能这么干，而别人又不愿帮我，所有的人都害怕他的权势。只有像您这样的人才可以揍他。""为什么我可以揍他呢？"K.惊奇地问。"因为您已经被起诉。""不错，"K.说，"正因为这样我更应该怕他才是。尽管他可能对案子的结局不会产生什么影响，但也许会在预审时说对我不利的话。""这话不错，"听差说，仿佛K.的看法同他的看法完全一致，"不过，在我们这儿一般来说不审判毫无希望的案子。""我不这样认为，"K.说，"不过，这并不妨碍我一有机会就教训那个大学生一番。""那样的话，我就得谢谢您了。"听差一本正经地说，似乎并不相信他最大的愿望能够实现。"你们这儿还有一些官员，"K.继续说，"也许是所有的官员，都该挨揍。""的确如此。"听差说，仿佛这是不言而喻的事。然后，他信任地望着K.，尽管他一直很友好，但这种眼神还是头一次出现。他补充道："其实，大家一直在反抗。"不过，这样的谈话似乎使他有些不安，他不想再继续下去，于是说："我得到上面汇报去了，您想同我一起去吗？""我去那儿无事可干。"K.说。"您可以参观一下办公室，谁也不会干涉您的。""办公室值得一看吗？"K.犹豫不决地问，他突然产生了上去看看的强烈愿望。"当然，"听差说，"我想，您会感兴趣的。""那好吧，"K.终于说，"我同您一起去。"于是，他跑着上了楼梯，比听差还要快。

进门的时候他差点摔了一跤，因为门后还有一级台阶。"他们不大为公众着想。"他说。"他们什么都不管，"听差说，"您瞧瞧这间候审室。"这是一条长长的走廊，两边一扇扇简陋的门通往各个办公室。虽然光线无法直接射进走廊，但这里也并非一片漆黑，因为有些办公室靠走廊的墙不是一整块木板，而是一直通到屋顶的木栅栏，栅栏缝里透过一些光。借着这点微弱的光，人们能看见办公室里的职员有的在伏案书写，有的站在栅栏前，透过缝隙看走廊里的人。大约因为是星期天，走廊上的人不多。他们一副诚惶诚恐的样子，坐在固定在走廊两边的木长凳上，彼此间的距离大致相等。尽管从他们的脸部表情、态度、胡子的式样以及许多不易察觉的细节来判断，他们显然属于上等阶层，但衣着并不太讲究。由于走廊里没有衣帽钩，他们都把帽子放在长凳下面，大约是相互模仿的结果。坐在离门最近的那几个人看见K.和听差，立即站起身来向他们问候。其余的人见到这一场面，以为也必须这样做，于是在他们从自己身边走过时纷纷从凳子上站起来。他们站得不是很直，弓着背，屈着膝，像沿街乞讨的叫花子。K.等走在后面的听差赶上时对他说："这些人多么谦卑有礼啊！""是的，"听差说，"他们是被告，全是被告。""真的吗？"K.说，"这样说来，他们同我一样，都是受害者了。"他朝自己身边一个高个子、身体瘦削、头发几乎全白了的人转过脸去。"您在等什么？"K.十分客气地问。那人没有料到 K. 会向他发问，一时不知如何是好，神情十分狼狈，K. 对此甚为不解，此人看来饱经世故，应当知道怎样应付各种局面，绝不会轻易变得惊慌失措。可是，此时他连如此简单的问题也不知怎样回答，只好瞧着其他人，仿佛他们有义务帮助他，仿佛假如没人来帮他解围，谁也别指望从他那儿得到回答。幸亏这时听差走上前去讲了一句使他安心并鼓起勇气的话："这位先生只想问问您在等什么，您就告诉他吧。"也许听差的声音是他所熟悉的，他稍微镇静了一些："我是在等……"那人刚说了一句便停下来，显然是想给 K. 的问题一个确切的回答，但却不知如何措辞。旁边的几个人一齐凑上前来围在这人身边。"走开，走开，别把路堵住。"他们稍稍退后了一点，但并未回到原来的位置。直到这时，被问的人才完全恢复平静，甚至脸上有了些笑容地说："一个月以前我递交了几份有关我的案件的证据，现在等着结果呢。""看来您作了许多努力。"K. 说。"当然，"那人说，"这是我的案子嘛。""不见得人人都像您这样想，"K. 说，"比如，我也被起诉了，这是千真万确的，可我从没递交过什么证据，也没干过任何类似的事。您认为这样做有必要吗？""我说不准。"那人又一次失去了自信。很显然，他认为 K. 在同他开玩笑，因此为了避免再次出错，还是重复刚才的回答为妙。面对 K. 那不耐烦的目光，他只好又说："关于我的案子，我已经交了几份证据。""您大概不相信我被起诉了吧？"K. 问。"哪里，当然相信。"那人说着朝旁边退了几步，说话的口气中却没有相信的成分，只有害怕而已。"您并不真相信我的话，对吗？"K.又问，并不由自主地抓住那人的胳膊，仿佛要逼他相信。对方那奴颜婢膝的态度使K.感到一阵莫名其妙的愤怒。他不想弄痛那人，只是用两个手指轻轻捏着那人的手臂，可对方却尖叫起来，好像K.用一把烧红的钳子夹住他似的。这可笑的尖叫声使K.无法忍受。看来那人的确不相信K.被捕了，那样更好。他大概甚至把K.当成了法官。于是，K.同那人分手时故意狠狠捏了他一把，并把他推回到长凳上，然后继续往前走。"大多数被告都这么敏感。"听差说。在他们身后，几乎所有的当事人这时都围到那人身边，好像要弄明白到底发生了什么事。那人已不再叫唤。一名卫兵走到K.面前。K.主要是根据他身上的佩剑断定他是卫兵的。剑鞘是铝制的，起码从颜色上看是这样。K.对此感到惊奇，并用手去摸了摸。卫兵是听到喊声而走过来询问这里乱成一团的原因。听差想用几句简单的话请他放心，但他坚持要亲自看看到底出了什么事。看到一切正常，他才向听差敬个礼，匆匆地走了。也许是患风湿病的缘故，他的步伐很小。

K.不再关心卫兵和走廊里的人，因为他走过半条走廊后，发现一条向右拐的通道，通道口没有门。他问听差往这儿走是否正确，后者点点头，他便朝右边拐去。他为自己总是走到听差前面一两步感到很不自在，在这种地方，别人很可能把他当成一名在押的因犯。于是，他常常停下来等听差赶上他。但听差见他站住，也总是停住脚步。最后K.为了结束这种尴尬的局面，不得不对听差说我已经看清楚这儿的情形了，现在想走了。"您还没有看到所有的地方呢。"听差极其诚恳地说。"我并不想什么都看，"K.说，他确实有点累了，"我要走了，怎样才能走到出口呢？""您不至于已经迷路了吧？"听差惊奇地说，"您一直走到拐弯的地方，然后向右拐，沿着走廊一直走，尽头就是门了。""您带我去，"K.说，"给我指路。这儿的过道密密麻麻的，我可能找不到路。""这儿只有一条路，"听差面带责怪的神情说，"我不能跟您往回走，我得去交差了。因为您，我已经耽误了许多时间。""您得送我出去！"K.更加坚决地说，仿佛他终于发现了听差也在欺骗他。"请别嚷嚷，"听差小声说，"这儿到处都是办公室。您如果不想自己往回走，那就再跟我走一段，或者在这儿等着，交完差我很乐意带您出去。""不，不，"K.说，"我不想再等了，您得马上领我出去。"K.还没来得及看看他所在的地方，周围许多扇木板门中的一扇突然开了。K.抬头看见一个年轻女子站在门里，大概是K.的大嗓门引起了她的好奇。她问道："这位先生有何贵干？"K.看见在她身后较远的地方，一个男人的身影在昏暗的光线中向这边走来。K.看了听差一眼，他刚才不是说，谁也不会注意K.吗？而现在，却有两个人冲着他来了。用不了多久，也许所有的官员都会注意到他，问他在这儿干什么。唯一可以使人理解和接受的解释只能是：他是被告，想知道下一次审讯的时间。但他恰恰不想这么解释，尤其是因为这不符合事实。他上这儿来仅仅出于好奇，或者说只是想证实自己的猜测：这一整套司法制度的内部和它的外部一样令人厌恶，而这样的解释他就更加无法说出口。实际上，他的猜测看来是对的，他觉得没有必要再调查下去，直到目前为止所看到的已经使他极为沮丧了。此外，从这些门后随时可能走出一位较高级的官员来，而此时他同任何高级官员的冲突对他都十分不利。他得走了，同听差一起走，或者，如果必要，单独离开这个地方。

　　他的沉默和犹豫很引人注目。的确，那年轻女人和听差瞪大眼睛瞧着他，好像他身上即将出现某种重大变化，而他们决不想错过亲眼目睹这一变化的机会。K.刚才远远地看到的那个男人此刻站在走廊尽头，扶着低矮的门框，踮起脚尖轻轻晃动，好像一位好奇的观众。那女人首先发现，K.的反常神态是由于身体稍感不适引起的，便搬来一把椅子问道："您是否想坐下？"K.立即坐了下去，胳膊靠在椅背上，想坐得安稳些。"您觉得有点头晕，是吗？"她又问。她的脸凑近他，露出严肃的表情。许多女人在她们最美好的年龄表情往往是很严肃的。"不必担心，"她说，"在这种地方，这没有什么了不起，差不多每个初来此地的人都有类似的症状。您是第一次来吧？看得出来是这样。那么，用不着紧张。太阳烤着房顶，房梁给晒得滚烫，所以空气又闷又热。这地方的确不适宜做办公室，尽管有几个很大的优点。这儿空气污浊，尤其是当事人很多的时候，叫人简直透不过气来，而当事人差不多天天都挤得满满的。如果您再想想，各种乱七八糟的衣服洗了都要拿到这儿来晾干——您总不能不让住户们上这儿来晾衣服——您就不会奇怪为什么会头晕了。不过，久而久之就会习惯的，您只要来过一两次，就再不会感到透不过气来了。您觉得好点了吗？"K.没有回答，他为自己突然头昏眼花，在这些人面前出了洋相而羞愧。此外，他现在虽然知道了头晕的原因，但并没觉得好受些，相反却更加难受了。那姑娘马上看出了这点，顺手拿过靠在墙边的带钩的长棍，捅开了K.头顶上的天窗，好让新鲜空气进来。可是，大量的煤烟马上涌了进来，她不得不重新关上天窗，并用自己的手帕把 K. 的双手擦干净，因为 K. 已经虚弱得无法照顾自己了。K. 真想在这儿安安静静地坐一会儿，等体力恢复了再离开，也许，这些人越少来麻烦他，他的体力恢复得就越快。然而，那姑娘却说："您不能待在这儿，我们妨碍别人走路了。"K. 露出疑惑的神色，不明白自己到底妨碍谁走路了。"如果您愿意，我可以送您到病房去。请帮我一下。"她对站在门口的那男人说。后者马上走了过来。可是，K. 不愿去病房，不想被带到一个更远的地方去，走得越远，他心里就越感到厌恶。"我已经可以自己走了。"说完，他想从舒适的椅子上站起来。也许是坐久了，乍一站起来，他的两腿不停地颤抖，简直无法站直。"看来还不行。"他摇着头说，并重新坐了下去。他想起了听差，不管怎样，这家伙倒可以扶他出去。可是，听差早就不见了。K. 透过姑娘和那男人身体的缝隙寻找着，但没发现听差的影子。

　　"我想，"那男人说，"这位先生感到不舒服是这儿空气不好的缘故，最好的办法是——他可能也最希望——别把他带到病房去，而是送他离开办公室。"他穿着考究，特别是那件时髦的灰色背心十分显眼，背心下襟是两个又细又长的尖角。"说得对，"K. 大声说，兴奋得立即打断那人的话，"我肯定只要离开这儿，就会立即好的。我并不是真的很虚弱，只要有人扶我一下就行了，不会给你们添很多麻烦，也用不着走很远。只要扶我到门口，我再在楼梯上坐一会儿，体力很快就会恢复。我从没有得过这种病，这一次连我自己也莫名其妙。我也是一名职员，对办公室的空气早已适应，但这儿的空气实在太坏了，刚才你们自己也这样说。你们能不能行个好，扶我走一段？我有点头晕，一站起来就恶心。"他抬起胳膊，好让他们搀着他走。

可是，那男人并未满足 K. 的要求，双手仍安安稳稳地插在裤子口袋里，并大声笑了起来。"您瞧，"他对姑娘说，"我说对了吧，这位先生只是在这儿才感到不舒服，在别的地方就没有事。"姑娘也笑了起来，但用手指尖轻轻戳了戳那人的手臂，仿佛他跟 K. 开的玩笑有点过头了。"您想到哪儿去了，"那人仍在笑，"我当然愿意扶这位先生出去。""那就好，"姑娘说着歪了歪那漂亮的头。"别介意这位先生刚才开的玩笑。"姑娘对 K. 说。此时，K. 又变得沮丧起来，呆呆地坐在那里，其实，他并不需要什么解释。"这位先生——我可以把您介绍给他吗？"（那人挥了挥手，表示同意。）"这位先生是问讯处的官员，他解答在这儿等待消息的被告提出的任何问题。由于公众不大了解我们的诉讼程序，总是提出各种各样的问题，而他对每个问题都能给予回答。如果您有兴趣，可以考一考他。当然，这并不是他唯一的长处，他还有另一个优点，那就是他那身时髦的衣服。我们，也就是全体官员，有一次作出决定，认为问讯处的官员总是第一个跟被告打交道，因此必须穿得漂亮些，以便给人留下威严的最初印象。我们其他人的衣着都很寒酸、陈旧，这您大概已经看出来了。另外，对我们来说把钱花在穿着上也没什么意义，因为我们几乎不出办公室，甚至睡都睡在这里。不过，我刚才已经说过了，大家认为问讯处官员衣着漂亮是十分必要的。遗憾的是，管理处在这方面非常奇怪，居然一毛不拔，所以我们只好大家凑点钱——当事人也纷纷捐款——给他买了这身时髦的衣服和其他行头。我们做好了一切准备，打算给人一个好的印象，而他却用他那该死的笑声把这一切给毁了，把人都吓跑了。""的确如此，"那人嘲讽地说，"可是我不明白，小姐，您干吗要把我们的内部秘密一股脑儿告诉这位先生，或者更确切地说，硬灌进他的耳朵？他根本就不想听。您瞧，他这会儿正想着自己的心事，压根儿没有兴趣听您的唠叨呢。"K. 没有精力去反驳他的话，姑娘的用意可能是好的，她大概想让 K. 开开心，或者乘此机会养养精神，但她的办法失灵了。"我只不过想向他解释一下您笑的原因，"姑娘说，"可您使我感到难为情。""我相信，只要我们扶他出去，他对这一切都不会介意的。"K. 什么也没说，甚至没有抬眼望他们一下，任凭他们议论他，仿佛他是一件物品。说实在的，他倒是希望他们一直议论下去。然而，他突然感觉到那男人的手扶起他的一只胳膊，那姑娘的手则挽着他的另一只胳膊。"那么起来吧，你这虚弱的家伙。"问讯处官员说。"多谢二位！"K. 大喜过望地说，并慢慢地站起身来，将两个陌生人的手移到他觉得最需要支撑的位置。"看起来，"当他们走进过道时，姑娘在 K. 的耳边悄悄说，"我好像在说问讯处官员的好话，不过您可以相信，我说的是真话，他的心肠确实不坏。他没有义务将生病的当事人扶出去，可是像您看到的这样，他却十分乐意地做了。也许我们这儿的人心肠都不坏，愿意帮助所有的人，但我们是法院的人，人们很容易根据表面现象断定我们心肠狠，不肯帮助别人，这使我很伤心。""您不想在这儿坐一会儿吗？"问讯处官员问。他们已经走到了过道中央，面前正好坐着刚才同 K. 交谈过的那个被告。K. 觉得很尴尬，刚才他在那人面前胸脯挺得那么高，现在却被两个人挽扶着，他的帽子被问讯处官员用一只手指挑着转圈，他的头发也蓬乱地垂在满是汗水的额头上。可那名被告似乎什么也没发现，他谦卑地站在东张西望的问讯处官员面前，一个劲儿为自己待在这里而道歉。"我知道，"他说，"我的申请今天还不会有结果，而我还是来了。我想，我一定得等下去，今天是星期天，而我有的是时间，我不会打扰任何人。""您用不着道歉，"问讯处官员答道，"您的细心确实值得称赞。虽然您在这儿占了不必要的地方，但我并不想阻止您在这条走廊里及时了解您的案子的进展，只要您不碍我们的事。可耻地玩忽职守的人见得多了，人们也就学会了忍受像您这样的人了。您请坐下吧。""瞧他多么善于同被告讲话！"姑娘小声说。K.点点头，但同时又吃了一惊，因为此时问讯处官员问他："您不想在这儿坐一会儿吗？""不，"K.说，"我不用休息。"虽然他的口气很坚定，但实际上他很想在这儿坐一坐。他好像置身于一条在大浪中颠簸的船，翻滚的波涛冲击着两边的墙壁，过道深处仿佛传来海水咆哮的声音，过道本身好像要翻转过来，而坐在两边的当事人似乎一会儿被淹没，一会儿又浮出水面。在这种情况下，搀扶他的姑娘和问讯处官员却是那样平静。这使他简直无法理解。他现在全靠他们支撑，假如他们松手，他一定会像一块木板一样倒下去。他们的小眼睛目光敏锐地打量着周围，K.感觉到他们均匀的步伐，但他却没有迈步，因为此刻他几乎是被他们架着往前挪。他终于发现他们在对他讲话，但讲些什么他一句也没听懂，他耳朵里灌满了噪声，其中一种汽笛般尖厉的声音经久不息。"请大声些。"他垂着头说。他感到难为情，因为他知道，他们讲话的声音已经够响了，而他仍然听不懂他们说些什么。终于，他面前的墙好像裂成两半，一股清新的风向他涌来，他听见身边有一个声音说："他开始坚决要走，可后来你向他讲一百次，告诉他门就在他面前，他也一动不动。"K.发现自己就站在大门口，门是那姑娘打开的。他的力气仿佛一下子恢复了，他要先享受一下自由的乐趣，于是伸出脚去走下一级台阶，向搀扶他的两个人告别，他们现在正俯身看着他。"太谢谢你们了，"他反复说了几次，一而再，再而三地和他们握手，直到他看出，他们的确只习惯于办公室里的空气，一接触到从楼梯口涌来的比较新鲜的空气就不舒服时，才松开。他们简直连回答他道谢的力气都没有了，假如K.不赶快把门关上，那姑娘很可能会昏倒在地。K.又在楼梯口站了一会儿，掏出口袋里的镜子，把头发理好，并捡起下面那级楼梯上的帽子——很可能是问讯处官员扔在那儿的——然后便迈着轻快的步子快步跑下楼梯。对于这种突如其来的变化，连他自己也有点害怕了，他的身体一向很结实，从未出过今天这样的毛病，难道他体内酝酿着一次剧烈的变革，以迎接一次新的考验？直到目前为止，他对旧的一切已经习以为常了。他考虑下次是否去看医生，无论如何，他打定主意今后一定要把星期天上午的时间用在比今天更有意义的事情上。在这方面，他还是拥有自主权的。

第四章
毕斯特纳小姐的女友

在以后几天中，K.发觉很难同毕斯特纳小姐搭上话，甚至打个招呼也不可能。他千方百计接近她，但她总是设法避开。下班后他立即回家，待在他的房间里连灯也不开。他坐在沙发上，专心致志地观察着前厅里的一举一动。如果女仆从他门前走过，顺手关上他那间似乎没人的房间的门，过一会儿他便会重新把它打开。每天他比平时早一个钟头起床，希望能在毕斯特纳小姐上班前同她单独待一会儿。但是，这些办法没有一个奏效。他于是给她写信，往她办公室寄，往她家里寄。信中，他一再为自己的行为解释，表示愿意做任何事情来弥补他的鲁莽行为，并保证今后决不越出她所规定的界限。他请求她给他一次同她讲话的机会，因为不同她事先商量，他无法和格鲁巴赫太太谈妥任何事情。最后他告诉小姐，下星期天他整天都在屋里待着，等候她的回音，希望她或者答应他的请求，或者至少解释一下，尽管他已保证对她言听计从，为什么她还是不愿见他。信没有退回，但也没有回音。不过，到了星期天，他倒是得到了一个意思明白无误的信息。一大早，K.透过自己房门上的钥匙孔发觉前厅里有一种异乎寻常的忙碌。事情很快就水落石出了：一名教法语的女教师搬进了毕斯特纳小姐的房间。这是个德国姑娘，名叫蒙塔格，瘦弱，脸色苍白，脚有点跛。直到昨天，她还是单独住一间房。她在前厅来回走动，整整忙碌了几个小时。看来她总是丢三落四，不是忘了一件内衣，就是忘了一块床单或一本书，必须专门再跑一次把它拿到新房间去。

当格鲁巴赫太太给他送来早餐时——自从那次惹 K. 生气后，她一直亲自伺候他——K. 忍不住打破他们之间五天来的沉默。"今天前厅里为什么这样吵？"他一面倒咖啡一面问，"不能安静一下吗？干吗非要在星期天搬家？" K. 虽然没有抬眼看格鲁巴赫太太，但明显地感到她如释重负地松了一口气。尽管 K. 问得很严厉，她却认为 K. 已经原谅了她，至少开始原谅她了。"不是搬家，K. 先生，"她说，"只不过蒙塔格小姐搬到毕斯特纳小姐房间去住而已。"她没有往下说，而是等 K. 的反应，看他是否允许她继续说。但 K. 却故意折磨她，一声不响地用小勺搅着咖啡，好像在沉思。过了好一会儿，他才抬起头来看着她说："您已经打消了对毕斯特纳小姐的怀疑吗？""K. 先生，"格鲁巴赫太太大声说，她正等着这个问题，她把扭在一起的双手伸向 K. 说，"您把我随便说说的话看得过于认真了，我从没想过要得罪您或是别的人。您认识我已经很久了，K. 先生，应当相信这一点！您不知道这些天我是多么难受！我怎么会说房客的坏话！而您，K. 先生，竟相信了这事！您还说，我应当让您搬走，让您搬走！"最后一句话变成了啜泣，她撩起围裙，掩面痛哭起来。

"不要哭，格鲁巴赫太太。" K. 说，眼睛望着窗外，心里却想着毕斯特纳小姐，想着她竟然会让一个陌生姑娘搬进自己的房间。"别哭，"他又说了一遍，当他转过身去时，发现格鲁巴赫太太还在哭，"我当时并没有把这事看得那么严重，我们彼此误解了，这种情况即使是老朋友之间有时也会发生。"格鲁巴赫太太把围裙从眼睛上移开，想看看 K. 是否真的息怒了。"好了，就这样吧，"K. 说，接着又大胆地加上一句，因为他根据格鲁巴赫太太的表情判断，她的侄子，那位上尉，并没有向她透露任何事情，"您真的认为，我会为一个陌生姑娘同您作对吗？""我正是这样认为的，K. 先生，"格鲁巴赫太太说。只要她稍微觉得轻松点，准会说出些不合适的话，这是她的不幸，"我一直问自己，为什么 K. 先生要这样为毕斯特纳小姐操心呢？为什么他明明知道自己讲出来的每一句不大好听的话都会使我失眠，还要为了她和我吵架呢？况且关于这位小姐，我只讲了亲眼看到的事实而已。"对此 K. 没有说什么，当她讲第一句话的时候，他就应该把她赶出屋去，可他不想这么做。他只顾喝自己的咖啡，让格鲁巴赫太太自己觉察出她待在这里是多余的。他又听见蒙塔格小姐在外面来回走动的声音，她正在一瘸一拐地从前厅的这一头奔到那一头。"您听见了吧？"K. 指着门说。"当然，"格鲁巴赫太太说着叹了口气，"我想帮帮她，让女仆也替她拿些东西，可她十分固执，非要自己动手。我对毕斯特纳小姐的做法感到不解，连我都常常后悔不该把房子租给蒙塔格小姐，而毕斯特纳小姐却让她搬进了自己的房间！""您不必为此担心，"K. 一面说，一面用小勺将杯底的糖块碾碎，"这样您便遭受了某种损失吧？""那倒没有，"格鲁巴赫太太说，"这件事本身对我甚至还很有利呢，多出的一间房，我可以让我侄子，那个上尉住进去。我一直担心，过去几天他可能打扰了您，因为我只能将他安顿到您隔壁的起居室里。他向来不大为别人着想。""瞧您说的！"K.说着站起身来，"根本谈不上打扰。您大概以为我神经脆弱吧，只因为我无法忍受蒙塔格小姐走来走去？听，她现在又往回走了。"格鲁巴赫太太几乎感到绝望了。"K.先生，要不要我去告诉她，让她晚些时候再搬剩下的东西呢？假如您愿意，我马上就去说。""可她得搬到毕斯特纳小姐的房间里去！"K.说。"是的。"格鲁巴赫太太说，但她不明白K.这句话是什么意思。"那么好吧，"K.说，"那就让她把自己的东西搬过去吧。"格鲁巴赫太太只点了点头。这种无声的茫然表面上看来似乎是倔强，显然更加激怒了K.。他开始在屋子里来回踱步，从窗前走到门边，又从门边走回到窗口，想以这种方式阻止格鲁巴赫太太溜出房间。

当K.再一次踱到门边时，有人在外面敲门。进来的是女仆，报告说，蒙塔格小姐想同K.先生讲几句话，请他上餐厅去，她在那儿等着。K.默默地听女仆说完，沉思了一会儿，然后转过身来用一种近乎嘲讽的目光看着大吃一惊的格鲁巴赫太太，似乎在说，他早就料到蒙塔格小姐会向他发出邀请，这同格鲁巴赫太太的房客星期天早晨对他的烦扰配合得实在太好了。他让女仆回去转告，他马上就去，然后走到衣柜前，换了件上衣。格鲁巴赫太太此时嘟囔着抱怨那女人太不知趣。K.听了什么也没说，只是请她把早点端走。"可您几乎动都没动。"格鲁巴赫太太说。"唉，让您拿您就拿走吧！"K.喊道，他觉得什么都同蒙塔格小姐搅在一起了，事情变得一团糟。

他穿过前厅时，瞥了一眼毕斯特纳小姐关着的房门。蒙塔格小姐没有请他进屋，而是邀请他去餐厅。他没有敲门，一把推开餐厅的门。

这是一间狭长的屋子，只有一扇窗，地方不大，只能勉强在靠门的两个角落斜着摆两个碗柜。一张餐桌几乎占满了餐室的其他部分，餐桌这头靠近门口，那头一直伸到窗边，几乎让人无法走到窗子跟前。餐具已经摆好，准备供许多人就餐，因为星期天差不多所有的房客都在这里吃午饭。

K. 走进餐厅后，蒙塔格小姐沿着餐桌的一侧，从窗口迎面向他走来。他们相互默默点头致意，接着蒙塔格小姐开始说话。像往常一样，她很不自然地昂着头。"我不知道您是否认识我。"K.皱起眉头看了她一眼。"当然认识，"他说，"您在格鲁巴赫太太这儿已经住了很长时间了。""但我相信，您对周围的房客不大感兴趣。"蒙塔格小姐说。"不错。"K.说。"您不想坐下吗？"蒙塔格小姐说。他们一声不吭地从餐桌尽头拖来两把椅子，面对面坐下来。但是，蒙塔格小姐马上又站起来，因为她把手提包忘在窗台上了。她一拐一拐地穿过整个餐厅，然后又摇晃着手提包一拐一拐地走回来。"我只不过受我朋友的委托同您说几句话。她本来想亲自来的，可她今天有点不舒服。她请您原谅，让我向您传话。反正她对您说的也不会比我向您说的更多，相反，我倒认为我还能对您多说一些，因为我相对而言要客观一些。您不这样认为吗？"

"那么，您想说什么呢？"K.说，他发觉，蒙塔格小姐的目光始终注视着自己的嘴唇，心里不太舒服，"显然，毕斯特纳小姐拒绝了我直接和她谈话的请求。""是这样，"蒙塔格小姐说，

"或者说根本不是这样，是您自己的表达太严重了。一般情况下，别人约您谈话，您当然不能随便答应，也不能轻易拒绝，但有时也会遇到这样的情况，即看不出谈话有什么必要。此时此地正是如此。根据您刚才的态度来判断，我似乎可以坦率地谈谈。您写信或传口信，要求我的朋友与您谈话，而我的朋友至少据我猜测，已经知道会谈些什么内容，因此，她出于某种我不知道的原因，深信这样的谈话对任何人都不会有好处。说实在的，只是到了昨天，她才简单地跟我提起这事。她还说，您自己也并不十分看重这种谈话，因为您准是偶然动了这个念头。甚至用不着多解释，您不久就会明白——如果您现在还不明白的话——整个事情是多么愚蠢。我对她说，很可能如此，但我主张，要把事情完全澄清，还是应该让您得到一个明确的答复。我主动提出充当你们的中间人。我的朋友犹豫了好久才答应我的建议。我希望这样做也符合您的愿望，因为即使事情很小，只要有一点点误会也会让人不舒服，如果能够轻而易举地解决，就像这次一样，那就应该当机立断。""多谢您了。"K.说，并慢慢站起来，看看蒙塔格小姐，又看看餐桌，然后看看窗外，太阳照着对面的房子。他朝门口走去。蒙塔格小姐跟在他身后走了几步，似乎不怎么信赖他。然而到了门口，他们都不得不退了回来，因为门开了，兰茨上尉走了进来。K.第一次离得这么近看到他。上尉个子很高，大约四十岁，肥胖的面孔晒得黝黑。他微微欠身，向K.和蒙塔格小姐致意，然后走到后者面前，恭恭敬敬地吻她的手。他动作潇洒，对蒙塔格小姐彬彬有礼的态度与K.对她的态度形成鲜明对照。尽管如此，蒙塔格小姐似乎并不生K.的气，因为她还想把

K.介绍给上尉，至少K.是这样认为的。不过K.并不愿意被介绍，他既不想和上尉也不想同蒙塔格小姐拉近乎，吻手这个举动在他看来意味着他们俩已经串通一气了，目的在于以一种表面看来最无害和无私的方式阻止他和毕斯特纳小姐接近。K.还看出了更多的名堂，他发觉蒙塔格小姐选择了一种得心应手的、一箭双雕的手段。她夸大了毕斯特纳小姐和K.之间关系的重要性，首先是夸大了K.约见毕斯特纳小姐这件事的重要性，同时又耍手腕，让人以为夸大其词的实际上是K.。她总有一天会发现自己错了，K.从不喜欢夸大任何事情，他知道，毕斯特纳小姐只是个小打字员，不会长期抗拒他的。在这方面他丝毫用不着考虑格鲁巴赫太太讲过的关于毕斯特纳小姐的那些话。这些他都考虑到了之后，几乎没有告别就离开了餐厅。他想马上回到自己的房间，但蒙塔格小姐的嗤笑从他身后的餐厅里传出来，这使他立即产生一个念头：他可以乘机做一件出乎他们俩——上尉和蒙塔格小姐——意料的事。他朝四周看了看，又仔细听了听，确信所有的房间里都很安静，没有人会来妨碍他。除了餐厅里叽叽咕咕的谈话声和通向厨房的过道里格鲁巴赫太太的声音，四周静悄悄的。看来机会难得，K.来到毕斯特纳小姐的房门前，轻轻敲了敲门。一点动静也没有。他又敲了一次，仍旧没人答应。她在睡觉吗？或者真的不舒服？或许她知道只有K.才会这样轻轻敲门，因而装作不在家？K.认为她是装作不在家，便重重地敲了一下。最后，由于敲门毫无反应，他小心翼翼地，带着做了一件无理和无益的事的歉疚推开了门。房间里一个人都没有。另外，它同K.前些日子见过的样子几乎完全不同了。墙边并排放着两张床，门背后的三把椅子上堆满了外衣和内衣，一个衣柜的门大开着。看来，毕斯特纳小姐乘蒙塔格小姐在餐厅里同 K. 谈话的机会溜出去了。K. 并不感到惊讶，他丝毫不期待能如此轻而易举地遇见毕斯特纳小姐。他这样做仅仅是为了气气蒙塔格小姐而已。当他重新关上房门时，发现餐厅的门开着，蒙塔格小姐和上尉站在门口谈话，这使他大吃一惊。看来，当 K. 推开毕斯特纳小姐的房门时，他们已经站在那里了。他们压低嗓子，用漫不经心的目光注视着 K. 的每一个动作。侃侃而谈的人打量从他们身边经过的人时，用的就是这种眼光。虽然他们竭力装出并未注视 K. 的样子，但他们的目光却对 K. 是一种威胁。他贴着墙，匆匆地朝自己房间走去。

第五章
打　手

  几天后的一个晚上，K.下班后回家——这天，他几乎是最后一个离开办公室。他穿过走廊，朝楼梯走去。只有收发室的两个职员还在一盏白炽灯暗淡的光线下工作。突然，他听见从一间屋子的门后传来一阵呻吟。过去，他一直认为那是一间废物储藏室，但并没有亲自进去看过。他诧异地停住脚步，又仔细听了一下，以证实他是否听错了。开始时什么声音也没有，可是过了一会儿，呻吟声又响起来了。他本想叫一个收发室职员作为证人同他一起去看个究竟，但在无法抑制的好奇心的驱使下，他猛地一下推开门。正像他一直猜测的那样，这是一间废物储藏室，一捆捆没用的旧印刷品和陶制的空墨水瓶乱七八糟地堆在门后。然而，屋里却站着三个男人，由于天花板很低而弓着身子。一个书架上插着一支蜡烛，发出微弱的光。"你们在这儿干什么？"K.惊讶地问，但声音并不高。他们中的一个显然控制着另外两个人，并首先吸引了K.的目光。他身穿一件深色皮外套，脖子、前胸的很大一部分和两只胳膊全露着。此人没有回答K.的问话，另两个人看见K.却大喊起来："先生，我们得挨鞭子，因为您在预审法官面前告了我们！"直到这时，K.才发现他们原来就是名叫弗兰茨和威廉的看守，而第三个人手里拿着一根鞭子准备抽他们。"怎么回事？" K. 瞪大眼睛看着他们说，"我从来没有控告过你们，仅仅如实讲了我房间里发生的事。当然，你们的行为并不是无可指责。""先生，"威廉说，而弗兰茨直往他身后躲，以避开那人，"假如您知道我们挣的工资多么可怜的话，您就不会对我们这样苛刻了。我得养活一大家子人，弗兰茨也要娶媳妇，所以各人只好想尽办法多挣些钱。光靠干活就得饿死，白天黑夜拼命干也不行。您的漂亮衣服对我们是个诱惑，我们的确想据为己有，但那种事情是禁止看守们干的，我们做得是不对。不过，囚犯们的衣服历来是看守们的外快，这已经形成传统。请相信事实就是这样，这样做也是可以理解的，因为对一个倒霉透顶的囚犯来说，这些东西还有什么用呢？可是，一旦这种事情公开出去，看守们就得受惩罚。""你们所说的一切我都不知道，我也从来没有要求惩罚你们，我当时只是在维护一种原则。""弗兰茨，"威廉转过脸去对另一名看守说，"我不是对你说过，这位先生并没有要求惩罚我们吗？现在你也听见了，他甚至不晓得我们得受惩罚。""别听他们胡说八道，"第三个人对 K. 说，"惩罚是公正的，也是不可避免的。""别听他的，"威廉说，但刚一开口就住了嘴，因为他的手被鞭子抽了一下，他赶紧把手凑到嘴边，"我们挨打，只因为您告发了我们，否则我们就会平安无事的，即使他们知道了也不会对我们怎么样。这难道就是公正吗？我们两人，特别是我，已经当了多年的看守，您自己都得承认，从当局的立场来看，我们干得不错。我们本来有晋升的机会，也许不久就能当上打手，就像这个人一样。而他只不过运气好些，没人告发他罢了，因为这样的控告确实少有。可是现在，先生，一切都完了，我们的前程给断送了。我们从此得去做比看守还要低下的工作，并且，现在还得忍受痛苦的鞭打。""鞭子抽在身上真的很痛吗？"K.一面问，一面仔细看了看打手挥舞着的鞭子。"我们得先把衣服脱光。"威廉说。"原来如此。"K.说，并仔细打量了一下打手，他晒得像水手一样黑，长着一脸横肉，粗壮结实。"有没有办法让这两个人不挨打？"K.问打手。"没有办法。"那人笑着摇摇头。"脱光衣服！"他命令那两个看守，又对K.说，"别相信他们说的那一套，他们怕挨打怕得失去了理智。比如说，"他指着威廉说，"这家伙大谈什么晋升等等，完全是胡说八道。您瞧他有多胖，头几鞭子抽在他身上连印子也没有留下。您知道他为什么这么胖吗？他去逮捕谁，准会把谁的早餐吃掉，他大概把您的早餐也吃掉了吧？我说的肯定没错。这样一个大腹便便的人永远也不会晋升为打手，绝对不可能。""也有像我这样的胖打手。"威廉一面坚持自己的看法，一面解开裤腰带。"当然没有，"打手用鞭子蹭了蹭威廉的脖子，吓得他一哆嗦，"不许插嘴，赶快把衣服脱下来！""假如你放他们走，我会重重赏你。"K.说着没有瞧打手一眼便掏出钱包，这样的交易双方都得睁一只眼闭一只眼。"您大概打算以后也告我一状吧，"打手说，"好让我也挨一顿打？不，不！""好好想想吧，"K.说，"如果当初我想让他们受惩罚，我现在就不会用钱来赎这顿打，我可以关上门，闭上眼睛、堵住耳朵回家去。但我不愿这样，而是真的想救他们。假如我当初知道他们会受到惩罚或可能受到惩罚，我就决不会说出他们的名字。我认为他们并没有罪，有罪的是那个机构，那些高级官员。""说得对极了！"看守们喊道，但脱得光光的背上立即挨了一鞭子。"倘若你打的是一位高级法官，"K.一面说，一面把重新举起的鞭子压下去，"那我就不会阻止你，相反，会给你一笔钱，让你更加卖力地干这种好事。""您讲得合情合理，"打手说，"不过我拒绝受贿。我干的活儿就是打人，我要打了。"那个叫弗兰茨的看守大约希望K.的干预能成功，因此原先尽量往后缩，现在却跑到门边。他只穿着裤子，一到K.面前就双膝跪下，搜着K.的手低声说："既然您无法让他饶恕我们俩，那就想想办法，至少让他饶了我吧。威廉比我大，比我耐打，前几年也挨过打。而我却从来没像这样丢过面子。何况我的一举一动都是威廉教的，不论干好事还是坏事都是从他那儿学来的。我可怜的未婚妻这会儿还在楼下银行门口等着事情的结果呢。我真没有脸去见她。"他在K.的外衣上揩干脸上的泪水。"我不能再等了。"打手说，并用双手举起鞭子，抽了弗兰茨一下。威廉蜷曲在角落里偷偷地朝这边看，连头都不敢转动一下。弗兰茨发出一声凄厉而拖长的尖叫，这声音仿佛不是从人的喉咙里，而是从一架受刑的机器里发出来的，在走廊里回荡，整座楼里大概都能听见。"别叫！"K.大声说，他再也无法忍受，神情紧张地朝职员们可能闻声赶来的方向望去，同时推了弗兰茨一把，虽然没用多大力气，但也足以使这个半失去知觉的人跌倒在地。弗兰茨浑身抽搐，双手抓着地板。这样他也免不了继续挨打。鞭子往躺在地上的他身上雨点般落下，鞭梢随着他在地上翻滚的频率而有规律地上下挥舞。远处已经出现一名职员，在他身后几步还有另外一名。K.赶快砰的一声关上门，走到附近一扇朝向院子的窗户，把窗子打开。尖叫声完全停止了。为了不让职员们走近，

K. 大声说:"是我在这里!""晚上好,襄理先生!"职员们回答道,"出了什么事?""没什么,没什么,"K. 说,"院子里好像有条狗在叫。"看到职员们仍然站着不动,K. 又补充道:"你们可以回去工作了。"由于他不想同职员们多谈,便朝窗外探出身去。过了一会儿,当他又向走廊里望去时,发现他们已经走了,但他仍然站在走廊里,不敢回到储藏室去,也不想回家。他看了看窗外,那是一个正方形的小院子,周围全是办公室,所有的窗子都是黑洞洞的,只有最高一层的几块窗玻璃反射出月亮的微光。他朝院子里一个黑暗的角落望去,那里胡乱堆着几辆手推车。他感到内疚,因为没能使看守们免受鞭打,但这不是他的错,如果不是弗兰茨尖叫起来——他肯定很痛,但在紧要关头应当挺住——那么他或许能找到别的办法说服打手放过他们。如果这一机构所有下层人员都是无赖,那么,干这种最没有人性的工作的打手又怎么会例外呢?况且 K. 看得清清楚楚,打手的眼睛一见到钞票立即发亮。他坚持要鞭打那两个可怜虫,无非是想抬高要价罢了。K. 绝不会吝惜钱,他真的想解救那两名看守。既然他打算同整个腐败的司法机构作斗争,对这件事进行干预便是他理所当然的义务。但是,在弗兰茨开始叫喊的那一刻,一切努力都白费了,K. 不能让职员们和其他人发现他正在储藏室里同那帮人待在一起干那种勾当。不,任何人也不能要求 K. 作出这样的牺牲。即使需要他作出某种牺牲,他倒情愿脱掉自己的外衣,代替看守们挨打,那样不是简单多了吗?打手当然不会同意 K. 代替看守们挨打,因为那样一来他不仅得不到任何好处,反而有可能被控严重失职,[10] 甚至是在两个方面严重失职。因为 K. 的案子一天不结束,作为被告便一天受到保护。在这方面有特殊规定。总而言之，K.除了砰的一声把门关上外毫无办法，虽然关上门以后也不能把所有的危险都消除。遗憾的是他最后还推了弗兰茨一把，这只能归咎于他当时很激动。

他听见职员们的脚步声从远处传来。为了不引起他们注意，他关上窗户，朝楼梯口走去。经过储藏室时，他驻足听了一会儿，里面一点声音也没有。打手也许已经把两名看守打死了，在他的淫威面前，他们只能听天由命了。K.的手已经触到了门把，但又立即缩了回来，他现在再也帮不了他们的忙，况且职员们随时都可能出现。不过，他发誓将把这件事公之于众，并找出真正的罪犯——那些高级官员，并在他力所能及的范围之内给予他们应得的惩罚。这帮家伙迄今为止不敢公开露面。他走下银行大门前的台阶时，仔细地察看了所有的行人。然而，即使在附近的街道上也见不到一个正在等人的姑娘。弗兰茨声称他的未婚妻在等他之类的话完全是一派谎言。不过这倒是可以原谅，他只是想博得更多的同情而已。

第二天K.仍然忘不了那两个看守。他始终心不在焉，为了完成工作，不得不比头一天在办公室待更长的时间。当他离开办公室再次走过那间储藏室时，他忍不住又推开了储藏室的门。然而，那儿并非一片黑暗，眼前出现的景象使他茫然。每样东西都和他前一天晚上见到的一模一样。一捆捆作废了的印刷品，一个个墨水瓶还堆在门后，手执鞭子的打手和两名脱得光光的看守仍旧在那儿，书架上仍然插着一支蜡烛。看守们一看见K.，立即哀求地喊道："先生！"K.赶快把门关上，并在门上擂了几下，似乎这样它便会关得更严。他差不多是哭着跑去找职员，他们正安静地在拷贝机旁忙碌。职员们见到他这副样子，都诧异地看着他。"赶快把那间废物储藏室清理干净，"他嚷道，"脏得真让人受不了！"职员们答应第二天马上干，K.点点头，今天太晚了，他不能强迫他们立即动手，虽然他本来希望这样。他坐下待了一会儿，想和他们做个伴。他翻翻复印文件，似乎他在检查工作。后来，他发现这些人不敢与他同时下班，便拖着疲惫的身躯，脑子一片空白地回家了。

第六章

K. 的叔父·列妮

一天下午，当天的函件即将发出时，K. 忙得不亦乐乎。两名职员送来几份文件请他签字，然而这时，K. 的叔父卡尔——一个农村来的小地主——走进屋来，把他们粗暴地推到一边。叔父的到来并不使K. 感到吃惊，因为他早就担心他会来。他迟早会来的，差不多一个月来，K. 就对此深信不疑。K. 常常想象叔父的模样，此刻发现他和自己的想象毫无区别：背有点驼，左手拿着一顶揉皱了的巴拿马草帽。一进门，他就扬起右手，鲁莽地隔着办公桌，伸到K. 的鼻子面前，碰翻了屋里每一样东西。叔父总是很匆忙，因为他脑子里始终有一个可悲的想法：不管什么时候进城，原订计划中的所有事情都得当天办完。另外，他还不放过任何一个跟人交谈、办事和娱乐的机会，而K. 必须竭尽一切力量，帮他办妥所有的事情，有时甚至得给他安排住处，因为他过去是K. 的监护人，K. 对他特别感激。"农村来的魔鬼！"K. 背地里总是这样称呼他。

刚打完招呼，他就要求同K. 私下里谈一谈——他没有时间在K. 给他端来的椅子上歇一会儿。"事情紧急，"他气喘吁吁地说，"必须谈一谈，这样我才能放心。"K. 马上吩咐两名职员出

79

去，并告诉他们别让任何人进来。"我听到的消息是怎么回事，约瑟夫？"当屋里只剩下他们俩时，叔父大声问道。他一屁股坐在办公桌上，拿过几份文件，连看也不看就垫在屁股底下，好坐得舒服点。K.一言不发，心里明白将发生什么。猛地从紧张的工作中松弛下来，他感到一阵惬意的轻松。他透过窗子，望着街对面，从他坐的地方只能看见一小片三角地带，这是两个商店橱窗之间一所住宅的外墙。"你倒有闲心看窗外！"叔父挥舞着手臂嚷道，"看在上帝的分上，约瑟夫，回答我的问题！这是真的吗？可能是真的吗？""亲爱的叔父，"K.把目光收回来说，"我一点也不明白你要我回答什么。""约瑟夫，"叔父忧虑地说，"据我所知，你向来是说真话的。难道我应该把你刚才讲的话看成是坏兆头吗？""我猜到了你想知道什么，"K.顺从地说，"你大概听说了我被控告的事吧。""的确是这样，"叔父微微点头说，"我听说了你在吃官司。""谁告诉你的？"K.问。"艾尔娜给我写了封信，"叔父说，"她和你不大来往，而你也不大关心她，这使我非常忧虑。尽管这样，她还是知道了。今天上午我收到信，便立即赶来了。我来这儿没别的原因，不过光是这个原因已经足够了。我可以把她在信中提到你的部分念给你听。"他从皮包里抽出那封信，"在这儿。她写道：'我已经很长时间没见到约瑟夫了。上星期我到银行去找他，可他很忙，我根本见不到他。我等了差不多一个钟头，后来只好离开那儿，因为我得上钢琴课。我真想同他谈谈，也许以后还有机会。在我的命名日，他寄给我一大盒巧克力，他真好，考虑得真周到。上次写信时，我忘了把这事告诉你们，现在你们问起，我才想起来。至于巧克力，你们知道，在寄宿学校里很快就不翼而飞了，礼物丢了后，是很难想起有人曾送过你东西的。不过关于约瑟夫，我还有一件事要告诉你们。我上面说过，我那天在银行里无法见到他，因为他当时正和一位先生谈话。我老老实实等了一会儿以后，问一位职员，谈话是否还要进行很久。那位职员回答说很可能是这样，因为这也许和襄理先生卷入的一桩案子有关。我问是什么案子，他是不是搞错了。他说没搞错，的确是一件案子，一件很严重的案子，详细情况他也不清楚。他本人当然很愿意为襄理先生帮忙，因为襄理先生是个善良正直的人，可他不知道怎样才能帮助他，只好祝福有影响的人物站在他一边替他讲话。不过，事情肯定会顺利的，结果一定会很圆满，只是目前根据襄理先生的情绪来推测，情况似乎不妙。我当然不会把这位职员的话看得过于严重，劝那位头脑简单的先生放心，并请他别把这事告诉任何人。我相信他的话不过是无稽之谈而已。尽管如此，亲爱的父亲，你下次进城去看他的时候如果能详细了解一下究竟是怎么一回事，也许更好些。你会轻而易举地查明事实真相，如果需要的话，可以请你那些有影响的熟人进行干预。即使这一切是多余的——事情很可能如此——那么，你至少也可以给你女儿一个不久便能拥抱你的机会，对此她将会十分高兴。'真是个好孩子。"叔父念完信以后说，并揩干眼里的泪水。K.点点头，近来他由于遇到许多不顺心的事，完全把艾尔娜给忘了，甚至连她的生日都忘了，至于巧克力的事，那完全是瞎编的，为的是在叔叔和婶婶面前给他留点面子。这真是令人感动，他打算从现在起定期给她送戏票，以示回报，这当然是不够的。但是，到寄宿学校去看她，和一个18岁的小女孩聊天，他觉得在目前情况下也不太合适。"你现在还有什么好说的？"叔父问，女儿的信使他忘记了匆忙和不安，仿佛他仍然在重读那封信。"不错，叔父，"K.说，"这是真的。""真的？"叔父惊呼道，"怎么会是真的？怎么可能是真的？这是一件什么样的案子？不会是一桩刑事案件吧？""的确是一桩刑事案件。"K.答道。"既然是一桩刑事案件，你怎么能安安稳稳地坐在这里？"叔父嚷嚷起来，声音越来越大。"我越是镇静，事情的结局就越好，"K.疲倦地说，"没有什么好害怕的。""这么说可安慰不了我，"叔父大声说，"约瑟夫，亲爱的约瑟夫，为你自己想想，为亲戚们想想，为我们家族的名声想想吧！你一直是我们的骄傲，可不能给我们抹黑啊！你的这种态度，"他歪着头望着K.说，"使我很伤心，没有一个理智的被告会采取这种态度的。赶快告诉我，到底出了什么事，我好给你帮忙。准是和银行有关，对吧？""不对，"K.说着站起身来，"你的声音太大，听差们准站在门外偷听呢。亲爱的叔父，我可不喜欢这样。我们最好还是到外面去谈，我会尽量回答你提出的所有问题。我很清楚，我应当向全家人作出解释。""很好，"叔父嚷道，"好极了！那就赶快，约瑟夫，快走。""我还得交代几件事。"K.说完便打电话请他的助手来。几分钟后助手就到了。情绪激动的叔父打了个手势，说明是K.叫他来的，这其实是不言而喻的。K.站在办公桌旁，小声地向这个年轻人解释应当怎样处理他手中的几份文件，后者冷静而专注地听着。紧接着，K.又告诉助手他不在的时候应该做些什么。叔父睁大眼睛，咬着嘴唇在一旁站着，使K.觉得很不自在。其实他并没有听到他们在说什么，但他那副似乎在听的神态就足以使K.心烦了。接着，他又开始在屋里走来走去，不时地在窗前或一幅画的前面停下来，嘴里冒出一句话，如"简直不可理解"或"天晓得事情会怎么样"。年轻的助手装作什么也没觉察到，聚精会神地听着 K. 的指示，并不时地在笔记本上记下点什么。K. 讲完后，助手向 K. 和叔父微微鞠了个躬，便离开了办公室。但此时叔父正好背对着他，双手抓住窗帘，望着窗外。门刚关上，叔父便嚷道："这笨蛋终于走了，现在我们可以出去了，谢天谢地！"他们来到大厅，那里站着几个职员和仆役，副经理正好也迎面走来。急不可待的叔父在这里便想打听案子的情况。倒霉的 K. 没法让他住口。"我说约瑟夫，"叔父开口说，大厅里的职员向他们鞠躬致意，他点点头表示回答，"现在坦率地告诉我，到底是一件什么样的案子？"K. 似是而非地回答了几句，笑了笑，直到下楼时才向叔父解释，他不愿当着下属的面谈论这件事。"不错，"叔父说，"可是现在全都说出来吧。"他抽着一支又短又粗的雪茄，歪着头仔细听着 K. 的叙述。"首先要说明的是，叔父，"K. 说，"这不是一件由普通法院受理的案子。""糟透了。"叔父说。"什么？"K. 看看叔父问。"我说糟透了。"叔父重复道。他们站在大门外的台阶上，由于门卫好像在听他们讲话，K. 拉着叔父走下台阶，汇入到街上的人流之中。叔父挎着 K. 的胳膊，不再急于打听案情。在他们默默地走了一阵之后，叔父突然停下脚步，向 K. 提出一个问题——走在他后面的人吃了一惊，赶紧避开——"但是，这事究竟是怎样发生的？这类事情不会突如其来，有一个日积月累的过程，事先肯定有某种征兆。你为什么不写信给我？你知道，我得为你的一切操心，在某种意义上，我仍然是你的监护人，直到今天还为此而自豪。我当然会尽力帮助你的，但现在由于案子已经开始审理，我就很难帮上忙了。无论如何，你最好请几天假，到我们乡下来住一段时间。我发现你比以前瘦了，在乡下就能恢复过来。这对你会有好处，因为很快你就要全力应付审讯了。除此之外，你还可以暂时避开法院的纠缠，他们在这儿拥有各种各样的权力机器，肯定会开动起来对付你。可是你如果在乡下，他们要找你就得派人来，或者发信，拍电报，打电话来。那样，效果自然就差多了。虽然你不能彻底摆脱他们，但至少可以松一口气。"可他们也许会禁止我离开。"K.说，他有点被叔父的建议打动了。"我不认为他们会这样做，"叔父沉思地说，"况且，你的离开并不会对他们的权力造成多大的损害。""我本来以为，"K.拽住叔父的胳膊，让他别站着，"你比我更加不在乎这个事，可现在看来，你把它看得很严重。""约瑟夫！"叔父嚷道，想挣脱开来继续站在原地，但K.没有松手，"你变了，你的头脑向来很清醒，现在怎么变糊涂了？你想输掉这场官司吗？你知道这意味着什么吗？意味着你彻底完蛋！而你的亲戚也会跟着倒霉，至少蒙上耻辱，名誉扫地。约瑟夫，你得振作起来，你这种无所谓的态度简直叫人发疯。别人一看到你这副样子，就会想起那句老话：'遇上这样的官司，还没打就输了。'"

"亲爱的叔父，"K.说，"激动是没有用处的，不但对你，而且对我都一样。靠激动是打不赢官司的。我一向很尊重你的实际经验，现在也仍然如此，虽然你的突然来访使我吃惊不小。可是，请你也听听我的实际经验吧。既然你说，由于这件案子全家都会跟着倒霉——我实在无法理解为什么会这样，不过这无关紧要——那我就听从你的劝告。可是我觉得，到乡下去即使你的本意是好的，也是不可取的，因为这会被认为是畏罪潜逃，换句话说，等于承认自己有罪。此外，虽然我在这儿受到的压力比较大，但可以靠自己的努力推动事情向好的方向发展。""说得对，"叔父用一种赞同的口气说，似乎他们终于想到一块了，"我提出这个建议，是因为我觉得，假如你待在这里，事情会由于你那无所谓的态度而搞糟，与其这样还不如我来替你活动。假如你愿意自己努力为案子奔走，那当然更好。""这样我们的意见就一致了，"K.说，"关于我首先应该做什么，你现在有什么建议吗？""我当然还得把整个事情好好想一想，"叔父说，"你知道，我在乡下已经住了二十年，几乎从未离开过，因此在处理这种事情上的眼光不像过去那样敏锐了。我在乡下很少同别人来往，许多重要的联系都断了。几位有影响的人物在这类情况下或许比我内行，但天长日久，我同他们的关系已经疏远。只是发生了眼下这样的紧急情况，我才意识到这样做的害处。另外，你的事来得太突然，在接到艾尔娜的信以后我就猜到出了什么事，今天一见到你，我就差不多完全肯定了。不过这些都是废话，现在最重要的是我们别再浪费时间。"还在讲话的时候，他便踮起足尖，招手叫来一辆出租汽车，此刻，他大声地将地址告诉司机，然后钻进汽车，并把K.也拽进去。"我们去找霍尔德律师，"他说，"他是我的同学。你肯定知道他的名字，对吗？不知道？真有点奇怪！作为辩护律师，穷人的律师，他的名声很大呢。不过，我之所以特别信任他，是因为他很有人情味。""无论你做什么，我都没意见。"尽管叔父处理事情的仓促和轻率使他有些不快，他仍然这样说。作为一个有求于人的人被带到一个替穷人说话的律师那儿去，他觉得很不是滋味。"我原先不晓得，"他说，"在这类案件中还可以聘请律师。""当然可以，"叔父说，"这还用说！为什么不可以？现在把直到目前发生的事全告诉我，好让我心中有个数。"K. 开始讲述事情的前后经过，一个细节也没有隐瞒，因为只有绝对坦率，才是对叔父所声称的这件案子带来的奇耻大辱的一种抗议。毕斯特纳小姐的名字 K. 捎带着提起过一次，这并不说明他不坦率，而是因为小姐与案子没有什么关系。他一面讲，一面透过车窗看着外面。他发现他们已经驶入郊区，而办公室设在阁楼上的那所法院恰恰坐落在这一带。他提醒叔父注意这个事实。但叔父似乎不大理会这个巧合。出租车在一幢深灰色的房子前面停下。叔父按了按底层第一户人家的门铃。当他们等人来开门的时候，叔父露出他的大板牙笑着在 K. 耳边说："现在是八点钟，委托人很少在这个时候来打扰他，不过霍尔德不会见怪的。"门上的观察孔里露出一双黑色的大眼睛，打量了两位来访者好一阵后又消失了，但门并没有开。叔父和 K. 相互证实，他们的确看到了那双眼睛。"一个新来的女仆，大概害怕生人。"叔父说，接着又敲了敲门。那双眼睛再次出现，眼神似乎有点忧伤，但这也许是那盏没有罩的煤气灯造成的错觉。煤气灯正好照着他们的头顶，发出刺耳的嘶嘶声，光线却十分暗淡。"快打开门！"叔父擂着门喊道，"我们是律师先生的朋友！""律师先生病了。"在他们身后有人小声说。这条窄窄的走廊尽头的另一扇门里站着一个穿睡衣的男人，压低嗓门告诉他们。由于等得太久而怒气冲冲的叔父猛地转过身去冲他嚷道："病了？您说他生病了？"并气势汹汹地朝那人走去，仿佛那人就是疾病的化身。"门已经开了。"那人指着律师的门说，接着裹紧睡衣进了屋。门的确开了，一位年轻姑娘——K.认出了那双微微凸起的黑眼睛——系一条白色的长围裙，手里拿着一支蜡烛站在门里。"下一次开门麻利点！"叔父没有问候，而是教训她说。她行了个屈膝礼。"来吧，约瑟夫。"他对 K. 说。K. 慢慢地从姑娘身边走过。"律师先生病了。"由于叔父眼也不抬地径直朝里屋走去，那姑娘又说。K. 仍在打量她，而她正转过身去把大门关上。她长着一张圆圆的娃娃脸，不仅双颊和下巴，而且太阳穴和前额也是圆的。"约瑟夫！"叔父又喊道，接着问那姑娘："是心脏病吗？""我想是的。"姑娘端着蜡烛，走在他前面说，并把里屋的门打开。在烛光照不到的一个屋角里，一张蓄着长胡子的脸从枕头上抬起来。"列妮，谁来啦？"律师问，他被烛光照花了眼，看不清来客。"是你的老朋友阿尔伯特。"叔父说。"噢，是阿尔伯特。"律师说着又躺到枕头上，好像没有必要在客人面前强打精神。"真的很不舒服吗？"叔父一面说，一面坐到床沿上，"我可不大相信。不过是心脏病又一次发作而已，像前几次一样，很快就会过去的。""也许吧，"律师小声说，"可这次比过去每一次都厉害，连呼吸都困难，根本睡不着觉，身上一天比一天没劲。""是这样，"叔父那只粗壮的手将巴拿马草帽使劲压在膝上说，"那可真糟糕。那么，用人对你的照顾周到吗？这儿看上去阴沉沉的，光线太暗。我上一次到这儿来，是很久以前的事了，那时候这里的气氛似乎好得多。另外，你这位用人小姐好像不大开心，也许她是装的。"姑娘仍然端着蜡烛站在门边，从她那闪烁不定的目光来推测，她更多的是在看着 K.，而不是他的叔父，即使后者在谈论她的时候，她也并未转过头来。K. 这时已拉过一把椅子放在她的身旁，舒服地靠在椅背上。"谁要是像我一样得了病，"律师说，"就需要安静。我并不觉得这儿阴沉沉的，"他稍微停顿了一下，又补充道："列妮把我照料得很好，她是个好姑娘。"[11]但叔父似乎并不相信，他对这个女看护显然抱有成见，虽然没有反驳病人的话，但却用严厉的目光注视着那支蜡烛。她走到床前，把蜡烛放在床头柜上，朝病人俯下身去，一边摆好枕头，一边对他轻声说着什么。叔父几乎忘记了自己是在病人的房间里，他猛地站起身来，在姑娘身后踱起步来。假如这时他抓住姑娘的裙子，把她从床边拖开，K.也不会感到奇怪。作为旁观者，K.静静地看着这一场面，律师生病对他来说并不是坏事。叔父对他的案子的关心过于热情，而他又没法拒绝这种关心，现在，用不着他出面，叔父的热情便遭到了挫折，这无疑是他愿意看到的。然而，大概是想使女看护难堪，叔父突然说："小姐，请让我们单独待一会儿，我和我的朋友有点私事要商量。"姑娘这时正俯下身，把靠墙那一边的床单抚平，听了这话便侧过头心平气和地说："您已经看到，我的主人病了，不能商量任何事。"这与叔父那充满怒气，结结巴巴，然后又忽然变得十分流利的语调形成鲜明对比。或许，仅仅是出于省事，她才重复了叔父使用过的字眼，但即使在旁观者看来，这也似乎是反唇相讥。叔父像被黄蜂螫了一下，顿时暴跳如雷。"见你的鬼去吧！"由于激动，他口齿不清地骂道。K.吃了一惊，他虽然料到会出现这种情况，但仍感到十分突然。他站起身来向叔父奔去，想伸出双手堵住他的嘴。幸好这时姑娘身后的病人在床上坐了起来。叔父做了个鬼脸，仿佛吞下了什么令人厌恶的东西，接着用较为平静的口气说："我们当然还没失去理智。假如我所要求的事根本办不到，我是不会提出要求的。现在请您走吧。"姑娘直起腰来站在床边，转过身来面对叔父，一只手仍然抚摩着律师的手，至少K.是这样认为的。"你可以当着列妮的面谈任何事情。"病人用恳求的语调说。"这事与我无关，"叔父说，"并不是我的秘密。"他转过身去，好像根本没有商量的余地，不过却给律师一个考虑的机会。"那么是关系到谁呢？"律师重新躺下，有气无力地问。"我的侄子，"叔父说，"我把他带来了。"他开始作介绍："银行襄理约瑟夫·K.。""噢，"病人活跃多了，并向K.伸出手来说，"请原谅，刚才我没看见您。你走吧，列妮。"他对女看护说，并同她握了握手，好像要同她分别很久似的。列妮顺从地走了。"这么说来，"律师终于对叔父说，后者这时已息了怒，走到病人床前，"你并不是来看望我，而是有事找我。"仿佛一想到别人是来看望一个病人自己就病得快死似的，律师这会儿显得好多了。他支着双肘靠在床上，一只手伸进胡须中不停地捋着，缠绕着，这当然是很累的。"那个小妖精一走，你的病看上去就轻了不少。"叔父说。他突然住了嘴，然后悄悄地说："我敢打赌，她在门外偷听。"他奔到门口看了看，但门外一个人都没有。他又走回来，一点也不觉得难堪，因为他认为她不偷听肯定是出于更大的恶意，于是便恼怒地说："这该死的巫婆！""你对她不公道。"律师说，不再为姑娘辩护，也许想要表明，她根本用不着别人替她辩护。接着，他用关切得多的口吻说："至于你侄子的事情，假如我微薄的力量能够胜任这样一项艰巨的任务，我当然会感到很荣幸，不过，我担心我的力量有限，但无论如何，我会尽全力的。如果我一个人不能成功，还可以请别人来帮忙。老实说，我对这件事很感兴趣，决不会放弃过问它的机会。即使我的心脏支持不住，我也至少会在这件事情上找到一个值得的理由让它完全衰竭。"这番话K.连一个字也没听懂，他看了看叔父，希望能从他那儿得到解释，但叔父手里拿着蜡烛坐在床头柜上。一只药瓶从床头柜上滚了下来掉在地毯上。不管律师说什么，叔父都点头，仿佛完全同意律师所说的一切。有时，他还瞥K.一眼，似乎要求K.也表示赞同。难道叔父已经把这件案子的所有情况都向律师谈了吗？但这是不可能的，今天发生的事排除了这种可能性。"我不明白……"于是他插话道。"嗯，难道我误解了您的意思？"律师问，同K.一样惊奇和困惑，"也许我太性急了，您究竟要同我谈什么呢？我想，是关于您的案子？""当然是的，"叔父说，并转过头去问K.，"你想说什么？""不错，可是，您是从哪儿听说我和我的案子的情况的？""原来是这么回事，"律师笑道，"我是一名律师，同司法界有来往，他们经常谈起各种各样的案件，其中一些最引人注目的案子，尤其是一位老朋友的侄子的案子，自然会深深地印在我的脑海里。这并没有什么值得大惊小怪的。""你到底想说什么？"叔父又问，"你看上去有些不安。""您同司法界来往？"K.问。"当然。"律师说。"你的问题就像小孩子问的。"叔父说。"我如果不和我的同行来往，那该跟谁来往呢？"律师补充道。这话听起来无可非议，K.无言以对。"不过，您准是同司法大楼里的那家法院有来往，而不是设在阁楼上的那一家。"他本来想这么说，但没有说出口。"您应该想到，"律师以一种似乎在解释一件不言而喻的、多余的事的口吻淡淡地说，"您应该想到，从这样的交往中，我能为我的委托人争取到很多便利条件，而且是各方面的便利条件，这当然不便公开说明。现在由于我病了，遇到了一些困难，但尽管这样，还是有不少在法院工作的好朋友来看我，我可以从他们嘴里了解很多情况，也许比一些身体健康，成天待在法院里的人知道的还要多。比如，现在就有一位好朋友在这儿。"他朝屋里一个黑暗的角落指了指。"在哪儿？"K.吃了一惊，有些唐突地问。他半信半疑地朝四周看了看。小蜡烛的光根本照不到对面的墙，那个黑暗的角落里的确隐隐约约有什么东西动了一下。叔父把蜡烛举过头，借着烛光，他们看到一位年事已高的先生坐在屋角的一张小桌旁。他大概连气也没有喘，以至待了那么久居然没被人发现。此刻，他缓缓地站起身来，显然为自己被人发现而感到不快。他的双手像鸟的翅膀一样上下摆动，仿佛表示他拒绝任何介绍和寒暄，似乎在示意他不愿因为自己的在场而打扰别的先生，并恳求让他重新回到黑暗中，别人最好把他忘掉。但他再也无法享受这种权利了。"你们的来访太突然了，"律师解释道，并向那位先生招了招手，请他上前来。那人慢慢挪动脚步，犹豫地看着四周，但仍摆出一副高傲威严的架势，"法院办公室主任先生……啊，请原谅，我还没有作介绍，这是我的朋友阿尔伯特·K.，这位是他的侄子，银行襄理约瑟夫·K.，这位是法院办公室主任先生。法院办公室主任先生今天屈尊来看我，这次探望的价值只有熟悉法院内情的人才能真正认识到，因为只有他们才懂得办公室主任先生是多么忙。但尽管如此，他还是抽空来看我。在我的病体尚能坚持的情况下，我们平静地交谈着。我们没有禁止列妮将来访者放进来，因为没有料到会有人来。不过我们确实不希望别人来打扰我们。可后来传来了你砸门的声音，阿尔伯特，办公室主任先生于是只好把椅子和桌子挪到屋角里。当然现在，我们有可能，我是说有一种愿望商谈一件与大家都有关的事情，我们最好还是坐在一起吧。办公室主任先生。"律师面带谦恭的微笑，侧着头对那人说，并指了指床边的一张靠背椅。"遗憾的是我只能再待几分钟，"办公室主任客气地说，在靠背椅上大摇大摆地坐下，又看了看表，"我还有公事。不过我不愿错过在这里认识一位我朋友的朋友的机会。"他朝叔父歪了歪头。后者看来对结识了这个人而感到满意，但生来不会表示谦恭的他只是用一阵莫名其妙的大笑回答法院办公室主任的这番话。真令人厌恶！K.冷眼看着这一切，因为谁也不去注意他。那位老先生既然已经处在突出地位，便当仁不让地成了谈话的主角，这好像是他的习惯。律师开始时装作身体虚弱，大概只是为了谢绝来客，现在他把手拢在耳朵边，聚精会神地听着。叔父作为执烛人，把蜡烛放在大腿上保持平衡——律师不时投来担心的一瞥——很快便摆脱了尴尬，此刻正兴致盎然地听着办公室主任妙语连珠的演讲，欣赏着他讲话时波浪一般上下起伏的手势。K.靠在床架上——老先生大约有意冷落他，完全把他撇在一边——只有做个单纯听众的资格。可惜他几乎没听懂老先生讲些什么，此外也没有心思听他讲话，脑子里先是想起了女看护，想起叔父对她的粗暴态度，后来又琢磨他好像在哪里见过这位法院办公室主任：也许初审的时候他就在听众当中吧。即使自己记错了，那么这位胡子硬撅撅的老先生坐在第一排听众当中也是很合适的。

正在这当儿，门厅里传来一阵响声，好像是瓷器被打碎的声音。大家都竖起了耳朵。"我去看看是怎么回事。"K.说，并慢悠悠地走到门口，仿佛想给其他人提供一个叫他回来的机会。他刚走进门厅，伸出手在黑暗中摸索时，一只比他的手小得多的手抓住他仍然扶着门的手，轻轻把门带上了。是女看护，她已经在那儿等着了。"没事，"她悄悄地说，"是我往墙上扔了只盘子，想把你引出来。"K.有些尴尬地说："我也想着你。""那就更好，"女看护说，"跟我来。"他们走了几步，来到一扇毛玻璃门前。她打开门说："进去吧。"这里显然是律师的办公室，月光透过三扇大窗子射了进来，照亮窗前地板上一个个小方块。借着月光可以看见屋里摆满了古色古香的旧式家具。"到这儿来。"女看护指着一把深色的雕花靠背椅说。K.一面坐下，一面打量着这间屋子。这是一间天花板很高的大屋子，这位穷人律师的顾客在这间屋子里一定会有茫然若失的感觉。[12]K.仿佛看到了这些委托人胆怯地迈着细碎的步子朝那张硕大无比的办公桌走去。但他很快忘记了这一切，眼睛只盯着女看护。她紧挨K.坐着，几乎把他挤得紧靠椅子扶手。"我想，"她说，"你会自己出来找我的，用不着等我来叫。真有点奇怪，你一进门就不停地看我，却让我等了这么久。你就叫我列妮吧。"她匆匆地说，仿佛不想浪费这次幽会的时间。"很高兴这样称呼你，"K.说，"至于你说奇怪，列妮，很容易解释：首先，我不得不听那几个老头唠叨，不能无缘无故跑出来；其次，在女人面前我向来很拘谨，从不敢放肆。我想，你大概也不是一上来就愿意的姑娘，列妮。""不对，"列妮把手搭在椅背上望着K.说，"你一开始大概不喜欢我，现在没准还是不喜欢我。""喜欢这个字太一般了。"K.闪烁其词地说。"啊！"她微笑地说，K.的话和这声轻轻的感叹使她觉得自己占了一点上风。

K.却一时说不出话来。他已经习惯了这间屋子的黑暗,可以看清楚各种摆设的细节。给他留下深刻印象的是房门右侧的一幅大型油画。他上身前倾,为的是看得更清楚些。画上是一个身穿法官长袍的人,坐在一张高靠背椅上。那是一张镀金椅子,金晃晃的颜色在画面上显得很突出。奇怪的是法官并没有平静而威严地坐着,而是左臂撑在椅子的扶手和后背上,右臂却悬空吊着,手掌抓住另一边的扶手,仿佛正要站起来,做一个激烈的,也许是愤怒的手势,说出一个决定性的观点或甚至是宣布一个判决。被告也许就站在法官宝座下的台阶上,而最上面几级台阶上铺着的黄地毯已经画出来了。"没准他就是审理我这桩案子的法官。"K.伸出手指着那幅画说。"我认识他,"列妮也看着画说,"他常到这儿来。这幅画是他年轻时请人画的,但一点也不像,既不像他年轻时,也不像他现在,因为他个子很矮,几乎是个侏儒。虽然如此,他却让人把他画成这么高,和这儿所有的人一样,他爱虚荣几乎到了发疯的程度。我也很爱虚荣,不甘心你不喜欢我。"K.对她最后那句话没有回答,只是伸出双臂搂住她,并把她拉到身边。她把头静静地靠在他肩上。他问:"他担任什么职务?""他是预审法官。"她说,并抓住他搂她的那只手,抚弄着他的手指。"只不过是个预审法官,"K.说,显得非常失望,"高级官员都藏了起来。可是,他却坐在宝座上。""全都是瞎画的,"列妮把脸伏在K.的手上说,"实际上他是坐在一张厨房里用的椅子上,屁股底下垫了一块折起来的盖马毯子。你干吗总是惦记着你的案子呢?"她又慢条斯理地问。"哪里,我根本不去想它,"K.说,"也许我恰恰想得太少了。""你的错误并不在这儿,"列妮说,"你太倔强,这是我听说的。""听谁说的? "K.问,感觉到她的身体靠在自己的胸脯上,于是低头看了看她那浓密的梳得整整齐齐的黑发。"假如我告诉你,那我透露得可就太多啦,"列妮回答道,"请别问我他叫什么名字,记住我的忠告就行了。别再这么倔强,你斗不过法院,你得认罪。下次审讯时就认罪吧,只有这样你才能逃脱他们的魔掌,只有这种办法才能救你自己。不过,即使认了罪,没有外来的帮助也没有用。可你用不着为此发愁,我来想办法吧。""你好像对法院和法院里耍弄的阴谋诡计很熟悉。"K.说着把她抱起来,让她坐在自己的膝盖上,因为她紧紧地靠着他,他觉得太重。"这样更好。"她说,一面在他膝盖上坐直,一面抚平裙子,拉直上衣。然后她伸出双手搂住他的脖子,身体向后仰,久久地端详着他。"假如我不认罪,你就不能帮助我吗? "K.试探地问,感到有些吃惊,他最初是找毕斯特纳小姐,后来又找法院听差的老婆,现在又找这个小看护帮忙,而她似乎对自己有一种莫名其妙的欲望。瞧她坐在自己膝盖上的样子,仿佛这就是她应该坐的唯一地方! "不能,"列妮缓缓地摇着头说,"那样我就没法帮你。不过你好像根本不需要我的帮助,你无所谓,显得很傲慢,并且不听别人的劝告。""你有情人吗? "过了一会儿,她问。"没有。"K.说。"不,你有。"她说。"好吧,我有,"K.说,"你瞧,我否认我有情人,身上却揣着她的照片。"在她的恳求下,他拿出艾尔莎的照片让她看。她蜷曲在他的膝盖上,久久地打量着照片。这是一张快像,艾尔莎正在跳一种旋转舞,她常常在酒吧里跳这种舞。她的裙子高高地向后扬起,双手按在结实丰满的臀部上,脖子侧向一旁,向某个未被拍进照片里的人笑着。"她的衣服绷得太紧,"

列妮指着她认为绷得太紧的地方说，"我不喜欢她，她太壮实，太粗野。不过，她也许对你很温柔体贴，从照片上可以看出来。像她这样高大健壮的姑娘往往除了温柔体贴什么也不会。她会为你而牺牲自己吗？""不会，"K.说，"她既不温柔也不体贴，更不会为我而牺牲自己。不过到目前为止，我还没有要求她做上面几件事。另外，说实在的，我还从来没有像你这样仔细地看过这张照片。""这么说来，你并不十分喜欢她，"列妮说，"她也不是你的情人啰？""当然是，"K.说，"我并不否认我所说过的话。""就算她现在还是你的情人，"列妮说，"可你一旦失去她，或者说用我来代替她，你也不会太想她，是吗？""不错，"K.微笑地说，"这是可以想象的。但她有一点比你强得多：她对我的案子一无所知，即使她知道了，她也不会为此而操心。她不会劝我随和些。""这可不是什么优点，"列妮说，"如果她比我强的地方就是这些，那我就还有信心。她有生理缺陷吗？""生理缺陷？"K.问。"是的，"列妮说，"我就有一个小小的生理缺陷，你瞧，"她张开右手，食指和中指间连着一层膜，几乎延伸到指尖。在黑暗中，K.一时没弄明白她想给他看什么，她于是抓过他的手，让他摸摸那皮膜。"大自然的造化真是奇妙，"K.说，他仔细看了看整只手后又补充道，"不过的确是只美丽的小手。"列妮得意地看着K.，后者不胜惊奇地把那两个手指掰开又合拢，并在放开它们之前还轻轻地吻了一下。"啊，"她立即欢呼道，"你吻了我！"并张大嘴，急急忙忙地爬起来跪在他的膝盖上。K.大吃一惊，抬眼看着她。她此刻紧紧地挨着他，身上散发出一种像胡椒粉一样刺激性的气味。她一把搂过他的头，俯下身去，咬着、吻着他的脖子，一直咬到他的头发根。"你已经用我代替她了！"她一遍又一遍地嚷道，"瞧，你用我代替她了！"这时，她的膝盖滑了一下。她轻轻喊了一声，差一点跌倒在地毯上。K.抓住她，想把她扶起来，却被她拽倒在地。"你现在属于我了。"她说。

"这是大门钥匙，你什么时候来都可以。"这是她最后一句话。在他转身离开时，他漫无目的地在她肩膀上亲了最后一下。他走出大门，外面正下着小雨。他朝街心走去，希望能看列妮最后一眼，此刻，也许她正站在窗前向他张望呢。然而，他的叔父突然从停在房子前面的一辆汽车里钻了出来，心不在焉的K.刚才根本没发现这辆车。叔父抓住他的胳膊，把他朝门口推去，好似要把他钉在门上。"浑小子，你怎么能这样干！你的案子本来有点希望了，可这下子又被你搞砸了！你溜到一个不要脸的小娼妇那里同她鬼混，一待就是几个钟头！看样子她准是律师的情妇，而你连个借口也不找，明目张胆地跑到她那儿去，同她干见不得人的勾当。在这段时间里，我们却坐在那儿为你的事情操心，一个是替你来回奔走的叔父，一个是应该争取过来的律师，特别是法院办公室主任，一个可以左右你的案子的大人物。我们想商量一个办法帮助你。我不得不小心翼翼地同律师周旋，而律师又一再向办公室主任赔小心。我本指望你至少能助我一臂之力，而你却溜得无影无踪。最后谁都明白你去了哪里，只不过两位老先生碍于情面，不好意思当面说出来而已。大家都觉得十分尴尬，再也没心思谈你的案子。我们就这样干坐着，竖起耳朵听外面的响动，希望你终于回来。可一切都白搭，办公室主任待的时间已经大大超过了原订计划，只好起身告辞，并遗憾地说他无法帮助我。出门时他还在门口站了一会儿，表现出极其友好的态度。他走了我倒轻松了不少，在那以前我简直尴尬得喘不过气来。你的行为对生病的律师打击更大，当我告辞时，这个好心的老先生已经说不出话来了。也许正是你使他的身体一下子垮掉，并会加速他的死亡，而你还指望他的帮助呢。至于我，你的叔父，已经在雨中等了你几个钟头——你摸摸，我已经湿透了——并且还得为你继续发愁。"

第七章

律师·工厂主·画家

　　一个冬天的上午——外面正下着雪，天气昏暗——K.坐在办公室里。尽管时间还早，但他已经觉得很累了。为了至少在他的下属面前保持尊严，他指示仆役别放任何人进来，因为他有重要的事要办。但他并没有工作，而是坐在转椅上摇来摆去，懒洋洋地把写字台上的东西推开，然后不由自主地伸出两只胳膊摊在写字台上，低下头一动不动地坐着。

　　那件案子萦绕在他心头，他再也无法摆脱。他经常想，他是否应当写一份辩护词呈交法院。他要在辩护词中简述自己的生平，每涉及一件大事就详细解释一下他当时为什么要那样做，现在他对那时的做法是赞同还是反对，理由是什么。这种成文的辩护词同一个本身并非无懈可击的律师的口头辩护相比好处无疑很多。K.不知道律师正在为这件案子忙些什么，反正成果不大。一个多月以前，霍尔德派人来找过他，他和律师初步接触几次后，便留下了律师帮不成什么大忙的印象。这首先是因为，律师很少盘问他，尽管有许多问题应该问。提问是一切的关键。K.觉得他自己便能提出所有必须搞清楚的问题来。但律师非但不问，反而漫无边际地瞎聊，或是沉默地同他面对面坐着，身子前倾——也许是听觉不太好的缘故——俯在办公桌上，捋着下巴上的一撮胡子，怔怔地望着地毯，大概正瞧着 K. 和列妮躺过的地方。他不时给 K. 几句不痛不痒的忠告，就像告诫小孩一样。这些告诫既无用又无聊，最后算账时 K. 肯定不会为此付一文钱。等到把 K. 奚落够了，律师通常又会说几句安慰的话，给他鼓点劲。他声称，他已经为当事人打赢过许多类似的官司，有的全部赢，有的部分赢。虽然那些案子没有这件案子那样棘手，但乍看起来却更加没有打赢的希望。他抽屉里——他敲了敲办公桌的一个抽屉——有一份这些案子的记录，可惜他不能给 K. 看，因为这涉及官方的秘密。不过通过办这些案子积累起来的丰富经验对 K. 来说无疑是有好处的。他当然立即就开始了工作，一份申诉的初稿几乎已经写好了，不久就可以上交。第一份申诉很重要，因为辩护留下的第一印象常常决定今后的整个诉讼程序。不幸的是，他必须提醒 K. 注意，头几份申诉往往不起作用，因为法院根本不看。法官们把它们往卷宗里一塞，说什么目前对被告的审查和审讯比任何书面申诉都更加重要。假若申诉人催促，他们会说，作出判决前他们会认真研究全部案卷的，其中当然包括第一份申诉书。可惜的是这一点在许多案子的审理过程中并不能完全做到，第一份申诉常常放错地方，甚至不翼而飞，即使幸存到最后，也很少有人看过。这一切令人遗憾，但并非没有缘故。K. 应该注意到，审讯过程是不公开的，如果法院认为必要，当然也可以公开，但法律并未明文规定必须公开。正因为如此，法院的各种文件，首先是起诉书，对于被告及其辩护人，是严格保密的。由于这个缘故，人们一般不知道，至少不能确切了解到申诉书应该反驳哪些指控，所以只有在完全碰巧的情况下，申诉书才会包含某些实质性内容。只有在了解到或者在审讯过程中猜测到指控和指控依据的证据后，人们才能呈递真正具有针对性的、说服力强的申诉书。在这种情况下，辩护人自然处在十分不利和困难的局面。不过这种局面是法院有意造成的，因为法律并不鼓励辩护，而只是不阻止辩护而已。甚至在是否允许辩护并容忍辩护这一点上，人们也有意见分歧。因此，严格说来，法院是不承认律师这一职业的，那些在法庭上以律师身份出现的人，从根本上说只是些让人瞧不起的讼师而已。这对于律师来说当然是一种侮辱，如果 K. 有机会参观一下法院的办公室，可以去看看律师们工作的地方，他一定会大开眼界。面对那一群挤在一起的可怜虫，他也许会大吃一惊。光是那间又矮又小的办公室就能表明法院对他们是多么歧视。室内只靠一扇小天窗采光，而天窗又很高，假如想看看外面，就得让某个同行把你驮在背上。但附近一根烟囱里冒出的浓烟会把你呛得喘不过气来，并把你的脸熏得污黑。再比如说，办公室的地板上一年多来有一个洞，尽管还没有大得能掉进一个人，但也足以陷进一条腿。律师们办公的地方在阁楼的上面一层，假如有人陷进洞里，他的腿就会悬在那些等待接见的委托人的头顶上。律师们抱怨这种状况丢他们的脸并非言过其实，向当局抗议也毫无成效，律师们自己筹措经费进行修缮是严格禁止的。律师们受到这种待遇并不是无缘无故的，人们正在考虑取消辩护，而让被告自己承担辩护的责任。这样考虑从根本上说并非没有道理，但仅从此出发得出结论说，被告不需要辩护律师，那就大错特错了。与此相反，恰恰是这样的法院更需要辩护律师在场，因为审判程序不仅对公众保密，而且也不让被告知道。尽管不一定能做得到，但人们却不遗余力地防止情况外传。因此，被告无法了解到法院文件的内容，并且很难从审讯中猜测到法院手中掌握了哪些材料，更不用说他们大多由于忧虑而分心了。在这种情况下，辩护律师的干预就十分必要了。一般说来，辩护律师不能出席审讯，而必须在审讯结束后向被告打听审讯时的情况，当然越快越好，最好在审讯室的门口便详细了解清楚，以便从被告杂乱无章的叙述中得出对于辩护有用的东西。不过最要紧的并不是这些，因为从被告的叙述中无法了解许多东西，虽然能干的人可以多掌握一些。最重要的是辩护律师同法官的个人关系，他的主要价值便在于此。从亲身经历中 K. 大约已经发现，法院机构的底层并不是无懈可击的，其中有不少玩忽职守和贪赃枉法的官员，使这个组织严密的机构出现一个相当大的缺口。正是从这个缺口中，许多律师钻了进去，依靠贿赂探听情报，而文件失窃的事情过去时有发生。不可否认的是，以上办法可以取得对被告暂时有利的结果，律师们也因此而感到自豪，并以此为诱饵，招徕新委托人。但这种办法对案件的发展并不能起到积极的作用，或者说只能起到坏作用。除了同地位较高的官员有私人关系值得羡慕以外，任何东西都没有真正的价值。只有通过这种关系才能影响审判过程，当然，这种影响开始时也许不易察觉，但随着案子的进展会越来越明显。有这类关系的律师人数甚少，因此 K. 的选择可以说是非常幸运的，也许只有一两位律师才能自夸像霍尔德博士那样拥有如此有效的关系。这些人自然用不着挤在律师办公室里，也不会同那帮平庸之辈有丝毫来往。但尽管如此，他们与法院官员们的关系却密切得多。霍尔德博士甚至不用在法院开庭时到场，不用挤在前厅里等待预审法官出场，不用为了取得某种虚假的成功甚至更坏的结果而在他们面前低三下四，看他们的脸色行事。不，K.亲眼看见，法官们，连地位很高的法官，也会主动找上门来，心甘情愿地、毫不隐瞒地向他提供信息，至少向他明白无误地作出暗示，并同他讨论各种案子下一步的审讯情况。他们有时会被他说服，接受他的某种看法。不过对此不能期望过高，即使他们很快就接受一种有利于被告的看法，他们回到办公室后，第二天或许又会作出相反的决定，给被告以更加严厉的判决，比他们当初声称将放弃的原判重得多。推翻已经作出的判决当然是不可能的，因为他们私下里对你说的，只不过是随便说说而已，并不能在公开场合兑现。即使辩护律师以别的办法博得了这些先生的好感也没用。另一方面，说这些先生并非出于同情或友好才来拜访辩护律师，当然是业务能力极强的律师，也是对的，因为他们在一定程度上离不开辩护律师。法院机构的缺陷恰恰在这一点上暴露出来，他们知道，这个从一开始就坚持要保密的司法体系弊病很多：官员们脱离百姓，只会办一般的案子，这类案子几乎用不着费力，只需推一把。可是，如果碰到过于简单或过于棘手的案件，他们往往会一筹莫展。由于他们白天黑夜纠缠于法律条文，对人与人之间的关系缺乏正确的理解，而这一点在处理这类案件时是必不可少的。因此，他们只能去拜访律师们，向他们求教。在这种时候，他们身后总是跟着一个仆人，抱着秘密文件。人们料想不到会在一位律师家的窗前看到平时很难见到的先生们焦虑不安地望着外面的街道，而律师则坐在办公桌旁研究这些文件，看是否能给他们出个好主意。只有在这种场合人们才会发现，这些先生多么担心丢掉自己的饭碗，在他们碰到不可逾越的困难时又是多么绝望。应当说，他们的处境并不容易，对他们不应过于苛求，否则就太不公正了。在这种司法体系中，向上爬的阶梯是无穷无尽的，连内行也很难弄清楚。法院的诉讼程序一般来说对低级官员是保密的，因此他们自己也搞不清楚他们经手的案件下一步会如何进展。他们往往不晓得，他们正在办的案子来自何处，将要转呈到哪里。他们只了解案件某些孤立阶段中的某些情况，对终审判决以及作出这一判决的理由一无所知。他们只允许过问法律允许他们过问的那一部分审判程序，而对于以后的事情，即对于所办案件的结果的了解，甚至还不如辩护律师。后者通常可以在案子审理完以前同被告保持联系，所以，在这方面，他们可以从辩护律师那儿获得许多有益的经验。假如 K. 对这一切心中有数，那么，当他发现法官们脾气暴躁，对待被告态度蛮横时，就不会大惊小怪了。几乎每个人都受到过法官们的粗暴对待，法官们个个脾气都很坏，即使他们表面上显得很平静时也如此。小律师们深受其害，感受尤其深刻。有人讲了这样一个故事，看起来完全是真的：一位心地善良、性情温和的老法官，遇到一件棘手的案子，律师们递交几份申诉书后，事情变得更加复杂了。他已经研究了整整一天一夜——这类法官的确认真得让人难以置信。就这样，经过二十四小时几乎毫无成效的苦干，到了早晨，他走到门口，躲在楼梯旁，把每一个试图进入他办公室的律师推下楼去。律师们聚集在楼下商量对策。一方面，他们本来无权进入法官的办公室，因此在法律上很难采取行动反对法官的这一做法，何况他们必须小心从事，以免激怒法官。可是另一方面，他们只要有一天不进入法院，就失去了一天的时间，于是想尽办法要闯进去。最后，他们一致认为，把那位老先生拖累才是上策。律师们轮流奔上楼去，作出最有效的消极抵抗的姿势，任凭法官把他们推下楼，反正楼下的同事们会伸出手接住的。这种情况持续了大约一小时后，那位老先生——通宵未眠，的确已经精疲力竭了——渐渐支持不住，这才回到自己的办公室。下面的人开始还不相信，派一个人上楼去，藏在门后观察了好半天，直到确信楼梯口没有人了，大家才鱼贯而入。他们进门后一声都不敢吭，因为这些律师即使是最不起眼的小律师，也能看出这里的门道。他们从来不敢提出改善司法制度的建议，更不敢坚持这些建议。相反，几乎每个被告，即使是头脑简单的被告，从一开始就显露出一种希望改革的热情，往往把时间和精力浪费在这上面。其实，这些时间和精力完全可以用在更有效的方面去。唯一理智的做法是让自己适应现在的状况。即使在这方面可以做一点局部改进——抱这种希望的人肯定是个疯子——由此得到好处的也只是未来的被告，而提建议者本人的利益反而会受到严重损害，因为他冒犯了报复心极强的法官们。千万别去惹法官们！不管多么违背自己的意愿，你也得委曲求全。你应该懂得，这个庞大的司法机构始终保持着一种微妙的平衡，如果有人稍微变动一下这个机构的组织，就会摔跟头从而彻底毁灭，而这个机构则可以靠自身其他部分的补偿作用而恢复平衡，因为它的各部分是相互关联的。它一点也不会改变，相反，会变得更加牢固，更加警惕，更加严酷，更加凶恶。人们应该放手让律师们工作，千万别去打扰他们。指责是没有什么用处的，尤其是当指责别人的人连自己也不明白指责的理由时更是如此。另外必须指出的是，K. 对法院办公室主任的无礼已经给自己的案子带来了很大损害，这位有影响的人物的名字差不多可以说，从也许能为 K. 帮忙的人的名单上划去了。他现在故意不关心与 K. 的案子有关的任何事情。法官们在某些方面像小孩子，往往为了一点小事——遗憾的是 K. 的行为不在此列——而大动肝火，甚至见了老朋友也不理睬，连招呼也不打扭头就走，并且，在一切事情上想方设法同他们作对。可是后来，他们又会因为你开了一个小小的玩笑——你之所以敢开这样的玩笑，因为一切看来都没有什么希望了——而以最令人吃惊的方式莫名其妙地捧腹大笑，接着便和你重归于好。总而言之，同他们打交道既容易也困难，几乎没有什么固定的原则可以遵守。有时你会感到惊奇，某个平庸之辈反而能应付自如，取得一些成功。当然，他们也有感到眼前一片漆黑的时候——谁都会有这样的时刻。有时似乎一切都已经绝望，似乎只有那些一开始就知道能打赢的官司的人才能取得好的结局，即使没有别人的帮助也能赢，而其他所有的案子，不管怎么使劲，怎么求人帮忙，表面上取得多少令人高兴的小进展，注定都会一败涂地。这时候，你会感到灰心丧气，不敢驳斥人家对你的指责。由于你的插手，某些案子出了岔子，如果你不干预，进展本来会很顺利的。你于是失去了自信，在这种情况下，你只能承认自己无能。律师们经常面对这种十分尴尬的局面——当然，只是令人尴尬而已，别的倒也没什么——特别是当一件案子进展令人满意时，当事人突然不让你再过问案子了。这无疑是律师们碰到的最坏的情况。不过，当事人解聘律师，不让他再插手案子的事情还从未发生过，被告一旦聘请了一位律师，无论发生什么事情，都得同他在一起，因为，他既然请人帮忙，又怎么能自己单独干呢？但尽管如此，下面的情况倒发生过几次：案件的进展突然发生了转折，律师们无法再过问案子了。案件、被告和其他的一切一下子把律师完全甩开。在这种时候，律师哪怕同法官们的关系再好也没有用，因为法官们自己对这种转折也一无所知。案子已经进入一个新的阶段，任何帮助也无济于事，它已被转到常人进不去的法院去审理。在那儿，律师甚至根本见不到被告。然后，不知哪一天，当你回到家里，会发现桌子上放着许多申诉书。这些申诉书都是你冥思苦想、满怀希望写成的，可现在全都退还给了你，因为审判进入了一个新的阶段，它们已经成了一堆废纸。但这并不是说官司已经打输了，完全不是，至少还没有确切证据说明这一点，你只不过再也不会知道有关这个案子的任何事情了，以后也永远不会知道。幸运的是，这种情况仅仅是例外，K.的案子即使属于同一性质，也得很久以后才会进入这个阶段。在目前，采取合法手段的机会还很多。K.可以相信，这些手段将会得到充分利用。刚才已经提到，第一份申诉书还没有递交上去，这事不必太着急。现在更重要的是同有关法官们进行磋商，这点已经做了，但坦率地说，只取得了部分成功。至于细节，最好还是暂时别透露，因为这可能会从坏的方面影响 K.，或者使他过于乐观，或者令他过于沮丧。但无论如何可以肯定的是，某些法官虽然讲得天花乱坠，也表示愿意帮忙，但实际上什么也不做，而另一些法官虽然讲话不怎么动听，却并不拒绝合作。总的来说，尽管不能得出最后结论，但结果还是令人满意的，因为所有谈判最初都是这样进行的，只有在以后的发展过程中，才能判断出这些谈判是否真正有价值。无论如何，迄今为止还没有失去任何东西，如果法院办公室主任既往不咎，能被争取过来的话——为了达到这一目的，已经采取了一些行动——那么这个案子用外科医生的话来说，就可以被看作一个已经清理过的伤口，在等待下一步进展时就不必紧张了。

律师滔滔不绝地大谈一阵。K.每次来访，他就把上述内容重复一遍。他总是说又有进展，究竟是什么样的进展却闭口不谈。他一直在为第一份申诉书忙碌，但总也完不成。不过，在K.下次来访时，这却成了件好事，因为最近几天很不适宜向上呈递申诉书，而这种事是谁也无法预料的。假如K.对律师的陈词滥调感到厌倦——这样的事发生过几次——向他指出，即使所有的困难都考虑在内，案件的进展看来也实在太慢，他就会反驳说，进展一点也不慢。当然，倘若K.能及时上他这儿来，进展就会更快些。遗憾的是K.没有这样做，这种疏忽带来了不利，何况并非暂时的不利。

打断这种谈话的唯一福音是列妮。她总是利用K.在场的机会给律师送茶来。她会站在K.的椅子背后，仿佛看着律师贪婪地朝茶杯俯下身去，往杯子里倒茶并大口地喝着。实际上，这时她一直让K.偷偷地握住她的手。在一片寂静中，律师惬意地喝茶，而K.却紧紧地握着列妮的手，有时列妮甚至会壮着胆子摸摸K.的头发。"你还站在这里干什么？"喝完茶，律师往往会问。"我得把茶盘端走啊。"列妮说。于是，K.最后一次捏了捏她的手，律师则揩了揩嘴，以新的精力重新开始向K.发表长篇大论。

律师是想让他绝望呢还是想安慰他？K.拿不准，但不久便断定，自己找错了辩护人。律师所说的一切也许完全符合事实，尽管他夸大自己重要性的企图十分明显。他可能从未接过一件在他看来比 K. 的案子更重要的案件。但他喋喋不休地吹嘘自己同法官们的私人交情，这实在令人起疑。谁能肯定，他利用这些关系仅仅是为 K. 着想呢？律师从不忘记说明，这些官员们级别甚低，这意味着，他们听命于别人，一些案件的转折很可能会对他们的升迁起十分重要的作用。他们会利用律师，使案子发生这类对被告总是不利的转折吗？或许他们并非在每件案子的审理中都这么做？这一点可以肯定，有时他们也会让律师占一点上风，作为对他们的报偿，因为维护律师的声誉也符合他们的利益。倘若事情果真如此，他们会把 K. 的案子归入哪一类呢？律师一再声称，这个案子很棘手，因而也很重要，从一开始就引起了法院的特别注意。用不着多想就能猜到他们会怎么做，律师的谈话已经露出蛛丝马迹。第一份申诉书直到现在还没交上去，而案子已经拖延好几个月了，可律师仍声称，诉讼只是处在开始阶段。这些话显然是经过深思熟虑才说的，目的在于蒙骗被告，让他处于被动地位，以便最终用突然宣布判决来制伏他，或者至少对他说，预审已经结束，情况对他不利，本案已转交上一级法院审理。

K. 亲自干预是绝对必要的。在这个冬日的早晨，感到精疲力竭的 K. 脑子里翻腾着各种各样的想法，再也无法拒绝亲自出马的念头。他曾一度不把这件案子当一回事，现在却不得不正视它了。假如世界上只有他一个人，他便会轻而易举地对此一笑了之，而且在那种情况下，这类事情本身也根本不会发生。可是现在，他的叔父已经把他拽到律师这儿来了，他不得不考虑家庭的因素。

他的职位也不再与此案的进展完全无关，因为他自己极其不谨慎地带着一种无法解释的得意，向他的几个熟人提起过这件事，不知什么原因，其他人也知道了。他同毕斯特纳小姐的关系也随着案子的进展而时好时坏。总之，在接受审讯和拒绝受审之间，他已经没有选择的余地，他已经置身于诉讼过程之中，必须采取行动来自卫。他感到疲惫无力，这不是个好兆头。

当然，现在还没有理由过分忧虑。他曾在较短的时间内巧妙地谋到了银行的一个高级职位，并赢得了许多人的赞赏，保住了这一职位。现在，他只需把上天赋予他的才干，用一点点来对付这个案子，便肯定会取得良好的结果。假如他想达到这一目标，首先必须彻底排除他有罪的想法。他是无辜的，这场官司只不过是一桩大交易，就像他经常做的、能为银行带来利益的交易一样。在这样的交易中，通常要排除潜伏着的各种危险。为此，当然不能怀着自己内心有愧的想法，而必须时刻想着自身的利益。从这个观点来看，作出把案子从霍尔德博士手中撤回来的决断是不可避免的，而且越快越好，最好今天晚上就办。在律师看来，这是前所未有的事，或许还是对他的侮辱，但 K. 决不能容忍自己在本案中作出的努力竟被他的代理律师一笔勾销。一旦摆脱了律师，申诉书就得马上呈递上去，他就得天天去催促法官对申诉书予以特别重视。要达到这一目的，像其他人一样把帽子塞在长凳下，温顺地坐在阁楼过道里等当然不够，K. 本人应该天天上法官那儿去，或者雇个女人或别的人去，逼着法官们不再透过木栅栏监视过道，而是在办公桌边坐下来研究 K. 的申诉。他必须坚持这样的努力，一切都得有组织，有检查。法院这回总算遇到一个晓得怎样维护自身权利的被告了。

可是，尽管K.相信他能够做到这一切，起草申诉书的困难却难以克服。一个星期以前，他一想到要亲自草拟申诉书就有一种羞愧之感，从未料到这项工作是如此之困难。他还记得，一天上午他正埋头工作时，突然心血来潮，把手头的事情推在一边，拿出拍纸本，打算写一个申诉书的提纲交给霍尔德博士，催催这位行动迟缓的律师。然而，正在这时经理室的门开了，副经理大笑着走了进来。这对K.来说是一个十分难堪的时刻，虽然副经理肯定不是在笑他写申诉书，因为他对此一无所知，而是被他在证券交易所刚刚听到的一个笑话逗得哈哈大笑的。为了说明这个笑话的真正含义，需要画一张图加以解释。副经理于是朝K.的办公桌俯下身去，从K.手中拿过铅笔，在K.准备起草申诉书的那页纸上画出那张图。

今天K.不再感到羞愧，申诉书非写不可。假如他在办公室里没有时间——这是很可能的——那就得夜里在家写。如果夜里的时间不够，他就只好请假。无论如何不能半途而废，干业务工作也好，任何别的事情也好，半途而废都是最愚蠢的。起草申诉书无疑是一项花费无休止劳动的工作，不一定非得胆小怕事、顾虑重重的人才会相信，拟成一份申诉书几乎是不可能的事。这并非由于K.的懒惰或律师为阻止这份申诉书的完成而设置的种种障碍，而是因为K.根本不知道自己因何被控，更不知道由此而引起的其他罪状。他只得仔细地回忆他的一生，就连最微不足道的行为和事件也得从各个角度详细解释清楚。这是一件多么令人头痛的工作！也许对于退休以后无所事事，脑子退化到童年时代，需要把每天的时间打发掉的人最合适不过了。可现在，K.必须把全部精力集中于工作，他正处于上升阶段，并已对副经理构成某种威胁，每一个钟头对他来说都十分重要，都在飞快地流逝。此外，作为一个单身小伙子，他需要享乐，晚上和夜间本来就很短促。然而正在这种时候，他却不得不坐下来起草这样一份申诉书！他再次陷入了沉思，觉得自己很可怜。不能再这样下去了！他不由自主地伸手按了按通往接待室的电铃的按钮，同时看了一下表。现在是十一点，长长的、宝贵的两个钟头就在胡思乱想中浪费掉了，而他比以前更加疲倦。不过，这两个钟头也没有白白浪费，他作出了几个可能会有价值的决定。仆人送来了几封信和两位已经等了很长时间的先生的名片。他们是银行极为重要的主顾，根本不应该让他们等这么久。可是，他们为什么要在这样一个不合适的时间来访呢？而一向工作勤奋的K.为什么会为了自己的私事而把一天中最好的工作时间糟蹋掉呢？两位先生似乎在门外反问。对过去的事情感到烦恼，对未来的事情感到厌倦的K.不得不站起身来接待第一位来访者。

这是一位身材矮小、性格活泼的男人，K.很熟悉的一位工厂主。他对自己打扰了K.的重要工作表示道歉，K.则对自己让对方等了这么久表示遗憾。不过，K.表示遗憾的语调十分平淡，明显地缺乏诚意，如果工厂主不是一心想着将要商谈的业务，肯定会察觉到的。工厂主从几个口袋里掏出一大叠写满统计数字和表格的文件，摊在K.面前，逐条向他解释，并不时改正一些小的计算错误。即使看得如此之快，他也能发现这些错误。他提醒K.，一年前他们曾做成过一笔类似的交易，并顺便透露道，这一次另一家银行正准备作出巨大牺牲，揽过这笔生意。最后他不说话了，等待K.作出回答。开始时K.的确听得很仔细，这项重要的交易对他也产生了吸引力。但不幸的是，没过多久他就不再注意听了，只是不时地对工厂主越来越响的讲话点点头。最后，他头也不点了，只怔怔地凝视着工厂主俯在文件上的光秃秃的脑袋，并暗自问道，工厂主什么时候才会明白自己的长篇大论完全是白费口舌？当工厂主终于停下来时，K.开始的确以为，他之所以停住不讲，是为了让自己有机会声明，他目前的状况不适于谈业务。但遗憾的是，他发觉工厂主眼里露出紧张的光，似乎在等待他的回答。这意味着谈话将继续下去。他于是像听到命令似的，低下头，让铅笔在那些文件上来回移动，偶尔也停下笔来，注视着某个数字。工厂主怀疑K.是在挑毛病，那些数字的确并不可靠，或者在这笔交易中不起决定作用，于是伸出手来遮住它们，并凑近K.又从头谈起了关于这笔生意的总设想。"这样就很难成交。"K.又抿着嘴唇说，这些文件是唯一具体的东西，但现在却被遮住不让他看了。他情绪低落地靠在椅子扶手上。当经理室的门被打开，副经理出现在他眼前时，他也只稍稍抬起头看了一眼。只是一个模糊的身影，好似裹在一层纱中。K.无暇细想副经理出现的原因，而仅仅关注他的露面所产生的效果。这效果对K.来说当然是值得高兴的，因为工厂主一见到副经理，马上从椅子上跳起来，向他跑去。K.真希望工厂主的速度再快上十倍，因为他害怕副经理会重新消失。不过，他的担心是多余的，两位先生互相迎上前去，热烈握手，然后又一道来到了K.的办公桌前。工厂主抱怨道，他提出的那笔生意未能引起襄理先生的足够热情，一只手还指着K.。在副经理的注视下，K.不得不再次低下头去研究文件。然后两位先生靠在办公桌旁，工厂主开始说服副经理接受他的想法。K.有一种感觉，似乎在他的头顶上，两个无比巨大的男人正在谈论着有关他的事情。他慢慢抬起头来，小心翼翼地向上看去，想弄明白头顶上究竟发生了什么，并随手从桌上拿起一份文件平摊在手上，慢慢举起来，自己也随之站起来，面对着两位先生。他这样做并没有什么确定的想法，而只是觉得，当他完成了那份能彻底证明他无罪的详细的申诉书后，他应当这样做。副经理正聚精会神地同工厂主谈话，只扫了一眼文件，连上面写着什么也没看清，因为，凡是襄理认为重要的东西，他都看作鸡毛蒜皮的小事。他从K.手里接过文件，说了声"谢谢，我都知道了"，便把文件放回桌上。K.挖苦地瞥了他一眼，但副经理毫无察觉，或许即使察觉了，也只觉得开心而已。他时而大笑，时而巧妙地反驳工厂主的看法，使后者感到难堪，但接着往往又否定自己的反驳，不使工厂主丢面子。最后，他邀请工厂主到他的办公室去，把这笔生意谈妥。"这是一桩重要的买卖，"他对工厂主说，"我得亲自过问。至于襄理先生……"他说这话时，眼睛仍然只看着工厂主，"一定会乐意我们把它接过来。这笔生意需要认真考虑，而他今天似乎忙得不可开交。另外，有几个人已经在前厅里等了他几个钟头啦。"K.此刻还有足够的自制力，转过脸去故意不看副经理，仅对工厂主报以友好的微笑，但这微笑显得那样僵滞。除此之外，他并没有进行任何干涉。他身体前倾，双手撑在办公桌上，像一个职员，看着他们一边谈话，一边收拾文件，并走进副经理的办公室。临出门时，工厂主还转过身来说，他现在还不想同K.道别，因为过一会儿他还要把谈判成功的消息告诉襄理先生，这是理所当然的。另外，他还有一桩小事要和 K. 谈谈。

K. 终于独自待着了。他没有任何心思再见顾客，只是模模糊糊地意识到，外面等着的那些人一定以为他还在同工厂主谈判呢。这真令人惬意，这样，就不会有人，包括仆人在内，来打扰他了。他走到窗前，坐到窗台上，一只手扶着窗框，俯视下面的广场。雪还在下，天还没有放晴。

他就这样久久地坐着，不明白究竟是什么使他犯愁。不过，他不时地转过头去，吃惊地看着通往前厅的门，他好像听到那边发出了什么声响。然而并没有人进来，他又平静下来。他走到洗脸池边，用冷水洗了洗脸，清醒一下头脑，然后又回到窗前。他感到下决心自己为自己辩护这件事比他原先想象的要难办得多。由于这个案子一直由律师操办，K. 实际上并没有真正费过心。他总是站在一定的距离之外来观察此案，没有直接与本案接触。假如他愿意，他可以监督案子的进展，也可以完全从中脱身出来。而现在，他打算自己进行辩护，就必须用全部身心来对付法院，至少目前会如此。这样做如果成功，能导致彻底宣判他无罪的结果，但同时也可能，至少暂时可能使他卷入更严重的危险。倘若他以前对此还有所怀疑的话，那么，他今天见到副经理和工厂主时的状况便足以说明这一点。仅仅由于他要下决心为自己辩护，便头脑发昏，呆呆地坐了大半天！如此下去，今后又会怎么样呢？等待他的会是什么呢？他能够从重重困难之中找到一条通向良好结局的道路吗？要为自己进行深思熟虑的辩护——其他的一切都毫无意义——难道不意味着他得放弃任何别的活动吗？他能够坚持到底吗？在银行里，他怎么能过问自己的案子呢？这不仅仅是写一份申辩书而已，完成这份申辩书，他只需请几天假——但即使是请假，在目前也是一次很大的冒险——而且还关系到审判的全过程。谁知道审判到底会延续多久呢？在 K. 的生活中，现在突然出现了一个多么严重的障碍！

难道他此刻还应当为银行卖命吗？他怔怔地望着办公桌。现在是他会见顾客，同他们洽谈业务的时候吗？他的案子正在审讯过程中，法官们正在那间阁楼上起草起诉书，在这种时候，他难道还能专心致志地考虑银行业务吗？这一切难道不像是一种刑罚，一种被法院认可并与案件有关的刑罚吗？人们在评价他在银行里的工作时，会不会考虑他的特殊处境而原谅他呢？不，谁也不会原谅他，永远不会。[13]银行里并不是所有的人都不知道他在吃官司，虽然还不十分清楚哪些人知道，知道得有多详细。但愿消息还没有传到副经理的耳朵里，否则，他一定会不顾同事关系和做人的道德，利用这件事大肆诋毁 K.。还有经理，他会怎么样？当然，他很赏识 K.，一旦听说了案子的事，或许还会在他力所能及的范围内尽量减轻 K. 的工作负担。不过，他的好意肯定行不通，因为这件案子已经开始损害 K. 的声望，力量对比的天平已经向副经理倾斜，另外，副经理也在利用经理生病的机会加强自己的势力。K. 还能指望什么呢？也许，他的这些顾虑只会削弱自己的抵抗力，然而，不再欺骗自己，尽可能清醒地认识到目前的形势，无论如何是必要的。

他打开窗户，没有什么特别的动机，只是不想回到办公桌边。窗子很紧，不容易打开。他不得不双手使劲拧动把手，让窗子完全敞开。一股夹杂着烟尘的浓浓的雾气立即涌了进来，房间里弥漫着淡淡的煤烟味，几片雪花也飘了进来。"一个讨厌的秋天。"K. 身后传来工厂主的声音。他已经同副经理谈完话，无声无息地走进 K. 的办公室。K. 点点头，不安地看了一眼工厂主的公文包。他准会从包里拿出所有的文件，向 K. 介绍同副经理谈判的结果。不过，工厂主只是注视着 K. 的双眼，拍了拍公文包，没有打开。"您也许想听听谈判的结果，这笔买卖的协议书可以说已经装在我的公文包里了。你们的副经理是个讨人喜欢的家伙，但绝不是一盏省油的灯。"他大笑着握紧 K. 的手，想让 K. 也笑起来。可工厂主不让 K. 看文件，又引起了 K. 的疑心。他觉得工厂主的话并没有什么好笑的。"襄理先生，"工厂主说，"您今天精神不好，大概是天气的缘故吧？您看上去心情不太愉快。""是的，"K. 揉着太阳穴说，"头疼，家里出了点事。""肯定是这么回事，"急性子的工厂主说，他从来不肯把别人的话听完，"每人都有一本难念的经。"K. 不由自主地朝门口跨了一步，好像要送工厂主出门。可工厂主说："襄理先生，我还有一件小事要告诉您。我担心今天用这事来打扰您不合适，但我前两次到您这儿来，都把它给忘了。如果我再不说，它也许就完全失去了意义，那会很可惜的，因为我提供的消息对您来说或许不是没有价值。"K. 还未来得及回答，工厂主已走到他身旁，伸出一个指头敲了敲他的胸脯，低声对他说："您卷入了一场官司，对不对？"K. 退了一步，嚷道："一定是副经理告诉您的！""哪儿的话，"工厂主说，"副经理怎么会知道呢？""那么，您是怎么晓得的？"K. 又问，显得镇静多了。"我偶尔也听到一些关于法院的消息，"工厂主说，"最近听到的事情恰恰是我想告诉您的。""同法院有关系的人真不少！"K.低下头说，把工厂主让到办公桌边。他们又像先前那样坐下来。工厂主说："可惜的是，我要向您提供的情况并不很多，不过在这种事情上，哪怕最不重要的消息也很重要。另外，我很想帮您的忙，即使我的能力极其有限。我们在业务上一直是好朋友，不是吗？所以我再也不能保持沉默了。"K.想对他今天在业务谈判中的态度表示道歉，但工厂主不想听K.道歉，把皮包夹在腋下，表示他急着要走。他又说："我是从一个叫蒂托雷里的人那儿听说您的案子的。他是位画家，蒂托雷里是他的艺名，我不晓得他真名叫什么。几年来，他常常来我的办公室，给我送几幅小画，而我则给他一些钱，类似于施舍——他简直像个乞丐。那些画倒也不错，画的是荒野什么的。对于这种交易，我们早已习惯了，进行得很顺利。可是有一段时间，他来得太频繁了。我向他表示了我的不快，然后便同他交谈起来。我问他光靠卖画怎么能维持生计。他的回答令我惊奇，原来他主要的经济来源是给人画肖像的收入。他说，他在给法院的人画像。我问他是哪一家法院，他便对我讲了关于某一家法院的许多事。您一定能想象出，我听了他的话是多么吃惊。从此以后，他每次来都要告诉我一些法院的最新消息，而我也就对法院的内部情况渐渐有了比较清楚的了解。当然，蒂托雷里太爱唠叨，我常常显得很不耐烦，这不仅仅是因为他喜欢撒谎，主要是因为我这个生意人本身就有许多业务上的烦恼，不想再去管别人的事。这些都是题外话。我突然想到，蒂托雷里也许对您会有些用处，他认识许多法官，尽管他本人没有多大影响，至少能给您出出主意，告诉您怎样同有影响的人挂上钩。退一万步说，即使他给您出的主意没有多大价值，我觉得对您也会有参考作用。您几乎就是位律师，我常对人说，K.襄理跟律师一样精明能干。啊，我大可不必为您的案子担心。您愿意见见蒂托雷里吗？有我的推荐，他一定会乐意尽力为您效劳的。您应当见见他，当然不必今天就去，只要您有时间，任何时候去都行。我还想补充一句，别因为我建议您去找蒂托雷里，您就觉得非去不可，千万别这样。如果您认为没有必要去找他，当然最好别让他掺和进来。您大概已经制订了一个详细计划，蒂托雷里可能会帮倒忙。假如是这样，您就完全用不着去找他，尽管缺了这么个家伙出主意有些可惜。反正，您爱怎么干就怎么干吧。这是我的推荐信，这是地址。"

K.失望地接过信，将它揣进口袋。即使在最有利的情况下，这封推荐信给他带来的好处，比起工厂主知道了他正在吃官司以及画家可能广为散布这一消息的事实，也显然要小得多。他打不起精神向正在往外走的工厂主说几句感谢的话。"我会去拜访他的，"在门口与工厂主告别时他说，"或者写信请他到我的办公室来，因为我这几天很忙。""我知道您能找到最好的解决办法，"工厂主说，"不过，我想您最好还是避免让蒂托雷里这类人到银行里来，别在这儿谈您的案子。另外，给这种人写信也不大合适。当然您经过深思熟虑已经知道该怎么办了。"K.点点头，把工厂主送到前厅。他虽然显得十分平静，但内心却吃了一惊。尽管他刚才说要给蒂托雷里写信，只不过想向工厂主表示，他很重视工厂主的介绍，准备尽快同画家联系，但是，假如他觉得蒂托雷里的帮助真的很重要，他的确会毫不犹豫地给画家写信。想不到这一行动带来的危险竟要工厂主向他当面指出！难道他的理智已经丧失到这种程度了吗？既然他想写信请一个不三不四的人到银行里来，在同副经理的办公室只有一墙之隔的地方商谈他的案子，那么，他就很有可能，完全有可能忽略了其他的危险，或者不知不觉干了危险的事。要知道，他身边并不总是有人在提醒他。想不到恰恰是现在，当他准备集中精力应付这场官司的时候，竟对自己的警惕性产生了怀疑，这在以前还从未有过。难道说，他在处理业务工作时遇到的困难，也会蔓延到他的案子上吗？无论如何他无法解释他为什么会想到要写信给蒂托雷里，请他到银行里来。

正当他不住地摇着头，为自己的轻率懊悔的时候，仆人走到他身边，提醒他还有三位先生在前厅的长椅上等着他。他们急着见他，已经等了好长时间。见仆人指着他们向 K. 说着什么，三位先生急忙站起来，争先恐后地往前挤，想让 K. 首先接见自己。既然银行可以毫无顾忌地浪费他们的时间，他们认为自己也可以不必再拘泥于礼节。"襄理先生……"其中一个人抢先说道。但 K. 已让仆人取来了大衣，并在仆人帮助下穿大衣时说："对不起，先生们，我此刻没有时间接见你们。请你们原谅，我有要紧的业务必须出去一趟，现在就得走。你们自己也看到了，刚才那位先生占了我多少时间。你们是否可以明天或以后再来？另外，你们也可以打电话。或者，你们现在用三言两语把事情简单说说，我以后再给你们一个详细的书面答复如何？当然，最好是你们以后再来。"三位先生白白等了大半天，听了 K. 的话惊愕得面面相觑，一个个目瞪口呆。"看来你们已经同意了？" K. 一边问一边转向仆人，后者已经给他拿来了帽子。透过办公室敞开的门，K. 看见外面雪越下越大了，于是，他竖起大衣领子，把扣子一直扣到脖子下。

正在这时，副经理从隔壁办公室走了出来。他微笑地看了看穿着大衣同顾客讲话的 K.，问道："您要出去吗，襄理先生？""不错，"K. 说着挺直身子，"我有一桩业务要办。"但副经理把脸转向三位顾客。"那么，这三位先生怎么办？"他问，"我相信，他们已经等了很久啦。""我们已经谈妥怎么办了。"K. 说。然而，那几位先生不再沉默不语了，他们围住 K.，纷纷抱怨说，他们之所以等了那么久，是因为他们的事情非常重要而且非常紧急，必须同 K. 单独详谈。副经理在一边听他们嘟嚷，并观察着手里拿着帽子，不时神经质地掸掸灰的 K.，然后说："先生们，有一个非常简单的解决办法。假如你们同意，我很高兴代替襄理先生同你们谈判。你们的事情当然应该马上办理，像你们一样，我们也是搞实业的人，知道时间对你们来说多么宝贵。请上我的办公室好吗？"他打开门，把三位先生让进了他办公室的客厅。

副经理闯进了 K. 被迫放弃的领地，干得多么巧妙！K. 是不是非得放弃这些领地呢？当他毫无把握、希望渺茫地——他不得不承认这一点——去找一个素昧平生的画家时，他在银行里的声望却受到严重的损害。也许，他最好还是脱掉大衣，至少把那两位还在等待副经理接见的先生请回来，满足他们的愿望。假如不是看见副经理在他的办公室里乱翻他的东西，仿佛这些东西是属于自己的，他也许就这样做了。K. 生气地回到办公室门口，副经理高声说："啊，您还没有走！"他转过脸来望着 K.，脸上一道道绷紧的皱纹仿佛不是年龄的象征，而是权力的象征，随即又继续寻找。"我在找一份协议书，"他说，"那位公司代表说，它应该在您这儿。您能把它找出来吗？"K. 向前跨了一步，但副经理又说：

"谢谢，我已经找到了。"他拿着一大叠文件回到自己的办公室，除了那份协议书，显然还有许多别的文件。

"现在我不想跟他计较，"K.暗暗地说，"可是，等我的个人问题一解决，他将第一个知道我的厉害，我会让他吃苦头的。"想到此，他稍稍得到些安慰。仆人早已为他拉开了通往过道的门。他吩咐仆人，见到经理时请转告他，就说K.出门办事去了。然后，他离开了银行，几乎感到一阵轻松，因为，他终于可以专心致志地为自己的案子而奔走一番了。

他乘车径直来到画家的住处。这儿是郊区，恰好位于法院办公室所在的那个地方相反的方向。这一带更加贫穷，房屋更加陈旧，街巷非常肮脏，垃圾随着融化的雪缓缓流动。画家住的那栋房子只有半扇门开着，另半扇门下的台阶有一个大缺口，从缺口里流出一股令人恶心的、发黄的臭水，几只耗子从缺口处跑出来，消失在附近一条阴沟里。K.跨进大门。楼梯下面趴着一个小孩，正在大哭大叫。但他的哭声几乎听不到，因为大门另一侧有一家白铁铺，里面发出震耳欲聋的敲打声。白铁铺的门大开着，三名伙计围成一个半圆形，正在抡起大锤敲打一件铁器。墙上挂着一大块白铁皮，发出惨白的光，映照着两名伙计当中的空间，照亮了他们的脸和围裙。K.只匆匆地朝他们看了一眼，他得尽快找到画家，向他提几个问题，然后马上赶回银行。倘若他在此有所收获，那将对他今天在银行的工作产生良好的影响。刚爬上四楼，他已经气喘吁吁，不得不放慢速度。这儿的楼梯同这栋房子一样，高得令人吃惊，而画家恰恰住在楼顶的阁楼上。楼里空气恶浊得令人窒息，楼梯很窄，夹在两堵光秃秃的墙之间，甚至连通风口也没有，隔很长一段距离才有一扇开在高处的小窗子。正在 K. 停下来喘口气的当儿，几个小女孩从一家住户里跑出来，嬉笑着朝楼上奔去。K. 慢慢地跟在她们后面，赶上其中的一个。她是摔了一跤才落在后面的。K. 和她并排走着，并问她："画家蒂托雷里是住在这儿吗？"女孩子有点驼背，看上去还不到十三岁。她用胳膊肘捅了他一下，斜着眼打量着他。虽然她年纪很小，身体畸形，但早已经堕落了。她毫无笑意，只是用锐利而大胆的目光看着他。K. 装着没有注意她的神情，又问道："你认识画家蒂托雷里吗？"她点点头反问道："您找他干什么？"K. 觉得借此机会可以多了解一些关于蒂托雷里的情况，便答道："我想请他画像。""请他画像？"她张大嘴问，并轻轻拍了 K. 一下，仿佛他说了什么出人意料或愚蠢的话。然后，她用双手提起她那过分短小的裙子，飞快地追赶其他小女孩去了。从楼梯上方隐隐约约地传来她们的喧闹声。然而在下一个转弯处，K. 又遇见了她们。那个驼背姑娘显然已经把 K. 来此的目的告诉了其他人，她们因此才在这儿等着他。她们站在楼梯两边，紧靠着墙，让 K. 从她们中间穿过，同时用手抚平身上的裙子。所有的脸上显露出既天真又世故的表情。等 K. 从她们身边走过，她们才爆发出一阵阵哄笑，跟在 K. 身后慢慢向楼上走去，领头的便是那驼背姑娘。多亏她的指点，K. 才没有走错路。本来他想沿着楼梯一直往上爬，但她指着旁边一道狭窄的梯子说，那才是通向蒂托雷里的房间的。那条梯子又高又陡，窄得只能容一个人通过，一直通向蒂托雷里的房门。门的上方斜开着一扇小天窗，窗外射来的光线照着门，使它比整个黑洞洞的楼梯要亮得多。门没有刷过漆，上面用红颜色歪歪扭扭地写着蒂托雷里的名字。K. 和他的随从刚爬到梯子的中间，上面的门便开了一条缝，显然是姑娘们的吵闹声打扰了这里的主人。一个好像只穿着睡衣的男人出现在门缝里。"啊！"他看见来人喊了一声，但紧接着又消失了。驼背姑娘高兴地拍了一下手，其他的女孩子则催促 K. 赶快上去。

他们还没有爬到梯子顶上，画家已经打开门，深深鞠了一躬请 K. 进去，但却把那帮女孩子挡在门外。无论她们怎样哀求，或不经他的允许想闯进门，他都毫不客气地加以拒绝。只有那驼背姑娘从他伸开的手臂下钻了进去，但他立即追了上去，揪住她的裙子，把她举起来转了一圈，放到门外。其他的女孩子看到画家离开了门口，却不敢跨进门槛。K. 不知道这究竟是怎么回事，因为看上去画家和女孩子之间的关系非常好。她们一个个伸长脖子，举起双手，大声同画家说着打趣的话——K. 对这些话一句也听不懂——画家也哈哈大笑着把驼背姑娘扔到门外。然后他关上门，又向 K. 鞠了一躬，握住他的手自我介绍说："画家蒂托雷里。"姑娘们仍在门外窃窃私语。K. 指了指门说："看来您在这儿很受欢迎。""噢，那帮丑八怪！"画家一面说，一面想扣好睡衣的扣子，却总也扣不上。他光着脚，穿一条肥大的黄色亚麻布裤子，腰系一条长长的裤带，带子末端不停地摆动。"这帮丑八怪真把我烦死了。"他又说，不再为睡衣浪费时间，因为最上面的那颗扣子刚才掉了。他拿过一把椅子，请 K. 坐下。"我曾给她们中的一个画过像——这姑娘今天不在——从此以后，她们便老来打搅我。假如我在家，她们在我允许的情况下才能进来；可我要是不在家，她们中起码有一个人会溜进来。她们配了一把我房间的钥匙，互相借来借去。真想象不到，这给我带来了多大麻烦。比方说，我带来一位女士，要给她画像，当我用我的钥匙打开房门，突然发现那驼背丫头坐在小桌前，用我的画笔往嘴唇上涂红颜色，而她的几个小妹妹正在屋里跑来跑去，把每个角落都弄得乱七八糟。昨天晚上我很晚才回来——请您原谅，因为这个我才穿着睡衣，屋子也没收拾——我回来得很晚，正要上床睡觉时，忽然觉得有什么东西拽住我的腿。我往床底看了看，拖出来一个小丫头。她们为什么要来缠我，连我也不知道。您肯定看出来了，我并不欢迎她们待在我屋里，这当然会妨碍我画画。如果不是我用不着付房租，我早就搬出去了。"正在这时，门外传来一个清脆而胆小的声音："蒂托雷里，我们可以进来了吗？""不行。"画家回答道。"我一个人也不行吗？"那声音又问。"也不行。"画家又说，并走到门边，把门锁上。

K.乘机打量了一下屋子。他绝对想不到，这间又小又破的屋子竟然也能称为画室。房间的长和宽都不到两步，地板、墙壁和天花板都是木板拼成的，木板之间有许多明显的裂缝。K.对面的墙边放着一张床，床上堆着五颜六色的卧具。屋子中央有一个画架，上面绷着块画布，被一件衬衫罩住，衬衫袖子耷拉在地板上。K.的身后有一扇窗，透过窗外的烟雾，除了旁边房屋积雪的屋顶就什么也看不见了。

钥匙在锁孔里转动的声音提醒K.，他不打算在这儿待很久。于是，他掏出工厂主的推荐信递给画家，并说："我是从这位先生那儿听说您的，他是您的熟人，建议我来找您。"画家匆匆看完信便把它扔在床上。如果不是工厂主非常肯定地告诉过K.，画家是他的熟人，并且靠他的施舍过活，K.一定会认为，蒂托雷里根本不认识工厂主，或至少已把他忘了。不仅如此，画家还居然问他："您是来买画的，还是来画像的？"

　　K.惊奇地看着他，不禁疑惑起来。信里究竟写了些什么？K.理所当然地认为，工厂主会告诉蒂托雷里，K.此行并没别的目的，只是想打听一下关于案子的事。他匆匆赶到这里来，未免太轻率了！然而，此刻他必须给画家一个回答，于是，看了一眼画架问道："您正在画画吗？""是的，"画家说，一把扯下罩在画架上的衬衫，扔在床上那封信的旁边，"这是一幅肖像，一幅挺不错的画，不过还没完工。"看来运气不错，K.一下子便找到了提起法院的机会，因为这显然是某一位法官的肖像，与他在律师办公室看到的那幅惊人地相似。虽然这幅画画的是另一位法官，一个蓄着浓密的黑色络腮胡子的矮胖男人，而且那幅画是油画，这幅则是用水粉轻描淡写地勾勒出来的，但其他的一切都非常相似。画布上的法官也坐在一张高靠背椅上，一只手紧紧抓住椅子扶手，气势汹汹地想站起来。"这是一位法官。"K.刚想说出来，忽然住了口。他走到画的跟前，仿佛要仔细研究一番。他不明白画在椅背正中的那个高个子女人是谁，便向画家请教。"还有几个细节没画完。"画家答道，说着从桌上拿起画笔，在那人的轮廓上又添了几笔。但K.仍然认不出来。"那是正义女神。"画家终于说。"现在我认出来了，"K.说，"这是她眼睛上蒙着的布，这是天平。不过，她的脚后跟上不是长着翅膀，并且在飞吗？""不错，"画家说，"我得到指示，必须画成这个样子。这实际上是正义女神和胜利女神的结合。""但这样的结合并不怎么妙，"K.微笑地说，"正义女神应该稳稳地站着，不然天平便会摇晃，作出的判决就不会公正。"我得按顾客的要求办事。"画家说。"当然，"K.说，不想因自己的看法得罪画家，"您把她画得好像站在高背椅上。""不对，"画家说，"我既没看见过她，也没看见过高背椅，这一切只是想象而已。人家告诉我该怎么画，我就怎么画。""什么？"K.装作听不懂的样子，"坐在椅子上的这个人难道不是位法官吗？""当然，"画家说，"但不是位高级法官，另外，也从来没人在这样一把椅子上坐过。""但他却让您把他画成这种威风凛凛的样子，对吗？他坐在那儿，简直像位法院院长。""是的，这些先生的虚荣心都很强，"画家说，"他们得到上面的允许，可以让人把他们画成这样，每个人都得到过确切的指示，自己可以被画成什么样子。遗憾的是，根据这幅画人们无法判断他们的服饰和座椅的细节，用水粉画这种画不太合适。""的确，"K.说，"奇怪的是，您怎么会用水粉来画这样的画。""因为那位法官希望如此，"画家说，"这幅画是送给一位女士的。"一看到这幅画，他仿佛又燃起了工作的热情。他卷起袖子，拿起一支画笔。K.看到，随着笔尖的颤抖，法官头部周围渐渐出现一个发红的光圈，光向外散射，到了画的边缘竟成了细细的线条。这个光环既像是一种装饰，又像是地位显赫的标志。但正义女神的形象仍模糊不清，由于颜色太淡，她好像浮到了画的前面，看上去既不像正义女神，也不像胜利女神，倒好像是正在追逐猎物的狩猎女神。画家的工作吸引了K.，使他忘记了时间。终于他责备起自己，待了这么久，竟然还没有进入正题。"这位法官叫什么名字？"他突然问。"我不能告诉您，"画家回答道。他朝画像侧过身去，故意冷落这位他刚才还十分尊重的客人。K.认为这是画家脾气古怪的缘故，又为自己因此而浪费了时间而感到恼火。"您大概深受法院的信任吧？"他问道。画家听到这话立即放下笔，直起身来搓了搓手，微笑地望着K.。"您就说真话吧，"他说，"您想知道法院的事情，推荐信里也是这么写的。您先和我谈画，只是为了赢得我的好感。不过我并不怪您，您大概不知道，这一套在我这儿吃不开。啊，您用不着辩解！"他看到K.想说什么，作出一个坚决拒绝的姿势又说，"另外，您说得也完全对，我深受法院的信任。"他停顿了一下，仿佛想给K.一点时间来正视这个事实。从门外又传来姑娘们的声音，她们此刻也许正挤在钥匙孔周围，往屋里窥视。K.未作任何辩解，因为他不想转移画家的话题，但也不想让他觉得自己有多了不起，从而趾高气扬，于是问道："您的职务是正式任命的吗？""不！"画家断然回答，这个问题似乎打断了他的思路。但K.急于让他讲下去，便说："不过，这类不被人承认的职务往往比公开任命的职务更有影响力。""我的情况恰恰如此，"画家皱起眉，点点头说，"昨天我向那位工厂主说起您的案子，他问我能不能帮帮您的忙。我回答道，他可以直接来找我。我很高兴您这么快就来了。看来您很关心您的案子，这当然一点也不奇怪。您想不想脱掉大衣？"尽管K.不想在这儿待多久，他对画家的这个建议仍然很高兴。屋里的空气几乎使他窒息，他不时惊奇地看看屋角那只显然并未生火的小铁炉，弄不明白这儿为何如此闷热。当他脱掉大衣并解开上衣扣子时，画家抱歉地说："我有些怕冷。这儿很舒服，是不是？这间屋子在这方面倒是不错。"K.没有吭声，不过，使他感到不自在的并不是热，而是那污浊的、令他喘不过气来的空气，这儿大概很长时间没通过风了。这种不自在的感觉还由于画家让他坐在床上，自己却坐在唯一的一把椅子上而更加强烈。不仅如此，画家还丝毫不理解 K. 为什么只坐在床沿上，一再请他坐得舒服点，并站起身来，强行把犹豫不决的 K. 推到毯子、被子和枕头中间。然后，他回到椅子上坐下，终于向 K. 提出了一个实质性问题，使 K. 忘记了所有的不快。"您是清白的吗？"他问。"是的。"K. 回答道。他很高兴能这样回答，特别是因为他此刻只同画家一人谈话，用不着顾虑任何后果。为了品味一下这种愉快，他又补充道："我完全是无辜的。""是这样。"画家低下头说，似乎在沉思。突然，他抬起头说："假如您真是无辜的，那事情就简单了。"K. 的目光暗淡下来，这个自称深受法院信任的家伙讲起话来简直像个无知的小孩。"我的无辜并不能使事情变得简单些，"K. 说，忍不住笑了笑，慢慢地摇摇头，"这里面牵涉到许多细节问题，而法院却完全无视这些细节。到头来他们会无中生有，编出一条骇人听闻的罪状来。""当然，当然，肯定如此，"画家说，似乎 K. 毫无必要地打乱了他的思路，"您真是清白无辜的吗？""这还用说！"K. 答道。"这是最重要的。"画家说。他并没有被 K. 的回答说服。尽管他说得很肯定，K. 仍不明白，他的话究竟是出于相信还是故意敷衍。为了弄清这一点，K. 说："您对法院的了解肯定比我多，我只是从各式各样的人那儿听说一些。不过所有的人都认为，起诉不是轻率作出的，一旦对某人提出起诉，法院就认定被告有罪，并且很难改变这种看法。""很难吗？"画家问，伸出一只手在空中挥舞，"法院永远不会撤回起诉。假如我把所有的法官并排画在这块画布上，而你站在画布前为自己进行辩护，成功的希望也会比在真的法院里要大得多。""我知道。"K.自言自语道。他忘了他上这儿来只想问画家一些情况。

门外又响起一个小姑娘的声音:"蒂托雷里,他一会儿就走吗?""别闹!"画家对着门喊道,"你们没看见我正在跟这位先生谈话吗?"但姑娘并不罢休,又问:"你要给他画像吗?"见画家不回答,她又说:"请别给他画像,他长得太难看了。"接着是一阵叽叽喳喳的声音,赞同她的意见。画家一个箭步窜到门口,把门开了一条缝。K.看见从门缝里伸进来一双双哀求的手。画家说:"如果你们再闹,我就把你们全都推下楼去。乖乖地坐在楼梯上,别说话!"她们大概没有立即服从,因为画家又呵斥道:"快坐下,坐在楼梯上!"门外这才安静下来。

"请原谅。"画家回到房间后对K.说。K.并没有朝门看,他完全不介意画家是否打算保护他,并采取什么方式来保护他。即使是现在,当画家弯下腰在他耳边小声嘀咕,他也一动不动。为了不让门外的姑娘们听见,画家压低声音说:"这帮丫头也是法院的人。""什么?"K.转过头来望着画家问。但后者重新坐到椅子上,半开玩笑地解释道:"一切都属于法院。""这我以前从未听说过。"K.说,但无论如何,画家关于姑娘们的解释不再使K.感到不安。尽管如此,他还是朝门看了一眼。门外的女孩子这会儿大约已经安安静静地坐在楼梯上了,只有一个将一根麦秆从门缝里塞进来,慢慢地上下移动。

"看来您对法院了解得太少,"画家叉开两腿,脚尖点着地板说,"不过,既然您是清白的,也就用不着有太多的了解。我一个人就能使您解脱。""那您准备怎么干呢?"K.问,"几分钟前您还说，法院根本不重视证据。""只是不重视开庭时当场提出的证据，"画家说，并伸出一个指头晃了晃，似乎K.忽略了一个微妙的区别，"可是如果在幕后活动，那就不同了，我是说在走廊里，或者举例说，在画室里。"K.觉得，画家现在所说的并不是不可信，这和他从别人那儿听到的完全一致。是的，他的案子或许有希望了。倘若像律师说的那样，法官们的确很容易受私人关系的影响，那么，画家同那些虚荣心极强的法官们的交情就十分重要了，无论如何不能低估。如此说来，在K.为自己物色的一批帮手中，画家将成为最突出的一位。在银行里，人人都称赞K.的组织天才，而现在，当他完全依靠自己的力量应付棘手的事情时，他又发现了一个充分展示自己才能的机会。画家满意地观察着他的话在K.身上产生的效果，然后稍微有点心虚地说："您没发现，我说话像个法学家吗？这是因为，我不断地同法院的先生们打交道，深受他们的影响。我从中得到了很多好处，但也失去了许多在艺术上成名的机会。""最初您是怎么同法官们拉上关系的呢？"K.问，他想先取得画家的信任，然后再让他为自己效劳。"这很简单，"画家说，"我继承了这种关系。我父亲是法院的前任画家，这个职位可以世代相传，不必雇用新人。对于给不同级别的官员画像，法院制定了许多复杂的、必须严格保密的规定，这些规定除了几个家族之外不得外传。比如说，那边那个抽屉里保存着我父亲画的所有肖像，我从来没给人看过。只有仔细研究过这些肖像，才有资格为法官们画像。不过，即使这些画丢了也没有关系，我脑子里记住的规定已经足以保证我的职位不被别人抢去。每一位法官都希望自己被画得同以前的大法官一模一样，而这一点只有我能做到。""这真值得羡慕，"K.说，并想到了自己在银行的职位，"那么，您的职位是不可动摇的啰？""当然，不可动摇。"画家自豪地耸耸肩说，"也正因为如此，我才有胆量不时帮助一些吃官司的可怜虫。""您用什么方式来帮助他们呢？"K.问，仿佛画家刚才所说的"可怜虫"不是指他。但画家不容他插嘴，接着说："比如说关于您的案子，由于您是完全无辜的，我将采取以下措施。"画家一再提到K.的无辜，使他感到有些不快。他有时觉得，画家一再强调这一点，是预计到案子肯定会有一个良好的结局，正是在这一前提下，他才愿意提供帮助的。但这样一来，他的帮助便毫无意义了。尽管有这样的怀疑，K.并不说出来，而是让画家继续说下去。他不想失去画家的帮助，已下定决心依靠他，另外，他刚才所说的也并不比律师的信口开河更不可信，相比之下，K.倒更愿意接受他的好意，因为他显得更诚恳，更坦率。

画家把椅子拉到床边，压低声音说："我忘了先问您一句，您希望获得哪种形式的无罪判决？有三种可能性，一种是真正宣判无罪，另一种是表面宣判无罪，第三种是无限期延期审判。真正宣判无罪当然是最好的结局，但我对这种解决方式不能施加任何影响，我觉得任何人都无法促使法庭作出这样的判决。唯一决定的因素是被告是否的确清白无辜。既然您是无辜的，您完全可以放心大胆地等待这种结局。那样一来您就既不需要我也不需要任何人的帮助了。"

这种有条有理的分析开始时使K.感到吃惊，他用同样轻的声音对画家说："我觉得您自相矛盾。""为什么？"画家耐住性子反问道，并微笑地靠在椅背上。这种笑使K.产生一种感觉，仿佛他即将揭露的并不是画家讲话中的矛盾，而是法院审判过程自身的矛盾。即使如此，他并不让步，仍然继续说道："您先是说，法院根本不理会证据，后来又把这限定在公开审理时当庭出示的证据，而现在，您又声称无辜的被告在法庭前根本不需要别人的帮助便能被宣判无罪。这本身就自相矛盾。此外，您一开始就说，私人关系可以使法官改变看法，而现在您又否认，您所说的真正无罪宣判可以通过私下交涉来促成。这就产生了第二个矛盾。""这些矛盾很容易得到解释，"画家说，"这里说的是两件完全不同的事情，一件是法律中明文规定的，另一件是我亲身体会到的，您不能把它们混淆起来。在法律条文中——我承认我没看过——当然写着无辜者应当无罪释放，但另一方面，上面也没有写，法官可以受别人的影响啊！我的经验则完全相反，我从来未听说过有哪名被告是被宣判无罪的，但却见过许多案子由于外来的影响而改变判决。当然，在我听说过的案子中，可能没有一名被告是完全无辜的。但是，这种可能性真的存在吗？在那么多案子里，就没有一名被告是真正清白的吗？我小时候就很喜欢听我父亲讲他了解的一些案子，法官们到他画室里来，也常常谈法院的事。在我们的圈子里，这几乎是唯一的话题。我刚刚开始为法官们画像，就充分利用同法官们的关系，旁听了许多案子关键阶段的审判，并密切关注它们的发展。但是，我得承认，还从来没见过有哪一件案子是真正宣判无罪的。""如此说来，没有一名被告能逃脱有罪的判决，"K.好像在对自己和自己的希望说，"这恰恰证实了我对法院的看法。只要一名刽子手就能取代整个法院。""您不能一概而论，"画家不高兴地说，"我刚才说的只是我的经验。""这就够了，"K.说，"您过去听说过无罪释放的先例吗？""从理论上讲，"画家答道，"应该有过，只不过很难证实而已。法院的最后宣判是不公开的，甚至连法官本人也不知道，因此，关于过去的案例只留下传闻，而传闻中的大多数案子的最后判决都是无罪释放。人们虽然相信它，但无法证实。尽管这样，谁也不能忽视这些传闻，因为它们总有某些真实的成分，另外也很美丽动人。我曾经画过几幅以这些传闻为题材的画。""光是传闻并不能改变我的看法，"K.说，"人们在受审时总不能以这些传闻为依据要求无罪释放吧？""当然不能。"画家说。"那么，说这些就毫无用处。"K.说，他必须暂时赞同画家的一切看法，即使他觉得这些看法很不可信，并与他以前听到的有矛盾。他现在没有时间核实画家讲过的每一句话，也不想去反驳。他已经达到了此行最重要的目的，即说服画家以某种方式帮助他，即使帮不上大忙也不要紧。于是他说："那咱们就别谈真正宣判无罪了。您刚才还提到另外两种可能性，对吧？""表面宣判无罪和延期审理，只有这两种可能性了，"画家说，"在我们继续谈下去之前，您不想脱掉外衣吗？您好像很热。""好吧，"K.说，他刚才只顾同画家谈话，把别的事全忘了，而现在，经画家一提，额上才冒出大颗大颗的汗珠，"热得简直受不了。"画家点点头，仿佛对K.的不自在十分理解。"不能开一下窗子吗？"K.问。"不行，"画家说，"上面那块玻璃是固定在屋顶上的，根本打不开。"K.这才意识到，他刚才一直盼望着的，其实是画家或他本人果断地走到窗前，把窗打开。他做好了思想准备，哪怕吸上两口夹杂着烟尘的新鲜空气也好。与外面的空气完全隔绝的感觉使他头晕脑胀。他轻轻拍打着羽毛床垫，声音微弱地说："这既不舒服，也不卫生。""噢，不对，"画家为他的窗子辩护道，"这样密封性更好，虽然只有一层玻璃，但比双层玻璃更保暖。假如我想通气——其实这根本没有必要，因为墙壁上全是缝，本身就透风——我完全可以打开一扇门或两扇门。"听了这个解释，K.稍稍放心了，立即环顾四周，寻找第二扇门。画家猜到K.在干什么，便说："它就在您背后，我用床把它顶上了。"K.这才看到，他身后那面墙上有一扇小门。"这间屋作为画室实在太小了，"画家似乎知道K.会如此评论，便抢先说，"我不得不尽量布置得紧凑一些。床当然放得不是地方。就拿我现在正在为之画像的那位法官来说，他总是从床背后那扇门里进来。我给了他一把那扇门的钥匙，如果我不在家，他便可以先到画室里来等我。不过，他一般都是早上来，那时我还没有起床呢。当然，不论我睡得多么死，只要床边的门一开，我总会马上醒来。您要是听到我诅咒他的那些话，准会对所有的法官失去尊重。他一大早就踩着我的床爬过来，简直让人无法忍受。即使我把钥匙要回来也没有用，因为这儿的每一扇门都可以不费吹灰之力卸下来，那样做除了得罪人没有任何好处。"当画家滔滔不绝地发牢骚时，K.考虑是否应该把上衣脱掉，最终他明白了，假如他不这样做，便再也无法在这间屋里待下去。他于是脱下上衣，搁在膝盖上，准备谈话一结束马上再穿上。他刚刚脱下衣服，就听见门外一个小丫头喊道："瞧，他把上衣脱掉了！"接着是一片乱糟糟的脚步声，所有的小姑娘这时都拥到门边，透过门缝向里张望。"她们以为我要给您画像，"画家说，"所以您才脱掉衣服。""原来如此。"K.

兴趣索然地说，因为，虽然他此刻只穿着衬衣，并不比刚才好受多少。他闷闷不乐地问道："您刚才提到的两种可能性是怎么说的？"他早已忘记它们的确切称呼了。"表面上宣判无罪和延期审理，"画家说，"至于选择哪一种，那就看您的了。我能帮您实现其中的任何一种，当然要费一番气力。它们的区别在于，表面宣判无罪要求在短时间内集中精力，而无限期延缓审判花的力气虽然比较小，但需要坚持不懈地努力。先谈谈表面无罪宣判吧，倘若您希望获得这种结果，我就写一份证词，证明您是无罪的。这种证词的格式我是从父亲那儿学来的，简直无懈可击。带上这样一份证词，我将轮流拜访我所认识的每一位法官，先从现在让我画像的那位法官开始，比方说，当他今天晚上来画像时，我就把证词摊在他面前，向他说明您完全是无辜的，并且以我的名义作出担保。这种担保不是徒有虚名，而是严肃的，有约束力的。"画家眼里闪着略带责备的目光，似乎 K. 不该让他承担如此重大的责任。"您真是太好了，"K. 说，"可是，法官即使相信您的担保，仍不肯作出宣判我无罪的决定怎么办？""关于这一点，我已经说过了，"画家答道，"另外，也不是所有的法官都会相信我的证词，有的人也许会要求亲自见见您，那我就得带您去见他们。当然，假如到了这一步，事情就成功了一半，到时候我会事先详细地告诉您，在每一位法官面前应该使用哪些策略。真正难办的是那些看也不看证词就一口回绝的法官们——这种情况也不可避免。我当然会继续努力说服他们，但他们如果顽固不化，我们也只能撇开他们了。这没有什么了不起，因为个别法官的反对起不了决定作用。假若能争取到相当数量的法官在这份证词上签字，我就可以拿着它去找审理您案子的法官，说不定他也会在这上面签名。那样一来，事情的进展就快了，一般说来，也就不会再出现什么大的困难，被告的信心也足了。他们的心情甚至比听到自己被宣告无罪时更加轻松，这虽然有点奇怪，却是千真万确的。他们不必再花多少力气，主审法官有了这份有许多法官签名的担保书，就可以放心大胆地宣判您无罪。虽然还有一些手续要履行，但他肯定会这么做，因为，他不想得罪我和其他朋友，而您则结束这场官司，完全自由了。""我就自由了吗？"K.半信半疑地问。"是的，"画家说，"但仅仅是表面上自由，或者更确切地说，是暂时自由。我的熟人都是些低级法官，无权作出彻底无罪的宣判，只有最高法院才能作出这样的判决，而最高法院是您、我和其他所有人无法接近的。那儿的情况我们一点也不了解，顺便说一句，也不想了解。总而言之，我们与之打交道的法官无权作出被告无罪的判决，但他们却有权力让您逃脱起诉。也就是说，假若您被宣告免予起诉，您暂时就不会被起诉，但罪名仍然是存在的，一旦上面下来命令，起诉便会立即生效。由于我和法院关系密切，我也可以告诉您，法院各办公室在处理彻底宣判无罪和表面宣判无罪时有哪些明文规定。一旦作出彻底无罪的宣判，与案子有关的文件都要销毁，它们彻底消失了，不仅起诉书，而且庭审记录，甚至宣告无罪的判决书都被销毁。但表面宣判无罪就不是这样，各种文件都必须保留，包括无罪担保书、宣布免予起诉的决定和作出这一决定的说明。它们并未撤出诉讼过程，而是按规定在各办公室之间转来转去，最后转到最高法院，然后又转回来，回到低级法官手里。就这样，这儿耽搁几天，那儿压上些日子。文件往返的次数是无法计算的，局外人有时会以为，整个案子早已被遗忘，文件已经遗失，被告已经没事了。但了解内情的人就不会这么看，实际上任何文件都还在，法院并没有忘记这件案子。也许有一天——谁也说不准是什么时候——某个法官会出其不意地拿起一份案卷仔细阅读，觉得这个案子的起诉仍然有效，并立即签署逮捕令。不过我猜想，从表面宣告无罪到重新逮捕被告之间要过很长时间；但也出现过这种情况：被宣告免予起诉的人刚刚回到家，便发现有人在那儿等着要重新逮捕他了。那样一来，他当然再也别想自由了。""那么，案子又会重新审理吗？"K.有些不相信地问。"那还用说，"画家说，"案子又得重新审理，但结果可能同上次一模一样，宣布被告免予起诉。为此，有关的人又得全力以赴，丝毫不能松劲。"画家说最后一句话时，发现K.显得有些泄气。"可是，"仿佛想掩饰自己的沮丧，K.问道，"争取第二次免予起诉是不是比第一次更难呢？""关于这一点，"画家答道，"谁也不敢说死。您大概认为，第二次被捕会影响法官们对被告的看法吧？不会的，在他们作出宣告被告免予起诉的决定时，已经估计到他会被重新逮捕了。这并不会对今后的事产生多大影响。不过，由于各种各样的原因，法官们的情绪以及他们在法律上对这个案子的看法可能改变，因此一般说来，您得根据情况的变化，采取相应的措施，并投入比第一次更大的精力。""可是，第二次免予起诉也不是最后结果！"K.不以为然地转过脸去。"当然不是，"画家说，"第二次宣布免予起诉后还可能有第三次被捕，第三次免予起诉后又会有第四次被捕，如此下去没完没了。表面宣判无罪的概念本身就包含这个内容。"K. 不吭声了。"您显然对表面宣判无罪不大满意，"画家说，"延缓审判也许对您来说更加合适。要不要我向您解释一下这是怎么回事？"K. 点点头。画家仰面朝天地靠在椅背上，睡衣敞开了一道很宽的缝。他用手搓着胸脯和腋下说："所谓延缓审判，"他低头想了一下，仿佛在寻找合适的词，"所谓延期审判，是说诉讼停留在最初阶段，不再往下进行。为了做到这一点，被告和他的帮手，特别是后者，就得与法院始终保持个人接触。我得重复一遍，这虽然不像争取表面宣判无罪那样需要全力以赴，但必须保持更大的警觉，得密切关注案子的进展。不仅要隔几天去问候主审法官一次，在特殊情况下还得到他的府上去拜访，想方设法讨好他。假如您本人同他没有私人交情，那就得通过认识的法官对他施加影响，力争同他面对面地交谈。倘若这些方面都做到了，那就可以肯定案子会滞留在初级审理阶段而不至于转到上一级法院。这样一来，诉讼虽然仍在进行，但被告几乎就像自由人一样，不必担心会被判决有罪。与表面上宣布无罪相比，延期审判有一个好处——被告的前景比较明确，用不着成天为自己重新被捕而担惊受怕，免去了他在生活中遇到困难的时刻还要为案子担心和焦虑的痛苦，而这在争取表面上无罪宣判时是不可避免的。不过，延期审判对被告来说也有一些不容低估的坏处。我不是说这样一来被告便永远不会获得真正的自由，因为即使是争取到表面无罪的宣判，他也不见得真正自由了。延期审判的坏处在别的方面——要想把案子搁置起来，至少要找几条站得住脚的理由，因此，为了对外有个交代，每隔一段时间就得作出安排，审问被告一次，录取一点口供什么的。审问在很小范围内进行，被告必须到场。这无疑会给被告带来一些不方便。不过，您不必把它想象得过于严重，一切只是走走过场而已。比如说，假如您没有时间或心情不好不想去，审讯会三言两语便结束，您也可以事先打个招呼，表示抱歉而不出庭。您甚至可以同法官们共同商量，为今后很长一段时间的审讯日期作出安排。这一切只有一个目的，即作为被告，您得定期到主审法官那儿去报个到。"画家在讲最后几句话时，K.已经把上衣搭在手臂上站起来。"瞧，他站起来了！"门外立即有一个小丫头喊。"您这就要走吗？"画家也站起身来说，"一定是这儿的空气太坏，把您赶走的。我很遗憾，本来还有好多话要对您说，现在不得不简单地提一提了。但我希望，您已经了解了我的意思。""噢，那当然。"K.说，刚才由于聚精会神地听画家讲话，他的头都疼了。尽管得到了这个证实，画家仍然总结了几句，仿佛想在K.回家之前再给他一点安慰："两种方式有一个共同点，那就是，被告可以避免遭到判决。""可它们也使被告永远不能被无罪释放。"K.小声说，似乎为认识到这种局面而感到尴尬。"您抓住了问题的核心。"画家紧接着说。K.抓起上衣，但仍然没有下决心把它穿上。他很想拿着衣服赶快奔到外面去呼吸新鲜空气。尽管门外的姑娘们已经做出预报，说他在穿衣服，他仍然犹豫着。画家似乎看透了K.的心思，望着他说："您对我的建议还没有作出决定。我赞成您的慎重，甚至劝您别匆忙作出选择。每一种方式都有利有弊，得仔细衡量一下。不过，也不能拖得太久。""我不久会再来的。"K.顿时下定决心，穿好上衣，披上大衣说，并朝门口走去。门外的女孩子立即尖叫起来。K.仿佛透过门看到她们乱成一团。"您得守信用，"画家说，并没有跟在 K. 身后，"否则我就会去银行，当面问您。""请您把门打开。"他拉了一下门把，觉得有阻力，一定是那帮小丫头在使劲拽着。"您不想被姑娘们缠住吧？"画家问，"最好还是从这边走。"他指指床后的那扇门。K. 立即表示同意，退回到床边。但画家并没有去开门，而是钻到床底下问："请等一下，您想看几幅画吗？我可以把它们卖给您。"K. 不想扫画家的兴，他的确很关心自己，而且答应继续帮助自己。此外，K. 直到现在才想起，他还没提过付给画家多少报酬的事呢。既然画家提出卖画，他当然不能推诿。于是，他同意看一看，尽管他急着走，已经不耐烦到极点。画家从床下拖出一大堆没有镶框的画，上面覆盖着厚厚一层灰，轻轻一吹便满屋飞扬，K. 几乎睁不开眼睛，呛得喘不过气。"荒原风景。"画家把一幅画递到 K. 手里说。画面上是两棵瘦弱的树，离得很远，长在深绿色的草丛中，背景是色彩斑斓的落日景象。"很漂亮，"K. 说，"我买下了。"K. 的回答简单得出乎自己的意料，但画家并未感到受了委屈，而是从地上又拿起一幅画来。"这幅画正好和那幅配上。"画家说。两幅画的确可以配对，二者几乎没有任何区别。画上也是两棵树，一片草地和行将落下的太阳。但 K. 并不在意。"两幅优美的风景画，"他说，"我都买下，把它们挂在我的办公室里。""看来您喜欢风景画，"画家说，接着又拿起第三幅画，"真是凑巧，我这儿还有一幅相似的作品。"然而，第三幅与其说与前两幅相似，不如说完全相同，上面的风景也是日落时的荒原。画家显然是利用这个机会，推销无人问津的旧画。"三幅画一共多少钱？""下次再说吧，"画家说，"您这会儿急着要走，反正我们还会联系的。很高兴您喜欢这些画，找个机会我会把床底下的画都给您送去，全是荒野风景。我画了几十幅这样的画，有人不喜欢这种题材，说是格调太低沉，可另一些人，包括您，却喜欢格调低沉的作品。"但K.此刻毫无兴趣听这位靠施舍过活的画家谈自己的艺术见解。"请把这三幅画包好，"他打断画家的唠叨说，"我的仆人明天会来取的。""没有必要，"画家说，"我可以找个搬运工，现在就把画给您送去。"他终于爬到床上，把门打开。"您尽管踩在床上过去，"画家说，"从这儿进出的人都这么干。"即使画家不说，K.也会这么做的，他一只脚早已踩在羽毛床垫的正中。可是，他探头朝门外看了看，又把脚收回来。"怎么回事？"他问画家。"有什么问题吗？"画家奇怪地反问道，"外面是法院的办公室。您不知道吗？每一栋房子的阁楼上都有法院办公室，这儿干吗要例外呢？我的画室实际上也是法院办公室的一部分，只不过法院借给我使用罢了。"K.大吃一惊，倒不是因为他发现了这儿也有法院的办公室，而是因为自己对法院的事情了解得如此之少。他知道，对于一名被告来说，一条基本原则就是对任何事情都应该有心理准备，永远不能处于措手不及的境地，如果法官出现在他的左面，他的眼睛决不能毫无察觉地往右看。而他却恰恰违反了这条原则，并一而再，再而三地出错！他的面前是一条长长的走廊，从那儿涌过来的空气同画室里的相比，就算是很新鲜的了。走廊的两边摆着几张长凳，同审理K.的案子的办公室外边的过道一模一样。看来办公室内部的陈设是有明文规定的。走廊里的当事人不多，一个男人半躺着坐在长凳上，脸埋在胳膊肘里，好像睡着了，另一个人站在走廊尽头的阴影中。K.踩着床走出门，画家夹着画跟在他身后。他们不久便碰到一名法院听差——从衣服上金晃晃的扣子，K.便能认出他们来，此人身上同样有一颗金色的纽扣。画家吩咐他把画送到K.的办公室去。K.掏出手绢捂住嘴，摇摇晃晃地从走廊里走过。当他们快要走到走廊尽头时，那帮小丫头突然拥了过来，K.最终未能避开她们。她们显然看见画室的另一扇门开了，于是便绕道赶到这儿来。"我不能再送您了，"画家在姑娘们的簇拥下笑着说，"再见吧，抓紧时间好好考虑一下！"K.甚至没有回头看他一眼。来到街上，他赶紧叫住一辆出租马车。他得甩掉法院听差，那颗金晃晃的纽扣对别人来说也许没什么，他却感到非常刺眼。忠于职守的听差也想登上马车，但K.打发他回去了。K.回到银行时，中午早就过了。他本想把画扔在马车上，但又怕画家哪一天会问起它们，于是只好将它们拿进办公室，锁在写字台最下面的抽屉里。至少最近几天，他不能让副经理看见它们。

第八章
商人布洛克·解聘律师

　　K.终于决定不让律师代理他的案子了。虽然他还拿不准采取这一步骤是否明智，但非如此不可的信念最后还是占了上风。在他打算去见律师，把这个决定通知他的那一天，他的工作效率很低，不得不在办公室里待到很晚才走。当他来到律师家门口时，已经十点多了。按铃之前，他又考虑了一番。也许打电话或写信通知他已被解聘更好，当面谈双方肯定很难堪。然而，他最终还是选择了后者，用别的方式解聘律师，律师也许会默认此事，或者用一两句客气话表示认可。那样一来，除非K.通过列妮去了解，否则便永远别想知道律师对解聘有什么反应了。另外，他也很想听听律师对解聘自己所引起的后果会有什么说法，这对他来说是很重要的。倘若同律师面谈，并出其不意地提出解聘要求，那么，不论律师多么小心谨慎，他也能从律师的面部表情和举止察觉他所要知道的一切。另一方面，假若他从律师的话里得出结论，还是让律师作为此案的代理更为明智，他还可以收回解聘的决定。

　　按第一次铃时和往常一样，没有任何动静。"列妮的动作应该迅速一点。"K.想道。不过，这一回比上次好多了，没有不相干的人来管闲事，不论是那个穿睡衣的家伙还是别的讨厌鬼都没有露面。K.一面按第二次铃，一面盯着旁边那扇门，但它关得紧紧的。终于律师门上的窥视孔里出现一双眼睛，不过不是列妮的眼睛。有人拧开了门锁，但仍顶着门，朝屋里喊道："是他来了！"然后，门才开了。K.使劲推开门，一只脚刚跨进去，就听见身后另一所住宅门锁转动的声音。他几乎是跑着冲进了门厅，看见列妮穿着内衣，沿着过道一溜烟地跑了。刚才那人的喊声准是向她发出的警告。他注视了一会儿她的背影，这才转过脸去看是谁开的门。这是个又矮又瘦，留着络腮胡子的男人，手里拿着一支蜡烛。"您是这儿的用人吗？"K.问。"不，"那人回答说，"我是这儿的客人。律师是我的代理人，因为法律上的事务，我才来找他的。""没穿上衣就来了么？"K.指着上身只穿衬衣的他问道。"啊，请原谅。"那人借着烛光看了一下自己，仿佛刚刚意识到自己这副模样。"列妮是您的情妇吗？"K.直截了当地问。他微微叉开两腿，拿着帽子的双手在背后握紧拳头。因为穿了件大衣，他觉得自己比那瘦骨嶙峋的家伙优越许多。"啊，上帝，"那人伸出一只手吃惊地挡在脸前否认道，"不，不是，您想到哪儿去了！""看来您说的是真话，"K.微笑道，"但是，这也没什么。请吧。"他挥了挥帽子，让那人在他前面走。"您叫什么名字？"K.一面走一面问。"布洛克，我是个商人。"那矮子说，并在自我介绍时转过脸来望着 K.。但 K.不想让他站住。"这是您的真名吗？"K.问。"当然，"那人答道，"您为什么要怀疑？""我想，您可能有某种原因不愿暴露真名。"K.说。他感到很轻松，仿佛到了一个陌生的地方，同一个素不相识的、身份比自己低的人谈话，自己的事可以守口如瓶，而别人的事则可以随心所欲地谈论。在这样的谈话中，他既可以得到别人的尊重，也可以不负任何责任。当他们走到律师的书房门口时，K.停住脚，推开门，叫住正不紧不慢地往前走的商人："别忙着走，照一照这儿！"K.想，列妮也许躲在书房里。他让商人端着蜡烛，照遍了每一个角落。但书房里没人。在法官的肖像前，K.拽住商人的衣领问："您认识他吗？"并用手指了指那幅画像。商人抬起蜡烛，眨巴着眼看了一下画像说："他是一位法官。""一位高级法官？"K.问，并退到一旁，观察着这幅画会给商人留下什么印象。"是一位高级法官。"商人说。"您的眼力可不大好，"K.说，"他是个级别最低的预审法官。""我想起来了，"商人放下蜡烛说，"以前我也听人讲过。""当然是这样，"K.故作惊讶地说，"我竟然忘记了您也听说过。""请别取笑，请别取笑。"他只能继续朝前走，因为K.在背后推着他。在过道里K.问："您一定知道列妮藏在什么地方。""干吗要藏起来呢？"他说，"不，她大概在厨房里给律师煮汤。""您为什么不早说呢？"K.问。"我正想把您带到那儿去，可您把我叫住了。"商人答道。K.自相矛盾的说法把他搞糊涂了。"您自以为很机灵吧？"K.说，"带我到那儿去！"K.还从未到过厨房，厨房大得叫人吃惊，设备齐全，光是炉子就比一般炉子大三倍，其他东西却看不清楚，因为只有一盏小灯挂在门边。列妮像往常一样穿着白围裙站在炉子边往锅里打鸡蛋。锅的下面是一只酒精炉。"晚上好，约瑟夫。"列妮瞥了他一眼说。"晚上好。"K.答道，并指了指角落里一把椅子，让商人坐下。后者顺从地坐下了。K.走到列妮身旁，弯下腰在她的耳边问："这人是谁？"列妮一只手挽着K.，让他贴近自己，另一只手搅着汤说："一个可怜虫，一个名叫布洛克的几乎破产的商人。瞧他那副模样。"两人都回过头看了看。商人坐在K.指定的那把椅子上，已经把那支多余的蜡烛吹灭了，此刻正用手捏住烛芯，不让它再冒烟。"你刚才只穿着内衣。"K.把列妮的头转过去对着炉子。她没有吭声。"他是你的情人？"K.问。她想去端汤锅，但K.抓住她的两只手说："回答我！"她说："到书房来，我全讲给你听。""不，"K.说，"我要你在这儿告诉我。"她搂住他的头要吻他，但K.挣脱开说："我不想你现在吻我。""约瑟夫，"列妮用乞求但很坦率的目光看着他，"你不会吃布洛克先生的醋吧？鲁迪，"她转过脸朝商人喊道，"来帮帮我。您瞧，他怀疑起我来了。别摆弄蜡烛。"商人刚才似乎一直心不在焉，但此刻马上明白列妮的话是什么意思。"我真不懂，您怎么会忌妒起我来了？"他显得不那么理直气壮地说。"我也不知道为什么。"K.看着他笑着说。列妮哈哈大笑起来，乘着K.心情正好时挽住他的胳膊低声说："让他独自待着吧，你也看到他是个什么样的家伙。我今天对他稍微客气了些，因为他是律师最重要的主顾，仅此而已。你最近怎么样？今天晚上还想见律师吗？他病得很厉害，不过，假如你一定要见他，我当然可以通报。你今天得在我那儿过夜，你已经好久没上这儿来了，连律师都常常问起你。你的案子决不能疏忽大意，另外，我也听说了一些情况，正想告诉你呢。这会儿先把大衣脱掉！"她帮他脱下大衣，接过他的帽子，跑到门厅里挂好，接着又跑回来看了看锅里的汤。"我先去通报，还是先给他送汤呢？""先去通报一声吧。"K.说。他很恼火，本来想就整个案子，尤其是解聘律师的事同列妮好好谈谈，可商人在这里，把一切都给搅了。尽管如此，他觉得这件事太重要了，即使这矮鬼在场可能起干扰作用也不得不谈。他于是把已经走进过道的列妮叫了回来。"先给他送汤吧，"他说，"在他与我谈话之前得补补身子，需要喝碗汤。""您原来也是律师的当事人。"商人坐在屋角里小声说，似乎想得到证实。"这关您什么事？"K.说。列妮也呵斥他道："用不着你来插嘴！"然后对K.说："那么，我先给他送汤去。"她把汤舀进盘子里说："只怕他喝完汤就会睡着。每次吃完东西他都要睡一觉。""我要对他讲的话会使他睡不着觉。"K.说。他始终想暗示，他有重要的事同律师谈，盼着列妮来问他，那样他就可以请她出主意。但列妮并未提问，只是严格地按照他的吩咐做。当她端着汤从他身边走过时，故意用胳膊肘捅了他一下，并轻声对他说："他一喝完汤我就通报，好让你尽快回到我身边来。""快去吧，"K.说，"快去！""别那么不高兴。"她说着端着汤转身走了。

他望着她的背影。他已经下定决心将律师解聘，也许事先不同列妮商量更好，她不仅对整个事情看得不如他透，而且准会劝他改变主意，动摇他的决心，使他又陷入疑虑和不安之中。而过了一段时间，他又得重新下决心，因为，解聘律师只是迟早的事，解决得越早，造成的损失就越小。也许，商人能对此发表一点有用的看法。

他于是朝商人转过身去。那人一看见他向自己走来，便要站起身来。"坐着别动，"K.说着拉过一把椅子，在他身边坐下，"您早就是律师的委托人了，对吧？""是的，"商人说，"很早就是。""他代理您的案子有多少年了？"K.又问。"我不明白您指的是什么，"商人说，"在业务上——我是个谷物商——律师从我一开业就是我的法律代理人，大概有二十年了；在我个人的案子

里——您大约指的是这个——他也一开始就是我的律师，到现在
有五年多了。是的，已经超过五年了，"为了证实自己的话，他拿
出一个旧笔记本，"这里面全记着。如果您想知道，我可以告诉您
确切日期。光凭脑子，这一切是记不住的。我的案子实际上开始
得还要早得多，我妻子一死就开始了，肯定在五年半以前。"K. 把
椅子挪得更近。"律师也过问一般的法律纠纷吗？"他问。律师原
来同这种事也有联系，这使他安心了不少。"当然，"商人说，接
着又压低嗓门道，"听人说，在处理这类法律纠纷上，他更在行。"
他后悔不该说这样的话，伸出一只胳膊搭在 K. 肩上说："求求您别
出卖我。"K. 拍拍他的大腿请他放心，并说："不会的，我从不出卖
任何人。""他的报复心很重。"商人说。"像您这样忠实的当事人，
他肯定不会报复的。"K. 说。"啊，会的，"商人说，"他一旦发
火，就会六亲不认。另外，我对他也并不很忠实。""为什么？"K.
问。"我也许不应该告诉您。"商人犹豫地说。"我想，您不妨说出
来。"K. 说。"那好吧，"商人说，"我可以告诉您几件事，但您也
得把您的秘密讲一件给我听，这样我们就可以齐心合力来对付律
师了。""您真谨慎，"K. 说，"可我还是要告诉您一个秘密，好让
您彻底放心。您是怎样对律师不忠实的？""除了他以外，"商人
迟疑地说，好像在招认一件见不得人的事，"除了他以外，我还
聘请了别的律师。""这算不了什么。"K. 有些失望地说。"可在这
儿，"商人自从透露了那个秘密，一直呼吸沉重，听了 K. 的话才略
微放心，"这是不允许的。特别是当你聘请了一位正式律师后，绝
不允许再找那些没有营业执照的律师。而我恰恰这样干了，除了
他，我还请了五个非正式律师。""五个！"K. 对这个数字感到吃

惊，"除了这位，还请了五个律师？"商人点点头继续说："我正准备请第六位呢。""可您要那么多律师有什么用？" K. 问。"他们每一个对我都有用处。"商人答道。"您能告诉我这是为什么吗？" K. 又问。"当然可以，"商人说，"首先，我不想输掉官司，这是不言而喻的，因此，我不能放过任何对我也许有用的东西，哪怕带来好处的希望很小也得抓住。正是由于这个缘故，我把所有的钱都花在打官司上了。比方说，我把全部资金从生意里抽了出来。从前我的公司占了差不多整整一层楼，而现在，我只需要一间朝北的小房间，一个小听差就够了。不过，生意每况愈下倒不仅仅是因为资金花光了，而主要是因为我把精力全用在打官司上了。一个人当他成天为自己的案子奔忙时，是不会有多少精力管其他事情的。""如此说来，您也同法院直接打交道啰？" K. 问，"我正想了解一下这方面的情况呢。""这方面我没有多少可说的，"商人说，"开始时我也试图这么做，可不久就不得不作罢。这太累人，而且收效甚微。亲自同法官们打交道，与他们讨价还价，在我看来至少是不可能的，光是在那儿坐着等待接见就得耗费很大的精力。您知道法院办公室里的空气怎么样。""您怎么晓得我去过那儿？" K. 问。"当您从过道里走过时，我正坐在旁边的一张长凳上。""真凑巧！" K. 嚷道，他已被商人的话吸引住，完全忘了他刚才那副可怜相。"那么，您看见我了！当我从办公室经过时，您刚好在那儿。的确，我去过那儿一次。""也并不是什么巧合，"商人说，"我几乎天天在那里。""从现在起，我大概也不得不经常上那儿去，" K. 说，"不过，不会受到像那次一样隆重的接待了。那一天所有的人都毕恭毕敬地站起来迎接我，他们准是把我当成一位法官了。""不对,"商人说,"我们当时是向法院听差表示敬意。人人都晓得您也是个被告,这类消息传得很快。""你们早已知道了,"K. 说,"那你们一定觉得我的举止很高傲吧? 有没有人谈起这点呢?""没有,"商人说,"相反,大家都认为这样做是愚蠢的。""为什么是愚蠢的呢?"K. 问。"干吗要刨根问底呢?"商人不快地说,"看来您不了解那帮人,没法猜透他们的心思。您得考虑到,打官司的人整天谈论的话题都是什么。他们已经精疲力竭,再也无法用理智来思考,于是便求助于迷信。我在说别人,可我自己并不比他们好多少。比方说,有一种迷信认为,可以从一个人的长相,特别是他嘴唇的线条,看出他的案子结局会怎样。而那天所有的人都说,根据您嘴唇的线条,您准会被判定有罪,而且判决书不久就会下来。我重复一遍,这完全是可笑的迷信,并且在大多数案子里证明是荒唐的。但在那个圈子里,要摆脱这种迷信是极其困难的。您可以想象,这类迷信的影响有多么大。那天,您同一个人讲话来着,对不对? 他根本没法回答您的问话,其中的原因很多,可原因之一恰恰是看到您的嘴唇后被吓着了。据他后来说,他从您唇部的线条看到了他自己也会被判有罪的兆头。""我的嘴唇怎么?"K. 问道,并掏出一面小镜子,仔细端详自己的嘴唇。"我看不出我的嘴唇有什么特别的,您呢?""我也看不出,"商人说,"丝毫看不出。""那帮人多迷信!"K. 大声说。"我不是告诉过您吗?"商人说。"他们相互之间经常来往并交换看法吗?"K. 问,"我从不同他们打交道。""一般说来他们不大来往,"商人说,"也不可能经常见面,因为人太多了。另外,他们的共同利益很少,即使有些人偶尔发现了一些共同之处,但很快就会明白他们错了。正因为如此，他们无法采取统一行动来对付法院，即使有一个共同的计划也无法贯彻下去。个别人可能秘密地取得少许进展，可其他人只有事后才会晓得，而且天知道是通过什么方式取得的。大家都彼此戒备，虽然在过道里频频相遇，但却很少交谈。迷信自古以来就有了，只不过随着时间的推移越来越厉害而已。""我看见许多人等在过道里，"K.说，"觉得他们完全是白等。""并不是白等，"商人说，"只有独立采取行动才是白费劲。我刚才说过，除了这位，我还请了五个非正式开业的律师。您可能会想——开始我也是这样想的——这下子我可以撒手不管了。如果是这样，那您就大错特错了。比起只有一个律师来，我所花费的精力一点也不少。您大概不太明白吧？""是的，"K.伸出一只手，按在商人的手上，让他讲话别这么快，"请您讲慢一些好吗？这些事对我极其重要，我跟不上您讲话的速度。""好吧，多谢您提醒了我，"商人说，"在打官司方面，您是位新手，年纪又这么轻。您的案子刚刚半年，对不对？没错，我听说过。刚刚打了半年官司，时间太短了。而我对这种事已经考虑过无数遍了，它差不多成了我的本能。""您的案子进展到这一步，您一定很高兴吧？"K.问，他不想直截了当打听商人的案子进行到什么程度了，但得到的也是含糊的回答。"不错，我已经为这件案子奋斗了五年，"商人说着低下了头，"这是个不小的成绩。"他沉默下来。K.注意听了听，看列妮是否已经回来，因为他还有许多问题要问，不想让列妮看见他正和商人进行如此亲密的交谈，但另一方面他又对列妮明知道他在这儿还在律师房里待那么长时间而生气。送一盘汤哪会用那么长时间！"我还能清楚地回忆起刚开始时的情况，"商人继续说，K.则立即集中注意力，"当我的案子大约进行了半年，处在您目前这个阶段时，开始对霍尔德先生产生不满——那时我只有他一个律师。"现在我可以知道我想要知道的一切了，他想，并赞同地点点头，仿佛在鼓励商人把他知道的一切都说出来。"我的案子那时毫无进展，"商人接着说，"预审法庭虽然开过几次庭，我也每次都到庭了，甚至还搜集了不少证据，带去了我的账本，但后来我才知道，一切都白搭。我常上律师这儿来，他也呈递了好几份申诉书……""好几份申诉书？"K.问。"是的，好几份申诉书。"商人说。"这一点对我很重要，"K.说，"目前他正在为我的案子写第一份申诉书，还没有写出来。现在我明白了，他对我的案子一点都不卖劲，太卑鄙了。""申诉书没有写好，可能有各种各样的原因，"商人说，"另外，后来看起来，他为我写的那些申诉书也毫无用处。多亏一位老法官的好意，我甚至看过其中的一份。虽然写得很有学问，但空洞无物。首先，里面有许多拉丁文，我看不懂；其次，整整几页是向法院进行的一般性申诉；然后是对某些法官的吹捧，虽然没有指名道姓，但了解内情的人一看就知道指的是谁；接下去就是律师的自我吹嘘，与此同时又对法院阿谀奉承；最后才是对几个据说与我的案子相似的过去案例的分析。这种分析据我看来还算细致。不过，我并不想以此来评价律师的工作，那份申诉书也只不过是许多申诉书中的一份而已。尽管如此，我看不出我的案子有什么进展。""您希望获得什么样的进展呢？"K.问。"这个问题提得好，"商人微笑道，"在这类案子中，要取得进展是很难的，但我当时不明白这一点。我是个商人，那时比现在更看重实际的东西。我想看到看得见的进展，整个案子应该很快结束，至少得按正常程序发展。可是，与我的愿望相反，有的只是没完没了的传讯，内容大致相同，而我的回答也像背祷文一样。法院听差每个星期要来我的公司好几次，有时也上我家来。这当然令人厌烦（现在这方面至少要好得多，他们可以打电话，所以干扰也就不那么厉害了），另外，关于我吃官司的谣言也在我业务上的朋友，特别是我的亲戚中流传开来。我受到的损害是多方面的，而法院则没有任何迹象表明他们将在近期内审理我的案子。我于是来找律师，向他发牢骚。他虽然作了详细的解释，但断然拒绝按照我的意思办，声称任何人也无法促使法院确定审理日期，在申诉书里提出这一要求——我正是这样希望的——是闻所未闻的，只会毁了我自己和他。当时我想，这位律师不愿做和做不到的事，另一位律师也许想办并能办到。我于是去找另外的律师。但我不得不告诉您，没有一位律师请求过法院确定审理我的案子的日期，也没有谁作过这样的努力，这样做实际上是不可能的——当然，这儿有一个前提，过一会儿我再解释。在这一点上，这位律师并没有骗我。可话又说回来，我并没有为找了其他律师而懊悔。您大概已经从霍尔德博士那里听说过非正式开业律师的事了，他准是把他们贬得一钱不值。实际上他们的确如此。然而，他每次谈起他们，将他们与自己和自己的同事作比较时，总要犯一个小小的错误，我得顺便提醒您注意这一点：他总是把自己圈子里的律师称为'大律师'，这是不对的。每个人只要愿意，都可以在自己的头衔前面加上'大'，但在这件事情上，起决定作用的却是法院的习惯称呼。按照这一习惯，除了非正式律师外，还有大小律师之分，而我们这位律师和他的同事只配称作小律师。至于那些大律师，我只听说过，却从来没见过。他们高踞于这帮小律师之上，对他们就像这帮人对待非正式律师一样，简直不屑一顾。""那些大律师，"K.问，"是些什么人？怎样才能找到他们呢？""看来您对这方面的情况一点都不了解，"商人说，"被告们听说大律师的事以后，没有一个不梦想见他们一面的，可我劝您别上当。我不晓得他们是些什么人，也不相信谁能找到他们。我从未听说过哪件案子是他们肯定干预过的。他们也为某些人辩护，但并不是谁想找他们辩护，他们就为谁辩护，只有他们想为之辩护的那些人才能见到他们。另外，也只有那些越过了低级法院审理范围的案子，他们才肯接。因此，我劝您忘掉他们，否则您听到小律师们的夸夸其谈和他们出的那些馊主意，准会感到恶心和乏味。我本人就有过这样的体会，当初我真想把一切都抛到九霄云外，躺到床上睡大觉。可那样干恰恰是最愚蠢的，因为即使您躺在床上也休想得到安宁。""那么，您那时没想过去找大律师吗？"K.问。"想过，但没想多久，"商人又笑了笑说，"可惜的是，谁也没法把他们完全忘掉，特别是晚上，这种想法总要冒出来。可我那时急切盼望着案子马上有个结果，因此便求助于那些非正式开业的律师了。"

"你们俩坐得真近呀！"列妮端着汤盆回来了，她站在门口嚷道。他们的确坐得很近，谈到要紧处甚至头挨着头。个子本来就很矮小的商人由于弓着身子，显得更加矮小，K.不得不弯下腰去，才能听清他说的每一句话。"别打岔，我们一会儿就谈完了！"K.不高兴地喊道，并不耐烦地挥舞着手。刚才，这只手还按在商人的手上。"他让我谈谈我自己的案子。"商人望着列妮说。"谈吧，尽管谈好了。"她用和蔼而傲慢的口吻对商人说。这种口气引起了K.的不满，无论如何，K.这会儿已经发现商人对他来说有一定的价值，至少可以向人介绍些经验。他恼火地看着列妮从商人手中拿过蜡烛，用围裙擦干净他的手，并在他身边跪下，刮去滴在他裤子上的烛泪。"您刚才讲到那些非正式开业的律师——"K.说，并不由分说地推开列妮的手。"你这是怎么啦？"列妮问，轻轻拍了K.一下，继续刮商人裤子上的蜡。"是的，那些非法律师——"商人说，并用手摸摸前额，仿佛在回忆。K.提醒他说："您想马上有个结果，所以去找他们。""对。"商人说，但没有继续往下讲。他大概不愿当着列妮的面讲这些事，K.想。他强压下急于想听下文的心情，不再催商人继续讲。

"你通报过了吗？"他问列妮。"当然啦，"她说，"律师正等着你呢。让布洛克歇一会儿吧，以后再找他谈。他总待在这儿。"K.仍犹豫着。"您总在这儿吗？"他问商人，想让他自己回答，而不愿列妮替他回答，仿佛他不在场似的。不知为什么，他今天对列妮总有一股无名的怒气。但是，回答他的问话的仍然是列妮："他常在这儿过夜。""在这儿过夜？"K.大声说，他本想等他同律师的短暂谈话一结束，便和商人一起离开，找个地方不受干扰地彻底谈一谈。"是的，"列妮说，"不是人人都像你一样，约瑟夫，爱什么时间来找律师就什么时候来，你甚至以为，夜里十一点钟来拜访他这样一个病人，他也会接待你。你把朋友对你的帮助看作理所当然的。当然，你的朋友，至少是我很乐意这样做，我不需要你的感谢，只希望你能喜欢我。"喜欢你？K.想了一会儿，不得不承认，他的确是喜欢她的。尽管如此，他却攻其一点，不计其余："他不能不接待我，因为我是他的委托人。假如这还需要别人帮助的话，那我每干一件事情，都得乞求和感恩了。""他今天火气可真大，是不是？"列妮对商人说。现在我倒成了第三者了，K.想，并开始怨恨起商人来了。这家伙学着列妮那没礼貌的口气说："律师肯接待他还有另一个原因，他的案子比我的要有意思得多。此外，他的官司刚刚开头，也许还没来得及审理，因此律师愿意同他打交道。至于以后怎样，那就难说了。""没错，没错。"列妮望着商人笑道，接着又把脸转向K.，"瞧他多会胡说八道！他的话你一句也别相信，他虽然是个好人，但太饶舌。也许正是因为这个缘故，律师无法忍受他。所以，律师只有心情特别好时才接见他。我费了很大劲想改变这一状况，可是没有用。有几次我通报说布洛克来了，但他直到第三天才打算接见他。律师想接见他时，可他又不在了，因此机会又丧失了，他又得重新等待。正因为这个缘故，我才允许他睡在这儿。过去曾发生过律师半夜按铃叫他去的事，打那以后，布洛克必须随时等候律师接见，即使半夜也得做好准备。有时也遇到过律师改变主意的情况，有一次他发现布洛克确实等在这儿，又故意取消了接见他的打算。"K.向商人投去疑问的目光。商人点头证实，用刚才同K.谈话时的坦率，但掺杂着羞愧的口吻说："是的，越往后我就越离不开律师。""他说的只是表面理由，"列妮说，"实际上他很愿意在这儿过夜，这一点他自己也承认，并好几次这样对我说。"她朝一扇小门走去，并把它推开。"您想看看他的卧室吗？"她问。K.走过去，站在门口向里看了一眼。那间屋子小得只能放下一张床，要上床就得从床架上爬过去。床头那边的墙上有一个洞，洞里整整齐齐地摆着一支蜡烛、一瓶墨水、一支笔和一卷纸，也许是有关他的案子的文件。"您睡在女仆的房间里？"K.把脸转过来望着商人问。"这是列妮安排的，"商人回答说，"这很方便。"K.久久地注视着他，他给K.留下的第一印象也许不错，他有经验，因为他的案子已经拖了好几年，但他为取得这些经验却付出了很高的代价。K.突然觉得再也不能忍受商人的这副模样。"让他上床去！"他朝列妮嚷道。她好像没有明白他的意思。其实他是想马上去见律师，不仅解聘他，而且一劳永逸地摆脱列妮和商人的纠缠。但是，他还没走到律师卧室的门口，商人便用极低的声音对他说："襄理先生！"K.生气地转过身来。"您忘了您的诺言，"商人哀求地向他伸出手，"您得告诉我一个秘密。""不错，"K.说，并瞥了列妮一眼，她正全神贯注地看着他，"那么听着，不过这已经不再是什么秘密了，我现在就要到律师那儿去，告诉他我打算解聘他。""他要解聘他！"商人从椅子上跳起来喊道，接着举起双臂，在厨房里转圈。他一面跑一面大叫："他要解聘律师！"列妮想拉住K.，但商人挡住了她的去路，她攥紧拳头打了商人一下，赶紧去追K.，但K.已走出好远。等她追上K.，K.已经跨进律师的卧室。他打算随手把门关上，但列妮伸出一只脚挡住门，抓住他的手腕，想把他拉回来。K.使劲捏住列妮的手，疼得她喊了一声，不得不松开K.。她不敢硬挤进屋，K.把钥匙一转，门锁上了。[14]

　　"我已经等了您好半天啦。"律师靠在床上说，并将刚才借着烛光阅读过的一份文件放在床头柜上，戴上一副眼镜，用锐利的目光盯着K.。K.并未表示歉意，而是说："我不会占用您很多时间。"律师似乎并不在意K.没有道歉。"下次如果再这样晚，我就不见您了。"他说。"这和我的想法一样。"K.说。律师用疑问的目光打量着他，"坐下吧。"他说。"既然您希望这样，"K.说，"那我就坐下。"他拉过一把椅子，在床头柜旁坐下来。"您好像把门锁上了。"律师说。"不错，"K.说，"那是因为列妮的缘故。"他不想袒护任何人。律师问："她又来缠您了？""缠我？"K.反问道。"是的，"律师笑起来，但一阵猛烈的咳嗽打断了这笑声，咳声止住后又笑了起来，"您大概发现她已经缠上您了？"他轻轻拍了拍K.放在床头柜上的手问。K.猛地缩回手。"您并不看重这事，"律师见K.并不回答又说，"这样更好，否则我就要替她向您道歉了。这是列妮的坏毛病，我早就原谅她了。假如您刚才不锁上门，我是不会再提这事的。这个毛病我最不愿意向您提起，不过，由于您如此困惑不解地看着我，我就不得不解释一下了。之所以这样，是因为列妮觉得大多数被告都很可爱。她喜欢他们，爱上了他们每一个人，显然也被他们所爱。为了让我开心，她常把这些事告诉我，当然，这种事只有得到我的允许她才能干。对此我并不大惊小怪，而您却感到非常吃惊。如果一个人眼力不错，他就一定会发现，被告往往是可爱的。这是一种奇怪的自然现象。一个人被控告以后，他的外貌并不会立即发生明显的、一眼就能看出来的变化。他们的官司与普通案件不同，大多数人继续保持原来的生活方式，假如有个能为其奔走的好律师，也不会因为案子受到多大的影响。尽管如此，有经验的人仍然能在茫茫人海中辨认出哪些人是被告。您也许会问为什么，我的回答恐怕不能使您满意，不过我可以告诉您：所有的被告都是长得最漂亮的。不是罪行使他们变得漂亮了，作为律师我不得不承认这一点，因为并非所有的被告都有罪，也不是行将到来的惩罚使他们变美了，因为他们中的一些人将不会受到惩罚，原因只能是对他们提起的诉讼。诚然，他们之中有的长得更漂亮些，但总的说来全都很可爱，即使那个可怜虫布洛克也是如此。"

律师发表这番宏论之后，K.完全镇静下来，甚至对律师最后几句话点头表示赞同。他一贯的看法又一次得到了证实：律师总是用一些不着边际的废话分散他的注意力，使他忘记他所关心的主要问题——律师究竟为他的案子做了哪些实际工作。律师显然发觉K.这一次比往常更加不好对付，便住了嘴，给K.一个讲话的机会。见K.仍然一言不发，他就问道："您今天来有什么特别的事吗？""是的，"K.说，并用手遮住烛光，以便把律师看得更清楚些，"我来是想通知您，从今天起，我不再让您过问我的案子了。""我没听错吧？"律师用手撑住枕头，欠起身问。"但愿如此。"K.挺直身子，好似在观察律师的表情。"好吧，我们可以就这个想法好好聊一聊。"律师待了一会儿说。"这不是什么想法，而是决定。"K.说。"就算是吧，"律师说，"那咱们也用不着这样匆忙。"他有意使用"咱们"这个称呼，似乎想抓住K.不放手，即使他不能再当K.的代理人，至少也要做他的顾问。"丝毫也不匆忙，"K.说，并慢慢站起身来，踱到椅子背后，"这个决定是经过深思熟虑才作出的，我已经考虑很长时间了，绝不会再改变主意。""既然如此，那就请让我再说几句。"律师掀开鸭绒被，坐到床沿上。他那两条长着白色汗毛的腿冻得瑟瑟发抖。K.扯过被子替他盖上说："您完全没有必要这么冻着。""这件事太重要了，"律师用被子裹住上身，盖好两腿说，"您叔父是我的朋友，坦率地说，我也渐渐喜欢上了您，这没有什么可难为情的。"K. 很不愿意听这种令人感动的话，因为这就迫使他详细解释自己作出这一决定的原因，而这正是他想避免的。另外，他自己也不得不承认，律师的话虽然不能动摇他的决心，但令他很尴尬。"我很感谢您的友好态度，"他说，"我也欣赏您为我的案子出了很多力，做了您认为对我有利的事情。不过最近一段时间我渐渐觉得，这还非常不够。我当然不会把我的看法强加给您，一个无论在年岁或经验上都比我多的人，但如果我不慎这样做了，那就得请您原谅。正如您所说，事情非常重要，按照我的看法也非常必要，我不得不采取比迄今为止更加强有力的措施来干预我的案子。""我理解您的意思，"律师说，"您感到不耐烦了。""我并不是不耐烦，"K. 有些恼火地说，不再斟酌字眼，"还在我同叔父一道第一次来拜访您的时候，您大概已经发现，我并不把这件案子当一回事，如果不是别人强行让我想起它，我恐怕把它完全忘记了。可我的叔叔坚持要我聘您做代理人，为了让他高兴，我这样做了。从那时起，我就希望这件案子对我的压力减轻一些。〔15〕因为，请律师做代理人的目的就是要把压力匀一些给律师。然而事实恰恰相反，自从我聘请您做我的代理人以后，这件案子反而使我更加苦恼了。我独自一人时，什么措施也没采取，但我几乎感觉不到案子的存在。现在，我有了代理人，似乎条件已经具备，只等发生一件什么事情了，我日夜等待您的干预，越来越焦急不安，而您却什么事也没做。当然，我从您那儿了解了不少关于法院的情况，这些情况也许是别处打听不到的，可这对我来说远远不够，特别是现在，案子正悄悄地逼近我，越来越严重地威胁着我。"K. 推开椅子站起来，双手插在上衣口袋里。"当官司发展到一定的程度之后，"律师压低声音，平静地说，"就不会发生什么新鲜事了。许多当事人在案子进入这个阶段后，也像您一样跑到我这里来，说出同样的话。""那么，"K.说，"这些当事人和我一样，完全说对了。这一点并不能反驳我。""我这样说并不是要反驳您，"律师说，"只是想补充，我本以为您的判断力比他们要强，特别是在我向您透露了更多的关于法院和我本人工作的情况之后。而现在我不得不承认，尽管这样，您对我还是不够信任。您真叫我头疼！"律师在K.面前多么低声下气，甚至不顾自己的职业尊严，而一个律师在这方面恰恰是最敏感的。他为什么要这样？看上去他似乎业务繁忙，生活阔绰，并不在乎失去一个当事人和一点酬金。此外，他还生着病，对于减轻他的工作负担应当高兴才是。但他却紧紧抓住K.不放，这是为什么？是因为同K.的叔叔有私人交情还是因为真的觉得K.的案子很特殊，希望通过为K.辩护抬高自己在K.和法院里的朋友心目中的声望呢？至少这后一种可能性是不能排除的。尽管K.目不转睛地看着他，但也无法断定是什么原因。旁观者几乎会认为，律师故意作出一副高深莫测的样子，为的是看看他的话会引起什么样的效果。然而，律师显然对K.的沉默作了太有利于自己的解释。他接着说："您一定注意到，我的办公室虽然很大，但却没有助手。前几年可不是这样，有一段时间，有几个学法律的学生在我这儿帮忙，今天只剩下我一个人了。这一方面是为了适应我业务活动的变化，我渐渐地只过问像您这样的案子了；另一方面是我越来越清楚地认识到，我不能把这样重要的工作委托给别人，从而给我的当事人和我为之奔走的案子带来损失。既然我决定亲自去干所有的事情，那就必然会产生这样的后果——不得不拒绝大部分其他的委托而只致力于我特别感兴趣的案子。在我家附近便有不少可怜虫，凡是我拒绝接受的委托，他们都像饿狼一样争来抢去。另外，由于工作过于劳累，我的身体也垮了。尽管这样，我并不为我的决定而后悔。也许我还应该拒绝更多的委托，以便更加专心致志地打好我所为之辩护的那些官司，这样做看来绝对必要，并且已被我所取得的成功所证明。我曾读到过一篇文章，文中对普通案件的代理人和您这类特殊案件的代理人作了十分精辟的区分。作者是这样说的，一些律师用一条细线牵着他们的委托人走向判决，而另一些律师则把他们的委托人背在背上，直到判决下达绝不把他们放下，甚至判决以后仍背着他们。事情的确如此。要说我挑起这重的担子一点都不后悔，那也不完全是事实，如果我的努力遭到了严重的误解，就像您刚才所做的那样，我也会有些后悔。"但这番话并未让K.心悦诚服，而是使他更加不耐烦了。[16]从律师的口气里，他似乎听出了他早已预料到的陈词滥调：已经重复多次的那些废话又会从头开始，什么申诉书快要完成啦，法官的态度已经好转啦，接着就是他的努力遇到了巨大困难啦，如此等等。总而言之，那套早已令人厌烦的鬼话又会搬出来，目的在于用虚假的希望欺骗K.，用子虚乌有的威胁恫吓K.。再也不能这样下去了！因此K.说："如果您继续做我的代理人，您将采取什么措施？"律师甚至对这个挑衅性的问题也忍气吞声。他说："我会继续做目前已经着手做的那些事。""我早就料到了，"K.说，"那么，再谈下去就是浪费时间。""我将再试一次，"他说，仿佛生气的是他，而不是K.，"我猜想，您不仅错误地估计了我的业务能力，而且您的其他表现也很糟糕。作为被告，您受到的待遇太好了，更确切地说，他们对您太疏忽了。当然，这样做也有他们的道理，因为与其给被告戴上镣铐，不如让他们享受虚假的自由。不过我得让您瞧瞧，其他的被告得到的是什么待遇，那样您也许会从中得到点教训。我现在就把布洛克叫来，您最好把门打开，在床头柜旁坐好！""非常愿意。"K.说着按律师的要求做了。他总是愿意学到些新东西。不过，为了慎重，他又问了一句："您知道我要解聘您吗？""当然，不过您如果想改变主意的话，今天还来得及。"他重新躺到床上，把鸭绒被一直拉到下巴，然后转过身去脸朝着墙，按了按铃。

几乎在铃响的同一刻，列妮便出现在门里。她匆匆地看了屋内一眼，想知道究竟发生了什么事。当她看到K.安安静静地坐在律师的床边，似乎放心了。她微笑着向K.点点头，但K.只是怔怔地望着她。"让布洛克进来。"律师说。列妮并未去领布洛克，而是在门口喊了一声："布洛克！律师叫你！"也许是因为律师脸朝墙躺着，无法看见她，她悄悄走到K.的背后，上身俯在椅背上，伸出手温情脉脉地抚弄他的头发，或抚摩他的面颊。K.觉得很不舒服，最后不得不抓住她的手，让她别再摸。她反抗了一阵，只好屈服。

布洛克听到叫声立即跑来了，但他站在门口犹豫了一阵，好似在考虑应不应该进去。他扬起眉毛，歪着头，仿佛在听让他去见律师的命令是否会重复一遍。K.本想示意让他进来，但他已决定不但同律师，而且也同这所住宅里所有的人彻底断绝关系，所以坐着没有动。列妮也一声不响。布洛克发现，至少屋里的人没有赶他走，这才踮起脚尖轻轻走进来。他面部表情紧张，双手痉挛地背在背后，让门开着，以便随时可以退回去。他顾不上看 K. 一眼，只盯着隆起的被子。由于律师脸紧贴着墙蜷缩在被子下面，他根本没法看见。这时，床上传来一个声音："是布洛克吗？"这个声音仿佛给了布洛克一拳，已经快走到律师床边的他不由得跌跌撞撞地退了好几步。他好像胸前挨了一下，接着背后挨了一下，几乎站都站不稳。终于，他双脚站定，深深地鞠了一躬说："愿为您效劳。""你来干什么？"律师问，"你来得不是时候。""不是有人叫我吗？"与其说他在问律师，不如说在问自己。接着，他伸出双手护住自己，准备随时逃出去。"是有人叫你，"律师说，"尽管如此，你来得也不是时候。"停了一会儿，他又补充了一句："你来得总不是时候。"自从听见律师的声音，布洛克不再往床上看，而是朝着一个角落发呆，并听着每一个动静，仿佛律师的声音让他害怕，叫他受不了。但他吃力地听着，因为律师的脸贴着墙，说话的声音又轻又快。"您希望我走开吗？"布洛克问。"既然你已经来了，"律师说，"那就待着吧！"这话听起来让人觉得，律师并不是想满足布洛克的愿望，而是在威胁他要揍他一顿。布洛克果真浑身颤抖起来。"昨天，"律师说，"我遇见了我的朋友第三法官，谈着谈着，谈到了你的案子。你想知道他都说了些什么吗？""啊，当然。"布洛克说。但律师没有立即回答。布洛克又央求了他一次，并弯下身子，好像要跪倒在他的面前。K. 忍不住大声呵斥他道："你这是在干什么？"列妮想堵住他的嘴，他于是把她另一只手也抓住了，但这并不是爱抚。她呻吟了几声，想挣脱开。然而，由于 K. 的愤怒，最后吃苦头的却是布洛克。律师冷不防又提了一个问题："你的律师是谁？""当然是您。"布洛克说。

"除了我还有谁？"律师问。"没有别人。"布洛克说。"那就不许跟别人打交道！"律师说。布洛克立即意识到这是怎么回事，他恶狠狠地瞪了 K. 一眼，朝他使劲摇摇头。假如把这个动作翻译成语言，那就是一顿粗暴的谩骂。K. 刚才竟想同这种人友好地谈论自己的案子！"我再也不管你的闲事了，"K. 往椅子背上一靠说，"不管你下跪还是在地上爬，都不关我的事。我绝不再多一句嘴。"但布洛克也有自尊心，至少在 K. 面前是这样。他挥舞着拳头向 K. 走去，并壮起胆子，用他在律师面前敢于发出的最大声音嚷道："不许用这种腔调同我说话，绝对不许！你想侮辱我吗？居然在这儿，当着律师先生的面？他是出于怜悯才让我们待在这儿的。你并不比我好到哪儿去，你也是个被告，同我一样也在吃官司。如果说你还是位绅士，那我也是，并且和你一样体面。我要你像对待一位绅士那样对待我。倘若你觉得心安理得地坐在那儿比我在地上爬——你刚才就是这么说的——要好，那我就告诉你一句古老的法律谚语吧：受到怀疑的人最好多活动，而别待着不动，因为待着不动就会不知不觉被放到天平上称称他的罪到底有多重。"K. 一句话也说不出来，只是目瞪口呆地望着这个疯狂的家伙。在短短的一个钟头内，他身上发生了多么大的变化！难道是他翻来覆去唠叨的那件案子使他丧失了理智，以致连敌友都分不清了？他难道没有看出来律师在故意羞辱他，为的是在 K. 面前显显威风并让 K. 屈服？要是布洛克连这点都看不出，或者怕律师怕到明明看出来却不敢反抗的程度，那么，他又怎么能如此狡猾和大胆，竟想欺骗律师，背着他去请别的律师呢？他明知 K. 可能揭穿他的谎言，又为什么要如此鲁莽地攻击 K. 呢？然而，他的胆子比 K. 想象的大得多，竟然走到律师床前，告起 K. 的状来了。"律师先生，"他说，"您听见这个人对我讲的话了吗？他的案子刚开始没有多久，就教训起我这个已经打了五年官司的人来了。他甚至还骂我，自己什么都不懂，却侮辱我，我可是以我的微薄的精力仔细研究过什么是公德、义务和法律准则啊。""别管别人怎么说，"律师说，"你自己觉得怎么对就怎么干好了。""一定照办，"布洛克好像在给自己打气，向两旁瞥了一眼便跪倒在床前，"我给您跪下了，律师先生！"他说。[17]但律师没有吭声。接着，他伸出一只手轻轻抚摩被子。在一片寂静中，列妮挣脱 K. 说："你把我捏疼了，放开，我要到布洛克那儿去。"她走过去坐在床沿上。布洛克见她来到自己身边十分高兴，频频打着手势请她向律师求情。他显然急于从律师口中得到一些消息，好让其他律师利用这些消息采取新的行动。看来列妮知道用什么办法可以套出律师的话，于是噘起嘴唇，作出吻手的姿势。布洛克心领神会，立即亲吻了律师的手，并在她的暗示下，把这个动作又重复了两遍。但律师仍一言不发。于是，列妮挺直身子，露出她那优美的曲线，俯下身去，凑近律师的脸，轻轻抚摩他那长长的白发。这终于引出了一个回答。"我还在犹豫，不知该不该告诉他。"律师说。K. 看见他轻轻摇了摇头，也许是为了更加亲近列妮的手。布洛克低着头侧耳静听，仿佛偷听别人讲话是不道德的。"为什么要犹豫呢？"列妮问。K. 觉得，他是在听一段背得滚瓜烂熟的对话，这种对话以前常常进行，以后也会经常重复，只有布洛克一人不觉得乏味。"他今天表现如何？"律师没有回答，倒是提了个问题。在回答这个问题之前，列妮先低头看了布洛克一会儿，后者朝她伸出双手，做哀求的姿势。她终于点点头，转过脸去对律师说："他又安静，又勤快。"一个上年纪的商人，留胡子的男人，竟哀求一个年纪轻轻的小姐为自己说好话！尽管他有难处，但在旁人眼里，无论如何是太丢脸了。K.实在不明白，律师怎么会试图用这样拙劣的表演把他争取过去。假如说直到刚才为止他还没有彻底使K.对他失望，但现在通过这一幕丑剧却完全办到了。即使是旁观者看了也会羞愧难当。看来律师所玩弄的手腕——幸亏K.及时摆脱了他的控制——就是：让委托人忘记世界上的一切，一心一意跟着他在一条错误的道路上爬向案子的终点，委托人再也不成其为人，而成了律师的一条狗。假若律师命令此人爬到床底下去，就像爬到狗洞里去一样，并且在那儿学狗叫，此人一定会高高兴兴地照办。K.冷冷地看着这一切，仿佛受到某人的委托，要把这里的所见所闻详细记录下来，向上级机关检举报告。"他这一天都干了什么？"律师问。"我把他关在女仆住的那间小屋里，"列妮说，"不让他妨碍我干活。他始终待在那儿，我可以透过窥视孔看到他的一举一动。他一直跪在床上，读你借给他的文件。他把文件摊在窗台上，一字一句地读，给我留下了好印象。那间小屋的窗子对着小天井，透不进多少光线，可他仍然专心致志地读，一丝不苟地做你让他做的事情。""听你这么说，我真高兴，"律师说，"不过，他读懂了吗？"布洛克不停地翕动嘴唇，对律师的问话作出无声的回答，以此授意列妮也这样回答。"这我当然不能肯定，"列妮说，"不过看得出来他读得很仔细，整天翻来覆去地看同一页。他用手指着，一行一行慢慢地往下看。我每次透过窥视孔观察他，都看见他在叹气，好像读起来很费劲。你借给他的文件也许太难懂了。""是的，"律师说，"它们太深奥，我也不相信他能读得懂。给他看这些文件只是要让他明白，我为他进行的辩护是一场多么艰巨的战斗。这场艰巨的战斗是为了谁呢？说起来真可笑，为的是布洛克。他应该明白这意味着什么。他一直在看吗？""差不多从未停下来过，"列妮答道，"只有一次他向我要了点水喝，我从通风口给了他一杯水。八点钟的时候我让他出来，给了他一点吃的。"布洛克瞟了 K. 一眼，仿佛这些话是在夸奖他，K. 也应当学学他的榜样。他的希望似乎增大了，行动也不那么谨慎了，双膝不停地在地上蹭来蹭去。然而，律师下面的话却使他一下子僵在那里，他好像变了一个人。"你在夸奖他，"律师说，"但这只能更难让我开口，因为法官讲的话对他十分不利，既对他本人，又对他的案子不利。""不利？"列妮问，"这怎么可能呢？"布洛克神情紧张地望着她，似乎她有能力使律师说出的话变成有利于他的话。"是的，非常不利，"律师说，"他甚至讨厌提起布洛克。'别再提布洛克。'他说。'他可是我的委托人呀。'我说。'您被他利用了。'他说。'我不认为他的案子没有希望了。'我说。'他是在利用您。'他又说。'我不信，'我说，'布洛克始终在关心他的案子，并且非常卖力。为了及时了解案子的进展，他几乎一直住在我那里。像他这样卖力的委托人确实少见。当然，他本人叫人恶心，举止粗俗，身上很脏，但在打官司方面却是无可指责的。'我说无可指责，其实是太夸张了。'布洛克是只老狐狸，'他听了马上反驳道，'他只不过经验丰富而已，懂得怎样把案子拖延下去。可他不管多么狡猾还是被蒙在鼓里了。要是他知道他的案子还没有开始审理，第一次开庭的铃声还没有摇响，他会怎么说？'别乱动，布洛克！"

律师喝道，因为此时布洛克哆嗦着两腿想站起来，显然想请律师解释一下。这是律师第一次直接对布洛克说话，他用疲倦的目光朝四周看了看，接着又朝下看了看。布洛克在律师的注视下又慢慢地跪好。"法官的这些话对你来说并没有多大影响，"律师说，"用不着为每个字眼心惊肉跳。假如你再这样，我就什么都不告诉你了。我每讲一句话，你就用这样一种眼神瞧着我，好像我在宣判你的死刑。当着我另一位委托人的面，你应当感到害臊！这样你也会动摇他对我的信任。你这是怎么啦？你还活着，还在我的保护之下，干吗这样害怕？简直像个白痴！你肯定在某个地方读到过，某些案子的最终判决往往是不知在什么时候，由于某个人随便讲了一句什么话而作出的。有人当然不相信，这也没有什么。不过我可以告诉你，你那副胆小如鼠的神态叫我恶心，它表明你对我还缺乏必要的信任。我刚才说什么来着？我只不过重复了法官讲过的话而已。你也知道，法官们对一件案子往往各执己见，众说纷纭，最后弄得一团糟。比如，这位法官认为官司要从这一刻算起，而我却认定应该从另一刻算起，这只不过是意见分歧而已。按照古老的习俗，官司打到一定程度就得摇铃，这位法官于是认为诉讼这才正式开始。我无法把所有的细节都告诉你，告诉你你也不懂。你只需知道有各种各样的反对意见就行了。"焦虑万分的布洛克此时揪起律师床前铺的毛皮地毯来了。律师的话使他害怕得要命，他顾不上再在律师面前装出谦卑的样子，一心想着自己的事，并反复琢磨着法官那些话的真正含义。"布洛克，"列妮用警告的口气说，并拽住布洛克的衣领，把他往上拉，"别动地毯，听律师讲话！"

（在作者的手稿中，此章未完——译者）

第九章

在大教堂里

    K.受命接待一位意大利同行。他是银行非常重要的顾客,首次访问该城,想参观几处名胜古迹。要在平时,K.肯定会把这项差事看作一种荣誉,但现在,在他竭力维护他在银行里的表面声望的时候,他不愿接受这项任务。离开办公室的每一个钟头对他都是一种折磨。虽然他已不能像过去那样充分利用上班时间工作,而只是装模作样似乎在干正经事,可是,他如果不在办公室坐着就会更加忧心如焚。他仿佛看见副经理总在窥探他的秘密,隔一会儿便溜进他的办公室,在他的写字台边坐下,翻看他的文件,接待 K.多年来与之打交道并成了他的老朋友的那些顾客,把他们从他那儿抢走,或许还在他的工作中找茬儿。K.心里明白,工作中的各种差错正在不断地威胁自己,而他再也无法防范了。因此,如果委派给他一件差事,哪怕是能大出风头的差事,需要他离开办公室或者作一次短途旅行,他就会猜疑他们是想把他支开,以便检查他的工作,至少是为了证明办公室缺了他并没有什么了不起。大部分差事他都可以轻而易举地推辞掉,但他不敢这么干,因为即使他的担心完全没有根据,拒绝出差也会被认为是心里有鬼。正因为如此,他装出十分坦然的样子,每桩差事都接受下来。

上一回，他正患着重感冒，别人却请他出两天差。他本来可以用秋天阴湿的天气可能加重他的病情为由推诿掉，然而，他却只字不提自己生病的事。等他带着剧烈的头痛回到银行时，却获悉别人已决定让他第二天去陪意大利客人。拒绝这一次任务的愿望十分强烈，尤其是他应该干的事与业务丝毫没有联系，这只是对一位外国同行应尽的社交义务而已。诚然，这项义务十分重要，但K.觉得对自己无关大局，因为他知道，他只有在工作中作出成绩才能保住自己在银行里的位置，工作做不好，即使意大利人发现他是一位极其出色的陪同，也毫无意义。他一天也不愿离开自己的工作，害怕不会再让他回来，这种恐惧太强烈了，虽然他知道自己过虑了，但仍然无法摆脱。他找不到一个可以站住脚的理由推掉这项差事。他的意大利语固然并不精通，但应付一下还是行的。更重要的是，他早年学过艺术史，对艺术略知一二。这件事在银行里尽人皆知，并且被夸大到荒谬的程度，因为有段时间由于工作关系，K.曾出任本市文物保护协会的会员。据说那个意大利人在这方面也是个行家，假如的确如此，那么挑选K.陪同他便是自然而然的了。

　　这是一个雨雾蒙蒙的早晨，一阵阵寒风迎面刮来。K.对即将开始的这一天十分恼火。七点钟他便早早地来到办公室，打算在客人到来之前起码要干完几件事。他感到很疲倦，因为昨天晚上他花了半夜时间啃一本意大利语法书，以便为今天的苦差事做些准备。办公室的窗子比写字台对他更具有吸引力，最近他常常坐在窗台上想心事。但他抵制住了这种诱惑，坐下来准备工作。可是，正在这时仆人推门进来，并报告说经理先生让他来看看，襄理先生是否已经上班了，如果已经来了，就请他到接待室去，那位从意大利来的客人已经到了。"我马上就去。"K.说。然后将一本袖珍词典塞进口袋，夹着一本为外地客人准备的城市游览画册，走过副经理办公室，来到经理办公室。他庆幸自己来得很早，经理一叫马上就到了，这点大概谁都没料到。副经理的办公室自然静悄悄的，连一个人也没有，很可能仆人也来请过他，但他连影子也见不到。K.走进接待室时，两位先生从沙发上站起来。经理面带亲切的微笑，显然对K.的到来很高兴，并立即把客人介绍给他。意大利人使劲握住K.的手，笑着称某人起床甚早。K.不明白他指的是谁，那个名字的发音很怪。愣了一会儿他才意识到对方说的正是自己，于是用几句流利的意大利语寒暄了一番。意大利人又笑了一次算是回答，同时神经质地摸了摸他那浓密的灰蓝色胡子。那胡子一定喷过香水，K.真想凑近去闻一闻。他们重新坐下后，开始了简短的交谈。当K.发现意大利人讲的话他只能听懂一部分时，心中很是不安。要是他讲得慢一些，语调平静一些，K.便差不多全能听懂，但这种情况很少出现，那家伙往往像放机关枪一样讲得又快又急，一面还摇晃着脑袋，仿佛对自己的口才很欣赏，说到得意处还要改用方言。对K.来说，这根本不是意大利语，但经理却既能听懂又能与客人对话。K.当然不知道，此人来自意大利南部，而经理曾在那里待过好几年。无论如何K.渐渐明白了，要和意大利人交谈几乎是不可能的，因为此人的法语也讲得实在太糟糕，K.几乎无法听懂。观察他嘴唇的动作猜测含义也无济于事，因为他的嘴唇完全被胡须遮住了。K.预感到此次差遣将遇到许多麻烦，于是暂时放弃了听懂意大利人讲话内容的打算。在如此了解他的经理面前，他用不着费力劳神。他坐在一旁，神情沮丧地观察着意大利人逍遥自在地靠在沙发上，不时拽一拽他那剪裁时髦但又短又小的上衣，并抬起手臂不经意地比比划划解释某事。[18]尽管他俯下身子注视着那人的每一个动作，仍然猜不透对方兴致勃勃地谈论的究竟是什么事。最后，他干脆呆坐在那里不参加谈话，只是机械地看着两人你一言我一语地侃侃而谈。早晨的倦意重新向他袭来，当他发现自己心不在焉地想站起身来撇下他们就走时，不禁吃了一惊，幸亏他及时制止住了自己。终于，那意大利人看了看表，从沙发上跳起来，与经理道别后走到 K. 面前。他靠得那么近，K. 不得不把沙发往后挪了挪，才使自己有一点活动的余地。经理大概从 K. 的眼里看出他听不懂意大利人的话，处境非常尴尬，便巧妙而委婉地插进来，似乎是给 K. 出几个小主意，其实是简单地重复了一下客人刚才滔滔不绝的谈话的大致内容。K. 这才知道，意大利人有几件业务上的事情要处理，时间很紧，因此不打算匆匆忙忙地把所有的名胜古迹都看一遍。如果 K. 同意——一切都取决于 K.——他只想参观一下大教堂，当然要看仔细一点。能有一位如此博学而热情的先生——这当然指的是 K.——陪同他参观，他感到非常高兴。K. 尽量不听他讲话，而是牢牢记住了经理复述的内容：意大利人请求 K.，假如时间合适的话，他想在两个钟头之后，也就是说十点，在大教堂见到他，而他自己一定会在那个时间赶到。K. 用意大利语说了几句表示同意，那人于是先和经理握了握手，接着握握 K. 的手，然后又同经理握了一次手，才朝门口走去。经理和 K. 把他送出接待室，在此过程中，他又侧过身子讲了一大串话。送走了客人，K. 又在经理室待了一会儿。经理今天看上去身体特别不好。他说——他们俩站得很近——他应该向K.道歉，本来想亲自去陪意大利人，后来转念一想，觉得还是让K.去更好——他没有说出确切的原因。倘若K.开始听不懂意大利人的话也不必着急，用不了多久他就渐渐能懂。即使完全不懂也不要紧，因为客人完全不在乎这些，何况K.的意大利语并不差，一定能应付自如。说完这些，他就让K.回办公室了。K.利用剩下的时间抄录了一些参观大教堂也许能用得上的生词。这是一件令人厌烦的工作。仆人接二连三地送来文件，职员们纷纷前来向他请示。当他们看见K.正忙得不可开交，便站在门口不走，直到K.回答了他们的问题才肯离开。副经理也不放过打搅他的机会，好几次走进他的办公室，拿过他手里的词典随便乱翻——他显然对意大利语一窍不通。前厅里的顾客们更使他心烦，只要门一开，他们便纷纷站起身来向他鞠躬，以期引起他的注意，但是否能引起他的注意却心中无数。所有这一切都围绕K.进行，仿佛他是一切的中心，而他则忙着查词典，收集他需要的单词，并把它们记录下来，然后练发音，试图把它们背熟。过去他极好的记忆似乎离他而去，有时他火冒三丈，对那个给他带来这么多麻烦的意大利人恨之入骨。他把词典塞到文件堆下面，下决心听天由命，不再准备了。但他转念一想，他总不能一声不吭地陪着那意大利人在教堂珍藏的艺术品前走来走去吧。于是，他压下更大的怒气，又把词典拿了出来。

九点半钟他刚要走，电话铃便响了。列妮向他问好，并问他近况如何。K.匆匆地道了谢，告诉她现在没时间跟她聊了，他得上大教堂去。"上大教堂？"列妮问。"对，去大教堂。""干吗去大教堂？"她又问。K.准备简单地向她解释几句，但还没来得及开口，列妮突然说："他们逼得你好紧啊。"这种他既没有要求也没有料到的同情使他无法忍受。他用两句话同她道了别，便挂上电话。不过，在他把听筒放回原处时，却咕哝道："是的，他们逼得我好紧。"这话一半是对自己，一半是对那已经听不见他的话的远方姑娘讲的。

　　已经不早了，他恐怕不能按时赴约，便叫了一辆出租车。临上车时，他想起那本画册。在此之前，他没有机会送给那个意大利人，现在可以带上了。他把画册搁在膝盖上，一路上不耐烦地用手指敲打着封面。雨小多了，但天色阴暗，空气又潮又冷。大教堂里看得清的东西大概不会太多，而好几个钟头踩在冰凉的石头地上，无疑会大大地加重 K. 的感冒。教堂前的广场空无一人。K. 回忆起，在他还是个小孩子的时候就注意到，这个狭窄广场四周的房子，所有的窗户都被窗帘遮得严严实实。可以理解，在今天这样的天气更是如此。教堂里似乎也空荡荡的，人们当然不会选择这种时候来参观。K. 走遍了两间侧殿，只看见一个老妇人裹着厚厚的披肩跪在圣母像前望着它。后来他远远地看见一个教堂杂役一瘸一拐地走进了侧殿的一扇门。K. 是准时到的，他走进教堂时，正好钟敲十点，但意大利人连影子都见不到。K. 回到大门口，在那儿犹豫不决地站了一会儿，然后冒雨围着大教堂走了一圈，看那个意大利人是否会在哪扇旁门等着。但哪儿都找不到他，是经理把时间搞错了？有谁敢保证他百分之百地听懂那个意大利人的话呢？无论如何，他也得再等上半个钟头。他累了，想找个地方坐下，于是又走进教堂。在一道台阶上他发现一块地毯模样的东西，便用脚尖把它勾到一条长凳边，裹紧大衣，竖起领子，在长凳上坐下。为了消磨时间，他打开画册，心不在焉地翻阅起来。但不久他不得不作罢，因为光线太暗，当他抬起头，连离得很近的侧殿里的东西都很难分辨清楚了。

在远处的主祭坛上，燃烧的蜡烛排成一个大三角形。K.无法肯定，他以前是否见过主祭坛上燃着蜡烛，也许，它们是刚刚点燃的。教堂杂役出于职业习惯走路都是蹑手蹑脚的，人们根本听不到他们的动静。K.偶然转过身，发现他身后不远处燃着一支又长又粗的蜡烛。蜡烛插在廊柱上，形状很美，是用来照亮挂在两旁小祭坛里的圣像的。那些祭坛隐藏在黑暗中，微弱的烛光不仅没照亮它们，反而使它们更暗了。意大利人没有来，这虽然是失礼，但也是明智的，因为即使来了，他也看不见什么，顶多只能借助K.手电筒的光零零碎碎地看到几尊圣像。为了证实这一猜想，K.走进旁边的一个小礼拜堂，登上几级台阶，来到一排低矮的大理石栏杆前，掏出手电筒并探出身子，照了照祭坛上的塑像。祭坛前一盏长明灯飘忽不定的灯光仿佛使手电筒的光也晃动起来。K.首先看到的——或者不如说是猜到的——是边上站着的一个身材魁梧、披着铠甲的骑士，他手握一柄剑，剑刃插在光秃秃的地上，骑士好像聚精会神地注视着发生在他眼前的事。然而令人惊奇的是，他只站在原地不动，而不走到出事地点去。也许他的职责是站岗。很长时间没有欣赏过艺术品的K.久久地打量着这位骑士，虽然他觉得手电筒发绿的光有些刺眼，不得不眯缝起眼睛。当他移动手电光，照亮神坛其余部分时，才发现祭坛上表现的是基督入殓时的情景，同人们在别的教堂里见到的没有什么不同。此外，塑像似乎是新近才完成的。他收起手电筒，回到刚才坐过的地方。

　　看来用不着再等那个意大利人了。外面也许正下着瓢泼大雨，教堂里并不像 K. 想象的那么冷，他于是决定，暂且先在这里待一会儿。他旁边就是神父布道的讲坛，小小的拱形坛顶上斜架着两个金色的十字架，顶部互相交叉。讲坛外沿的栏杆上以及将栏柱连接起来的部分，都雕有绿色的叶片，叶片间有许多小天使，有的显得活泼，有的恬静。K. 来到讲坛前，从各个角度仔细观察。石雕精美纤巧，叶片间和叶片后镂有许多深深的洞，黑暗似乎在这里被捉住，再也无法逃逸了。K. 把手指伸进一个深洞，小心地摸了摸石头洞壁。过去，他并不知道大教堂里有这样一个布道坛。蓦地，他发现身后最近一排长凳后站着一个教堂杂役，身穿一件宽大、垂地的黑色长袍，左手拿着一个鼻烟壶，正在打量着他。他在干什么？ K. 想，看我可疑，还是想求我施舍？杂役看到 K. 发现自己，便举起右手，朝某个方向指了指，指间还捏着一撮鼻烟。K. 不明白他究竟是什么意思，犹豫了一会儿。但那人仍一个劲地指着什么，一边还不停地点头，仿佛在强调他的手势的重要。"他到底想干什么？" K. 小声问自己，在这个神圣的地方，他不敢大声说话。然后，他掏出钱包，沿着长凳间的空隙朝那人走去。但那人立即作出拒绝的姿势，耸耸肩，一瘸一拐地走了。K. 还是个小孩时，就常常像这个匆匆离去的跛子一样，模仿过骑马的动作。"一个像孩子一样的老人，" K. 想，"智力只够当个教堂仆役。我一停下来，他也不走了，但还充满期待地望着我，看我是否继续往前走。"他微笑地跟着老人穿过侧殿来到主祭坛前。老人仍然指着什么，但 K. 故意不转过脸去。他的手势不会有什么目的，只不过想让 K. 离开刚才那地方而已。K. 不再跟着他，一方面是不愿吓着他，另一方面是想，万一意大利人来了，看到这个场面也很尴尬。

K. 回到中堂，寻找他刚才坐过的那张长凳，他把那本画册忘在那儿了。这时，他发现唱诗班座位附近的柱子旁有一个小小的副讲坛。这个讲坛外形简单，用光秃秃的浅色石板砌成。讲坛是那样小，远远看去好像一个尚未安放圣像的壁龛，布道者要从石栏杆往后退一大步都很困难。石砌的拱形坛顶没有任何装饰，而且很低，边缘还向上翘起，连中等个子的人也无法在拱顶下站直，只能弓起身子倚着栏杆。整个讲坛仿佛是为了折磨布道者而设计的。K. 简直不明白，为什么别的讲坛那样大，装饰得那样精美，而这一个却如此低矮简陋。它究竟是做什么用的呢？

倘若不是在这个小讲坛上方挂着一盏布道开始前必须点燃的灯，K. 肯定不会注意到它。难道说，这儿马上就要举行一次宗教仪式？在这空无一人的教堂？K. 朝下面紧贴着廊柱并盘旋而上，一直通往讲坛的窄台阶望去，这道台阶更像是那些柱子的装饰，而不是供人上下的楼梯。然而，在讲坛的底部的确有一位神父手扶栏杆准备拾级而上。K. 惊讶得几乎笑出声来。神父仰望着K.，向他微微点点头。作为回答，K. 在胸前画了个十字，向神父躬身施礼。其实，他早该这样做了。神父一个箭步，迈着小步飞快地登上讲坛。他真的要布道吗？难道那教堂杂役并非智力低下，而是想把 K. 引到小讲坛这边来？在这座空无一人的教堂里，这样做完全是应该的。不过，教堂里还有一位老妇人在圣母像前站着，她也应该来听布道呀！再说，如果一次宗教仪式即将开始，管风琴为什么不奏乐呢？管风琴沉默着，一排排长管子在黑沉沉的教堂顶部闪着暗淡的光。

K. 犹豫着，不知是否应该立即离开。假如他现在不走，布道一开始便无法脱身了。那样一来，他就得一直待到仪式结束，到时再回办公室就太晚了。再等意大利人已经没有必要。他看了看表，已经十一点了。不过，真的要布道了吗？K. 一个人能代表全体信徒吗？假如他只是一个来参观教堂的陌生人，那又会怎样呢？实际上，他差不多就是这样。在这样坏的天气，在这个并非周末的日子里，在上午十一点钟才开始布道，这想法实在太荒唐了。神父——那人无疑是一位神父——是个年轻人，黑黑的脸膛上一条皱纹都没有。他爬上讲坛肯定是想灭掉那盏由于疏忽而点燃的灯。

然而事实并非如此。神父凝视着那盏灯，甚至将它拧亮了一些。接着，他缓缓转过身来，双手扶住栏杆边缘，静默地站了一会儿，并朝四周看了看。K. 向后退了一大段距离，双肘撑在最前面一排长凳上。他觉得教堂杂役正静静地坐在一个他看不见的地方，驼着背缩成一团，仿佛已经完成了自己分内的工作。大教堂里此刻是多么寂静！但 K. 要打破这种寂静，他不想在这儿再待下去。倘若这位神父的职责就是在任何一个时刻，任何一种环境下不管三七二十一地布道，那就随他的便好了。即使没有 K. 在场，他也能办到，就算 K. 在场，效果也不会好到哪儿去。于是，K. 慢慢地移动脚步，踮起脚尖沿着长凳往外走，一直走到两行长凳间的过道里。没有什么东西挡住他的去路，只有他的脚步在石头地面上发出轻微的响声，响声传到拱顶上反射回来，变成持久不断的、有规律的回声。K. 感到孤独，空无一人的长凳间只有他独自在行走。他觉得神父的目光一直追随着他，而教堂是那么大，大得令人无法忍受。他走到原先坐过的地方，没有停步便匆匆拿起长凳上的画册。当他快要走到两排长凳的尽头，踏上通往大门的一片空地时，突然听到神父的声音。那声音是如此洪亮而训练有素，在死一般寂静的教堂里久久回荡。但是，神父的声音并非针对众教徒，而是明白无误地针对K.。"约瑟夫·K.！"他喊道。

K.吃惊地停住脚步，呆呆地看着眼前的地面。暂时他还是自由的，还可以继续向前走，穿过不远处那三扇黑色的小木门中的一扇走出教堂。这将意味着他没听懂这喊声，或者虽然听懂了但并不理会。假若他转过身去，他将无法脱身，因为那就等于承认，他就是那个被喊的人，并且乐于听从神父的召唤。倘若神父再一次喊出他的名字，他也许会毫不犹豫地走掉，然而，尽管他站在那里等那声音再次响起，周围却静悄悄的。他忍不住稍稍转过头去，想看看神父在做什么。但神父仍站在讲坛上一动不动，显然已经注意到K.头部的动作。假若K.不完全转过身去，他们也许会像孩子们玩捉迷藏一样互相猜度对方的心思。但K.这样做了，神父于是勾起一只手指叫他走近些。现在已经没有必要再回避了，K.三步并作两步朝讲坛跑去，既是出于好奇，也是为了缩短在此逗留的时间。在最前面几排长凳边，他停了下来。但神父仍觉得他们间的距离太远，便伸出一只胳膊，食指作出命令的姿势，指着讲坛面前的某个地方。K.照办了，在这儿，他必须仰起头才能看见神父。"你是约瑟夫·K.？"神父抬起手，在石栏杆上做了个莫名其妙的手势。"是的。"K.说，心中却想，过去他通报自己的姓名时是何等坦然，但一段时间以来，这却成了他的一大负担。而现在，连那些素不相识的人也都知道他叫什么了。他多么向往先作自我介绍，然后再相互认识的时光啊。"你是一名被告？"神父压低嗓门说。"不错，"K.说，"有人这样告诉我。""那么，你就是我要找的人，"神父说，"我是监狱神父。""原来如此。"K.说。"是我让人叫你到这儿来的，"神父说，"我要跟你谈一谈。""我可不知道，"K.说，"我上这儿来是想陪一个意大利人参观教堂。""别打岔，"神父说，"你手里拿的是什么？是祈祷书么？""不，"K.答道，"是一本介绍本市名胜古迹的画册。""那么，扔掉它。"神父说。K.用力把画册扔出去，画册打开了，带着散乱的书页跌落在地上，并向前滑了一段距离。"你知道你的案子不太妙吗？"神父问。"我也这样觉得，"K.说，"我作了各种各样的努力，但至今毫无成效。当然，我的申诉书还没写好。""你认为结果会怎样？"神父又问。"过去我想，肯定会一切顺利，"K.说，"可现在我自己有时也怀疑起来了。我不知道会有什么结果，你知道吗？""不，"神父说，"不过我担心会很糟。他们认为你有罪，你的案子也许永远不会通过低级法庭这一关。至少，他们暂时认为你的罪行已被证实。""但我并没有罪，"K.说，"这是一个误会。一个人怎么会无缘无故地被判有罪呢？我们大家都是一样的人，彼此并没有区别。""这话不错，"神父说，"可是，有罪的人都这么说。""你对我也有偏见吗？"K.问。"我对你并没有偏见。"神父说。"那么，我得感谢你，"K.说，"然而，所有参与审理此案的人都对我有偏见。他们的看法甚至影响了与此案无关的人。我的处境越来越困难了。""你把事情理解错了，"神父说，"判决并不是突然作出的，审判过程本身会逐渐变成判决。""原来如此。"K.低下了头。"下一步你准备怎么办？"神父问。"我想争取更多的帮助，"K.抬起头说，想看看神父的反应，"有几种可能性我还没尝试过。""你过于依赖别人的帮助了，"神父不以为然地说，"尤其是女人的帮助。你不觉得这种帮助并没有用吗？""在大多数情况下，我可以同意你的看法，"K.说，"但事情并非总是如此。女人的作用是很大的。倘若我能动员我所认识的女人一起为我出力，我就一定能打赢官司。特别是这个法庭的法官，几乎全是些好色之徒。预审法官只要远远瞧见一个女人，就会把审判桌和被告撇下，迫不及待地去追她。"神父将头伸过石栏杆，现在才感到低矮的讲坛对他的压迫。外面的天气一定糟透了，教堂里此刻完全黑下来，仿佛沉沉的夜幕已经降临。没有一丝光透过大窗户上的彩色玻璃，照亮黑暗的墙壁。而正在这时，教堂杂役开始把主祭坛上的蜡烛一支支熄灭。"你生我的气了吗？"K.问神父，"你也许不知道，你为之服务的是一个什么样的法庭。"他没有得到回答。"这只是我的经验而已。"K.说。上面仍然沉默着。"我不想使你难堪。"K.又说。突然，讲坛上传来神父的喊声："你难道不能看得远一些吗？"这既是愤怒的喊声，又好像是看到别人摔倒，情不自禁地发出的惊叫。

两人久久地沉默着。在一片黑暗中，神父当然看不清站在下面的K.，相反，在那盏小灯的照耀下，K.却能看清神父。他为什么不走下讲坛？他没有布道，只告诉了K.一些消息。仔细想来，这些消息只会对K.有害，而不会有什么帮助。不过，K.觉得神父的本意无疑是好的，假如他走下讲坛，他们或许能达成一致，甚至他还可能从神父那儿得到某种决定性的忠告，比如怎样影响审判的进程，如何逃避审讯并逍遥于案件之外自由自在地生活，等等。这些可能性并不是没有，K.最近也常常考虑过。倘若神父知道，那么 K.恳求他，他也许就会把一切都透露给 K.，尽管他自己也是法院的人，尽管当 K.攻击法院时，他违背了自己温和的天性，对 K.大喊大叫起来。

"你不想下来吗？"K.说，"你并没有布道，那就下来吧。""现在我可以下来了，"神父说，也许是对刚才的叫喊感到懊悔，他把灯从钩子上摘下来说，"我必须先隔着一段距离对你讲话，否则我就太容易受影响而忘掉我的职责。"

K.在阶梯底下等着。神父还没有走到最下面一级便向 K.伸过手来。"你能抽出点时间同我谈谈吗？"K.问。"你想谈多久就谈多久。"神父说，并把那盏小灯递给 K.，让 K.提着。即使他们靠得很近，神父也保留着庄严的神态。"你对我很友好，"当他们并肩在黑漆漆的中堂里来回踱步时，K.说，"在所有替法院干事的人当中，你是个例外。相比之下，我对你比对他们任何人都信任，因为我太了解他们了。在你面前，我可以畅所欲言。""别欺骗自己。"神父说。"我干吗要欺骗自己呢？"K.问。"在法院里，你可是一直在骗自己，"神父说，"在法律的序言中，是这样描述这种欺骗的：在法律的大门前有一个人在站岗。一个乡下人来到看门人面前，请求他让自己去见法。守门人对他说，现在还不能让他进去。乡下人考虑了一下问，那么他以后是不是可以进去呢？'也许可能吧，'守门人说，'但现在不行。'由于法律的大门始终开着，而守门人也走到一边去了，乡下人便探着身子向里张望。守门人发现后笑着对他说：'既然你这样好奇，那就试试在没有我的允许的情况下走进去。不过你得注意，我的权力很大，而且是级别最低的守门人。里面每一道门都有一个人守着，权力一个比一个大。即使是第三道门的看守，我也不敢看一眼。'乡下人没有料到会遇到这样大的困难，他本来以为，法律应该是任何人在任何时候都可以见的。于是，他仔细打量了一下这位身穿皮外套、长着一个又长又尖的鼻子、蓄着稀疏的黑色鞑靼胡子的守门人，决定还是等到获得他的允许再进去。守门人给他一张矮凳，让他在大门边坐着。他等了一天又一天，一年又一年，在此期间一再尝试获得进门的许可。他的恳求使守门人厌烦了，于是不时对他进行小小的询问，问他家乡的情况和别的事情。但提问的口气十分冷淡，就像大人物向小人物问话那样，而且最后总是说，他现在还不能让他进去。乡下人出门时带了许多东西，他倾其所有，无论多值钱的东西也不吝惜，希望能买通守门人。守门人虽然收下了一切，然而却说：'我收下这些东西，只是为了使你不至于认为，你还有什么该做的事情没有做。'在漫长的岁月里，乡下人几乎不停地在观察守门人，他忘记了其他的守门人，以为这就是阻止他去见法的唯一障碍。开始几年，他大声诅咒自己的厄运，后来他渐渐老了，只能喃喃自语。他变得幼稚起来。由于多年的观察，他甚至同守门人皮衣领子里的跳蚤都混熟了。他于是请求跳蚤们帮忙，说服守门人改变主意。最后他的视觉减退了，不知道周围的世界真的变暗了还是他的眼睛在欺骗他。然而，他却在黑暗中看到一束亮光从法律的大门里源源不断地射出来。他的生命快结束了。临死以前，他一生的经历在他头脑里凝聚成一个问题，这个问题在此以前他从未向守门人提出过。他招手请守门人到跟前来，因为他的身体已经僵硬，再也无法动弹了。守门人不得不低低地俯下身子，因为他们之间的高度已经有很大的差别，乡下人早已萎缩了。'你现在还想知道什么？'守门人问，'你真是贪得无厌啊。''所有的人都想到达法，'乡下人说，'但这么多年，除了我以外，却没有一个人求见法，这是为什么呢？'守门人看出乡下人马上就要死了，为了在他死前让他听见，便在他耳边大喊道：'谁也不能得到走进这道门的允许，因为这道门是专为你而开的。现在我要去把它关上了。'"

"这样说来，守门人欺骗了那乡下人。"K.被这故事深深吸引了，马上说。"先别忙，"神父说，"别不假思索就接受一种看法。我按照原文，一字一句地给你讲了这个故事。故事里并没有提到欺骗。""但这是显而易见的，"K.说，"你的第一个解释完全正确，守门人是在那个使他获救的消息对乡下人再也无用的时候，才把它告诉他的。""乡下人在此以前并没有问过这个问题，"神父说，"另外，你得想想，他只是个守门人，作为守门人，他尽到了自己的职责。""为什么你认为他尽到了自己的职责呢？"K.问，"他没有尽到职责，他的职责也许应当是把别人都赶走，而让这个人进去，因为门是为他而开的。""你不大忠实于原文，更改了故事情节，"神父说，"在故事中，关于是否可以进入法律的大门，守门人讲了两句重要的话，一句在开头，一句在结尾。第一句话是：他现在不能放他进去；另一句话是：大门是专为乡下人而开的。假如两句话有矛盾，那你的看法就对了，守门人就欺骗了乡下人。然而，这里并没有矛盾。相反，第一句话甚至对第二句话作出了暗示。几乎可以这样说：倘若守门人允诺他将来可能让乡下人进去，那他就越出了自己的职权范围。在那个时候，他的职责似乎就是不让乡下人进去。事实上的确有许多人在解释这段序言时对守门人作出这种暗示表示惊讶，因为守门人看来办事认真，严守岗位，那么多年从未擅离过职守，直到最后才把门关上。他明白自己职务的重要，因为他说'我的权力很大'；他尊重上司，因为他说'我不过是级别最低的守门人'；他守口如瓶，因为这么多年来他只提过几个'冷淡'的问题；他不会被收买，因为他在收礼时声明'我收下这些东西，只是使你不至于认为，你还有什么该做的事没有做'。他在履行自己的职责时既不为怜悯也不为愤怒所动，因为乡下人的恳求'使他厌烦了'；最后，甚至他的外貌也说明他的性格迂腐守旧：一个又长又尖的鼻子，稀疏的黑色鞑靼胡子。有哪一个守门人比他更忠于职守呢？当然，守门人性格中也混杂着似乎对请求进入法律大门的人有利的因素，这也使人容易理解，他为什么会越出自己的职权范围，向乡下人作出将来可能放他进去的暗示。不可否认，他的确头脑有点简单，因此也有点自负。但即使他提起过自己的权力以及其他看门人的权力，甚至说过那些人的模样他连看一眼也不敢之类的话，我是说，即使他的这些话本身符合事实，那他说话的方式也表明，是头脑简单和自负给他的理解能力蒙上了一层阴影。解释者对此评论说：'对一件事的正确理解和错误理解并不完全相互排斥。'无论如何我们应当承认，这种头脑简单和自负尽管表现得不很明显，但还是会妨碍他严密地守住大门，这恰恰是守门人性格中的缺陷。另外，守门人看上去天生是个和蔼可亲的人，并不总是摆出官方的架子。一开始他就开玩笑说，乡下人不妨在没有得到他的允许的情况下进去，后来不但不把乡下人赶走，而且还给他一张矮凳子让他坐在门边。这么多年来他耐着性子听乡下人苦苦哀求，问他一些简单的问题，收下他的礼物，宽宏大量地不去理会乡下人当着他的面大声诅咒自己的不幸遭遇，所有这一切都可以归结为他有怜悯心。并非每一个守门人都会像他一样。最后，他还按照乡下人的手势低低地俯下身去，给他提最后一个问题的机会。守门人只有一次表现出不耐烦，他知道一切即将结束，但还是说'你真是贪得无厌'。有的人在解释这句话时走得更远，他们甚至认为，'你真是贪得无厌'这句话表达了一种由衷的钦佩，尽管其中并非没有居高临下的成分。总而言之，守门人的形象与你解释的完全不同。""对于这个故事，你知道得比我早，也比我详细。"K.说。他们沉默了一会儿。K.又说："那么你认为，那个乡下人并未受骗喽？""别误解我的意思"，神父说，"我只不过向你介绍了各种不同的看法而已，你不必过分看重它们。写在纸上的东西是不会改变的，不同的看法往往反映的是人们的困惑。在这件事情上，甚至有人认为，真正受骗的是守门人。""这种说法更进了一步，"K.说，"理由是什么？""理由是，"神父回答道，"守门人头脑简单。他们说，守门人并不了解法的内部，而只知道在大门外来回巡逻。他对法律大门内的想象是幼稚的。他用来吓唬乡下人的东西恰恰是他自己害怕的东西。是的，他比乡下人更加害怕，因为乡下人即使听说了大门里面那些令人生畏的守门人，仍一心一意要进入大门，而这个守门人却不想进去，至少故事里没有提到。虽然有些人认为他肯定进去过，理由是法律既然雇用他为自己服务，就必须叫他进去办理手续。这种说法很容易反驳，因为也许是大门里传出话来让他当守门人的。即使他进去过，也不会进得很深，他自己说，他连第三位守门人的模样也不敢看一眼。另外，故事里除了提到大门里的守门人，这么多年从未说起过他还透露过什么里面的情况。也许有命令禁止他这样做，但故事里并没有提到过这一禁令。从以上事实可以得出结论：他对里面的情况和重要性一无所知，因此始终被蒙在鼓里。甚至在那个乡下人面前，他也是个受骗者，因为他事实上是乡下人的附庸，自己却不知道，反而把乡下人当作比自己身份低的人来对待。关于这一点，有许多细节可以证明，你一定还记得。按照这种看法，守门人是乡下人的附庸同样是明白无误的，因为一个自由人总比一个被职责拴住的人要优越。那乡下人的确是自由的，他愿意上哪儿就可以上哪儿，只有法律的大门他进不去，也只有一个守门人禁止他走进去。他坐在大门外的一张矮凳上，在那儿一直等到死，那完全是出于自愿，故事里从未提起过有谁强迫他。那守门人则不然，他被自己的岗位拴在那里，不能擅自离开，同样也不能走进大门，即使他想这样做也不行。另外，虽然他受雇于法律，但为之服务的只是一道门，也就是说只为那乡下人服务，因为这道门是专为乡下人而开的。即使从这方面讲，他也是乡下人的附庸。可以想象，他这么多年来，差不多整整一辈子，所干的差事在某种意义上是浪费生命，因为有人曾对他说，他必须等一个人到来，即等那人长大并来到他守卫的大门前。他必须长期等待，以便自己工作的目的得以实现，而这又取决于那人的意愿，因为只有他想来的时候才会来。此外，守门人职责的期限也是由那个人寿命的长短决定的，所以直至使命结束，他都是那个人的附庸。在故事中一再提到，守门人对这一切显然一无所知。这本身并不奇怪，因为根据这种看法，守门人受到的蒙蔽更加厉害，直接牵涉到他的使命。直到最后，他提到法律的大门时还说：'我现在得去把它关上了。'然而故事一开头却说，法律的大门始终是开着的，既然一直开着，就意味着不管乡下人是否活着，这扇为他而开的门都必须敞开着，守门人无权把它关上。关于这一点有几种不同的看法，一种认为守门人说要去关门，是想给乡下人一个答案，另一种认为这表明他忠于职守，第三种认为他想让乡下人死前感到懊丧和悲哀。不过，很多人在守门人无权把门关上这一点上倒是一致的。他们甚至认为，至少在故事的结尾，守门人在智力上不如乡下人，因为乡下人看见一束光从法律的大门内射出来，而守门人却由于履行职责背着大门。何况故事里也没有说起他注意到了这种变化。""论证得很有道理，"K.低声对自己重复了神父的几点解释后说，"论据很充分，我也同意守门人是受骗者的结论。但这并不能改变我原来的看法，因为两种观点并不相互排斥。守门人究竟是了解内情还是受蒙蔽并不重要。我说过，乡下人是受骗者，如果守门人了解内情，那乡下人也许会起疑；但如果守门人自己都是受骗者，那么，乡下人肯定无法看穿这一骗局。那样一来，守门人虽然不是欺骗者也是个头脑极其简单的人，应当立即从他的岗位上被赶走。你应当注意到，守门人受了骗本人并不会损失什么，但会给乡下人带来非常严重的后果。""这种看法遭到了一些人的驳斥，"神父说，"他们认为，故事本身并没有给人以评论守门人的权力。不管他给我们留下什么印象，他终究是法律的仆人，从属于法，因此对普通人的评价在他身上不合适。也正因为如此，说他是乡下人的附庸是不对的。即使他由于自己的职责不能离开法律的大门一步，那些自由自在生活在世界上的人也无法同他相比。乡下人要求见法，而他已经在法那儿了。他受雇于法律，怀疑他的尊严就是怀疑法律本身。"我不同意这种看法，"K.摇着头说，"因为，如果接受这种观点，那就必须把守门人说的每一句话都当成真理。这是荒唐的。你自己刚才也充分说明了这一点。""不，"神父说，"用不着把他的每句话都看作真理，只要当成必须如此就行了。""令人沮丧的结论，"K.说，"谎言构成了世界的秩序。"〔19〕

　　这是K.说的最后一句话，但并非他最后的判断。他太疲倦了，无法仔细考虑从这个故事中引出的所有结论。他被引导到陌生的思路上去了，其中涉及的问题对他来说过于深奥，更加适宜法官们来讨论。那简单的故事逐渐变得模糊了，他想摆脱掉它的缠绕。表情温和的神父注意到他情绪的变化，默默地听着他的评论，虽然这与他自己的看法完全不同。

　　他们又默默无言地走了一段。K.虽然同神父靠得很近，却不知自己身在何处。他手中的灯早已熄灭了。几座镀银的圣像间或在他眼前闪烁了一下，接着又沉没在黑暗中。为了不过分依赖于神父，K.问道："我们离大门不远了吧？""不，"神父说，"我们离它还远着哩。你想走了吗？"虽然K.并没想到要走，但还是立即回答道："当然，我该走了。我是一家银行的襄理，有人在等着我呢。我来是想陪一位外国客户参观大教堂。""是这样，"神父说，并向K.伸出手来，"那么走吧。""我一个人在黑暗中找不到出去的路。"K.说。"走到左面的墙边，"神父说，"然后顺着墙一直走，你会找到一扇门。"神父刚刚走出几步，K.又大声说："请等一下。""我等着呢。"神父说。"你对我还有什么要求吗？"K.问。"没有。"神父说。"你刚才对我很友好，"K.说，"向我作了那么多解释，现在却让我离开，似乎对我并不关心。""你该走了。"神父说。"那好吧，"K.说，"你知道，我是身不由己。""你首先应该知道我是谁。"神父说。"你是监狱神父。"K.又走回到神父身旁，他并不急于马上回到银行。"我是属于法院的，"神父说，"为什么要向你提要求呢？法院是不会向你提要求的。你来，它就接待你，你去，它也不留你。"

第十章

结 局

K. 三十一岁生日的前一天晚上，大约九点钟——此时街上已寂静无声——两个男人来到他的住所。他们身穿礼服，脸色苍白，体态臃肿，头戴好像脱不下来的大礼帽。在大门边，他们彼此谦让了一番，在 K. 的房门前又更加客气地相互推让，请对方先进门。K. 不知道他们的到来，此刻正身穿黑色礼服，坐在门边的一把扶手椅上，慢慢地戴一副新手套。他好像在等人。在好奇地打量了一番来人之后，他急忙站起身来。"你们是来找我的吗？"他问。来人点点头，其中的一个将手中的帽子向另一个指了指。K. 意识到他等的不是这两个人，便走到窗前，朝漆黑的街上望了一眼。街对面几乎所有的窗户都是黑的，许多窗子放下了窗帘。整栋楼只有一扇窗里还亮着灯，几个孩子在铁栅栏后玩耍，由于他们还不会走路，只能伸着小手去抓对方。"他们把又老又蹩脚的演员派来了，"K. 自言自语说，并朝四周瞧了瞧，仿佛想证实一下自己的印象，"想随随便便把我干掉。"他猛地转过身来问他们："你们演的是什么戏？""演戏？"其中的一个抽动着嘴角问另一个人，仿佛请那人出主意。另一个人装得像个哑巴，丑陋的五官不停地颤动着。"他们不准备回答任何问题。"K. 想，并去取帽子。

还在下楼时，两个人就想抓住 K. 的胳膊。但 K. 说："等到了街上再说。我不是病人。"一出大门，他们就以一种 K. 从未见过的姿势抓住他，肩膀紧紧地顶着他的肩膀，胳膊并不弯曲，而是伸直了扭住 K. 的整个手臂，并以一种训练有素，使人无法反抗的方式抓住他的双手。K. 挺直身躯，姿态僵硬地走在他们中间，三个人连成一个整体，倘若其中的一个倒下，其他二人也会立即倒下。只有无生命的东西才能组成这样一个整体。

在街灯下，K. 一再试图看清那两个人的面貌，刚才在灯光暗淡的屋子里，他没能做到这一点。尽管他们把他夹得很紧，他仍然看到了他们的脸。"他们也许是男高音吧。"瞧见他们鼓起来的双下巴，他想。那两张过分干净的脸让他恶心，他仿佛看到，一只手仍在摩平他们眼角上的皱纹，按摩他们的上嘴唇，搓揉他们肥胖的下巴。[20]

想到这儿，K. 停住脚步，其他二人也立即站住。他们来到了一个空无一人的广场边。广场上点缀着花坛，周围没有任何建筑物。"他们为什么偏偏派你们来！"他不是在问，而是在喊。那两个人似乎无言以对，空着的手臂垂下来，仿佛在等待一个需要休息的病人。"我不再往前走了。"K. 试着说。然而用不着语言的回答，两个人紧紧抓住 K.，拖着他往前走，这就足够了。K. 极力反抗着。"我需要用力的时间已经不多了，现在就把它用光吧，"他想起了在粘蝇纸上竭力挣扎，直到折断了它们的细腿的苍蝇，"他们将发现我不是那么容易对付的。"

这时，从一条地势较低的街道通往广场的台阶上，出现了毕斯特纳小姐的身影。K.不能肯定那就是她,但样子很像。究竟是不是毕斯特纳小姐,K.也并不在乎,重要的是他已经意识到反抗毫无意义。即使他反抗,给那两个人制造一些麻烦,并以此使他的生命延长一刻,那也算不上什么英雄行为。想到此他迈开脚往前走,这着实使那两个人松了一口气,而松了一口气的感觉也感染了他。他们现在让他自己选择方向,他便选择了毕斯特纳小姐消失的方向。他并不是想追上她或尽可能看见她的背影,而是为了记住她给他的警告。"我现在能做的事情,"他心中说,他的脚步与那两个人完全一致,这更坚定了他的想法,"我唯一能做的事,便是直到最后一刻保持冷静和理智。我这一生总想用二十只手来抓住世界,这种欲望也并不值得称道,并不十分高尚。难道我现在要向世人表明,一年的被告生涯还没教会我什么东西吗?难道在我死后人们谈起我还要说,在案子开始时我想结束它,而在它结束的时候,我又想让它重新开始吗?我不愿意人们这样说。我得感谢他们派了这两个半哑半傻的家伙来送我上路,并且让我向自己说出必然的结果。"

前面那位小姐已经拐进了一条小街,但 K.此刻不再想她了。他任凭那两个人押着他走。月光下,三人步调一致地走过一座桥。K.每一个细微的动作都得到那两个人的附和。当他侧身转向栏杆时,他们也立即转过身去。在月光的照耀下,河水闪着银光,微微颤抖,并在一个小岛两边分开。岛上长着茂密的树木和野草,远远望去好像被绑在一起。树丛中蜿蜒着几条砾石小路,但此刻 K.看不见它们。夏天,他常常躺在路旁舒适的长椅上休息。"我并不想停下来。"他对押解他的人说,并对他们的温和顺从感到内疚。其中的一个好像在 K. 的背后向另一个人做了个责备的手势，怪他误解了 K. 的意思，在桥上停了下来。然后，三人继续往前走。[21]

他们穿过几条上坡路，路旁每隔一段距离就有几个警察站着或来回巡逻，有时离他们很远，有时离他们很近。一个大胡子警察手握刀柄，好像有意走到一群有点可疑的人面前。那两个人停下来，警察似乎要开口讲话，但 K. 却用力拖着押解他的人往前走，并不时小心地转过头来，看那个警察是否跟在他的身后。当他们拐过街角，避开警察的视线后，K. 马上迈开脚步跑起来，那两个人也不得不随他一起上气不接下气地奔跑。

他们很快出了城。在这里，城市连着田野，几乎没有中间地带。一个荒无人烟的小采石场紧挨着一幢几乎完全城市式样的房子。那两个人在这里停下来，不知是他们事先就选定了这地方，还是已经精疲力竭，不想再走了。现在他们松开 K.，让他站在那儿等着。他们脱下大礼帽，一面用手帕擦着额上的汗珠，一面观察采石场。月亮的光芒以它的纯洁和宁静照耀着四周，世界上没有别的光能与它相比。

在下一项任务应该由谁来执行的问题上，两个人又谦让起来。显然，他们在接受使命时分工并不明确。他们中的一个走到 K. 身边，脱下他的上衣和背心，接着又脱下他的衬衣。K. 不由得打了个寒战，那人于是在他背上轻轻拍了一下，好似要让他放心。然后，他把衣服整整齐齐地叠起来，仿佛它们什么时候还会派上用场。为了不让 K. 在冷飕飕的夜风中呆站着，他挽住 K. 的手臂来回走了一阵，而另一个人则在采石场上寻找一个合适的地方。找到地方后，他便挥手让他们过去。他的同伴把 K. 带到那儿。那地方在采石场开采面的附近，有一块采下来但未运走的大石头。两个人让 K. 坐在地上，背靠那块大石头，头枕在石头上。但他们无论怎样煞费苦心，K. 多么顺从，他的姿势总是非常别扭，叫人看上去很不舒服。于是，他们中的一个便招呼另一个，让他来独自摆布 K.。但他也并没做得好一些。最后他们只好放弃努力，虽然 K. 这时的姿势还不如刚才的好。一个人解开外套，从挂在背心皮带上的刀鞘里抽出一把屠夫用的又长又薄的双刃刀，并举起刀，在月光下试了试刀是否锋利。接着，两人又令人厌烦地互相谦让起来，其中的一个在 K. 的头顶上把刀递给另一个，另一个又从 K. 头顶上将刀还给第一个。K. 现在清醒地意识到，当刀在他头顶上传来传去的时候，他应当把它抢过来刺进自己的身体。但他没有这样做，而是转动着尚能自由活动的脖子，向四周看了看。他完全身不由己，无法代替当局完成所有的工作。这个最后的失误应当归咎于他自己，因为他已没有足够的力气来做这件事了。他的目光落在采石场边那幢房子的最高一层，那儿的一扇窗灯光一亮，蓦地打开了，窗里出现一个模糊、细瘦的身影。突然，他把身体探出窗口，双臂远远地伸向前方。他是谁？是一个朋友？一个好人？一个同情者？一个想帮助他的人？他只是孤零零的一个人？还是整个人类？现在帮忙还来得及吗？[22] 是不是有人提出了过去被忽略了的，然而有利于他的论点？这样的论点肯定应该有。虽然世界上的逻辑是不可动摇的，但它无法抗拒一个想活下去的人。他从未见到过的法官在哪里？那个他永远无法企及的高级法院又在哪儿？他把双手举向天空，张开十指。

然而，一个人的双手扼住了 K. 的喉咙，另一个人将刀深深地刺进他的心脏，并转了两下。K. 的目光渐渐模糊了，他看见那两个人就在他的面前，头挨着头，观察着这最后一幕。"真像是一条狗！"他说，意思似乎是，他的耻辱应当留在人间。

附　录

一　未完成章节

同艾尔莎约会

一天，K.刚要走，便有人打电话通知他去法院办公室，并警告他不得违抗命令。然而，他的回答却令打电话的人非常吃惊。他说，对他的审讯毫无用处，不会有什么结果，也不可能有任何结果；他不再理会所有的电话通知和书面通知了，并将把法院派来的人赶走。那人告诉他，他讲的每一句话都将记录在案，并会给他带来十分不利的后果；他为什么不屈服呢？难道他没看到，法院不在乎时间和精力，决心把他的案子搞个水落石出吗？难道他想继续顽抗下去，迫使他们采取那些迄今为止尚未对他使用过的强制措施吗？今天是最后一次通知他了，他想干什么就随他的便，但他必须考虑，最高法院是绝不允许有人拿自己开玩笑的。

虽然K.已定好这天晚上同艾尔莎约会，完全可以以此为由拒绝法院的传讯，并且为能有这个理由而感到高兴，但他仍决定不使用这一借口，而且今后也决不使用。即使他今天晚上没有任何事情可干，他也决不会去法院。他意识到自己有充分的权利这样做，因此故意在电话里问，假若他不去法院，会有什么后果呢？"我们知道怎样找到您。"对方回答道。"我会为此而受到惩罚么？"K.问，并微笑地等待那人将说些什么。"不。"对方回答道。"好极了，"K.说，"我有什么理由非得出席今天晚上的审讯呢？""别强迫法院使用暴力手段。"对方的声音越来越微弱，最后完全消失了。"他们不这样做才真正可惜呢，"K.一面想一面往外走，"我倒要见识一下所谓的暴力手段。"

　　K.一刻也没耽搁，叫了一辆马车直奔艾尔莎的住处。他舒适地倚在车角，双手插在大衣口袋里，望着熙熙攘攘的街道。天渐渐冷了。他得意洋洋地想，假如法院真的已经开始行动，他会给它制造不少麻烦的。刚才他并没有明确表示是否将到庭受审，此刻法官说不定正等着他呢，或许会等他整整一个晚上。另外，K.的缺席也肯定会让那帮旁听者大失所望。然而一霎时，他竟疑惑起来，不知道自己在胡思乱想中是否随口说出了法院的地址。他于是又大声向车夫说了一遍艾尔莎的地址。车夫点点头，看来K.刚才告诉他的地址并没有错。此后，K.渐渐忘记了法院，像往常一样，银行里的事又涌上他的心头，并完全占据了他的思想。

看望母亲的途中

　　吃午饭时，他突然想到应该去看看母亲。春天快要过去了，而他已经三年没见到她了。那一年，她让他过生日那天回去看她，他虽然很忙，但仍然照办了，而且还答应，以后每年都回家过生日。他已经连续两次违背了自己的诺言，这一次虽然离生日还有十四天，但他不想再等了，而是准备立即动身。他对自己说，现在尽管没有特别的原因必须回家，相反，从他表兄每两个月写来的信中看，母亲的健康状况比过去甚至有所改善，他还是得马上回去。K.的母亲住在一个小城市，表兄不仅替她照看一家商店，而且保管着K.寄给她的钱。母亲的眼睛几乎快瞎了，但K.根据医生的诊断，前几年就料到了这一点。除此之外，她的身体还算可以，老年病不仅没有恶化，反而减轻了一些，至少她自我感觉如此。据表兄说，这是因为她这些年来变得虔诚了——那次回家，K.已经看到了某些迹象，心中有些不快。表兄在一封信中详细谈到了这一点，说老人过去连行走都很困难，现在却在他的搀扶下每个星期天去教堂。K.相信表兄说的是真话，因为他向来谨慎小心，每次写信宁可报忧而不报喜。

不管怎么说，K.决定现在就动身。最近一段时间，他除了许多不顺心的事，还感到自己的内心十分忧伤，有一种无法遏止的渴望，想让自己所有的愿望都得到满足。在这件事情上，这个坏毛病总算起到了好的作用。

为了让自己振作起来，他走到窗边，吩咐女用人撤去午餐，并通知格鲁巴赫太太他要出远门，请她收拾好必要的东西装进他的旅行包里。接着，他向屈纳先生交代了几件业务上的事情，请他在自己不在的这段时间处理妥当。这一回他竟没有对屈纳先生那几乎成了习惯的无礼举止感到恼怒：每次K.向他交代任务，他都把脸转向一边，似乎已经知道自己该干什么，K.的指示无非是走走过场罢了。做完这一切，K.就去找经理。当他向经理请两天假，说是要去看母亲时，经理便问，他的母亲是不是病了。"不是。"他说，没有作进一步解释。他站在屋子中央，手背在背后，皱起眉头想，这次旅行是否决定得太匆忙了？留在这里也许更加明智？他是不是一时冲动才突然决定出门的？难道他太多愁善感，有意要避开什么重要的事情，避开亲自干预案子的机会？在案子几个星期毫无动静，听不到一点确切的消息的情况下，这样的机会每一天、每时每刻都可能到来。他的突然出现会不会吓着母亲？他当然不想这样，但情况很可能事与愿违。他不是已经做了许多违背自己意愿的事吗？再说母亲也并不特别想念他。过去表兄在信中经常转告母亲的请求，希望他回去看看她，但长时间以来这一点早就不提了。他回家并不是为了母亲，这是毫无疑问的。不过，他如果是怀着某种莫名的希望踏上回家乡的旅途，那他也是个地地道道的傻瓜，并且最终会陷入绝望，自食苦果。尽管如此，他仍然不想改变自己的决定，仿佛所有这些疑虑并不是他自己本来就有的，而是别人强加给他的。

K.在办公室来回踱着步，等待仆人给他拿行李来。副经理好几次走到他面前，打听他这次外出的原因，他都没有回答。当他的旅行包终于送到时，他立即提上它匆匆下楼，准备登上事先已预订好的马车。然而，他还没有走下楼梯，就被那个名叫库里希的职员叫住了。此人手里拿着一个信封，显然想请示他应该怎样处理。K.挥挥手让他走开，但这个金发大脑袋的家伙竟误解了他的意思，挥舞着信封三步并作两步跳下楼梯朝他跑来。K.恼怒万分，就在库里希跑到他面前的那一刹那夺过他手中的信封，将它撕得粉碎。当他登上马车转过脸来时，看到库里希还呆呆地站在那里望着远去的马车，好像不明白自己究竟犯了什么错误。他身边的门卫却脱下帽子向 K. 的背影深深鞠了一躬。K. 原来仍然是银行最高级的官员之一，假如库里希想忽略这一点，门卫便会站出来反驳他。连 K. 的母亲几年来也始终以为 K. 就是银行经理，无论别人怎样解释都没有用。她认为，无论 K. 的威望受到多大的损害，他的地位也不会动摇。在他刚刚准备动身的时候能够亲眼证实，他，一位银行高级官员，尽管卷入了一场法律诉讼，仍然能够从一个低级职员手中夺过一封公文撕得粉碎而用不着道歉，用不着考虑后果，这也许是个好兆头。

（由此开始被删掉——译者）

……此时此刻他恨不得在库里希那苍白滚圆的脸上狠狠地抽上两下。虽然他不能这样做，但很想这样做。他恨库里希，不仅恨他，而且恨拉本施泰纳和卡米纳尔。他觉得他向来就恨他们，这种仇恨尽管是在他们出现在毕斯特纳小姐房间里的那一刻变得自觉的，但实际上还要久远得多。最近一段时间，K. 甚至由于这种仇恨得不到发泄而备受折磨。他们都是最低级的职员，K. 几乎没有机会同他们打交道。这帮家伙一钱不值，除了熬年头永远别想升上去，即使是由于干的年头长了往上升一两级，速度肯定也比别的人慢得多，因此几乎不会对 K. 构成威胁。真正让他感到头疼的倒是库里希的愚蠢，拉本施泰纳的懒惰，卡米纳尔那令人恶心的阿谀奉承。K. 要做的唯一一件事就是敦促银行解雇他们。这对他来说易如反掌，他只要向经理说上几句就够了。K. 当然不屑于干这种事，但如果一向公开或隐蔽地同 K. 对着干的副经理站出来袒护这三个家伙，那 K. 也就决不会心慈手软。不过，令人惊奇的是，副经理在这方面倒一反常态，完全站在 K. 一边。

检察官

K. 在银行已经工作多年，不仅善于识别各种人，而且积累了丰富的处世经验。尽管如此，他仍然发现与他坐在同一张桌子旁的都是些有身份的人，并为自己能置身于他们之中而倍感荣幸。这些人几乎都是法官、检察官和律师，除此之外还有几个年轻的法院职员和律师助理。不过，他们都坐在桌子最边上，并且，只有在争论中某个特殊的问题问到他们时，他们才能插上嘴。提这样的问题大多只是为了活跃气氛，逗在场的人发笑。尤其是坐在 K. 旁边的哈斯特勒检察官，最喜欢以这种方式羞辱那些年轻人。每当他把一只长满汗毛的大手摊在桌子中央，向桌子尽头提出一个古怪的问题，并侧过脸去等待回答时，所有的人都屏住呼吸，竖起耳朵，想听听这些初出茅庐的家伙怎样回答。那些无名小卒则要么根本不懂检察官的意思，要么望着面前的啤酒杯发愣，要么喋喋不休地说一些文不对题的外行话，逗得年长的先生们哈哈大笑。直到他们笑够了，不再在椅子上转来转去，他们似乎才感到舒服些。至于那些严肃的专业问题，只有他们才有发言权。

（以上片断在手稿中紧接第七章，开头就写在那一章的结尾后面——译者）

K. 是为了招待一位出任银行法人代表的律师才和这帮人聚在一起的。由于他同这位律师在银行里进行的长时间商谈直到深夜才结束，于是邀请对方到这家饭店来吃夜餐。在主顾桌旁，他看到一群博学多才、声望卓著、在某种意义上极有权势的先生们正在高谈阔论。这些人的业余消遣方式似乎就是为解决那些与日常生活相距十万八千里的难题而绞尽脑汁。K.很少插嘴，但十分高兴能有这样一个机会了解许多他过去不了解的东西。这对他今后在银行里的工作无疑是有好处的。除此之外，他还可以利用这个机会同法院的人建立一些私人联系，这也总是有用的。那些先生看来并不反对K.同他们坐在一起。作为业务上的内行，K.不久就得到他们的承认，他在这类问题上的看法尽管有时也遭到冷嘲热讽，但总是被大多数人所接受。一旦某两位先生在商法问题上产生意见分歧，双方往往都要征询K.的意见。在此后的争论中，甚至非常抽象的论证中，K.的名字会一再被提到。渐渐地，K.了解了许多情况，特别是发觉坐在他身旁的检察官哈斯特勒先生的谈话对他非常有用。检察官也对他十分友好，似乎有意接近他，在此后一段时间里甚至常常陪他回家。只不过K.很久以来就不习惯于同一个男人手挽手地走路了，何况检察官又是那样高大，几乎可以把K.装进自己的大衣口袋。

随着时间的流逝，他们的关系越来越密切，受教育程度、职业和年龄上的差异似乎不存在了。他们来往频繁，仿佛是老朋友。如果说两人的关系中有谁稍占上风的话，那准是K.而不是哈斯特勒，因为检察官的全部知识都在法律方面，对法律以外的事情几乎一无所知。

这种友谊当然很快就被坐在那家饭店主顾桌旁的人注意到了。人们几乎已经忘记K.是怎样混进他们圈子里的。一旦有人对K.坐在他们当中的合法性产生怀疑，哈斯特勒便会站出来为他辩护，而 K. 也可以以哈斯特勒朋友的身份理直气壮地驳斥对方。这样，K. 便在这帮人当中占据了特别优越的位置，因为哈斯特勒不仅有很高的威望，而且大家都惧怕他。他在法律问题上的思维令人叹服，尽管许多先生在这方面并不亚于他，但他为自己的观点辩护时，那副咄咄逼人的气势往往会把人压倒，使人对他产生畏惧。每当他伸出食指直逼对方时，许多人便会退缩。这时，他的对手就会忘记自己置身朋友和同事之中，争论只涉及与现实无关的纯理论问题。这时，他们便会沉默下来，连摇一下头都不敢。如果对手胆敢看哈斯特勒一眼，如果哈斯特勒看到对手因为坐得很远而敢于与他对抗，就会推开盘子，慢慢站起身来朝那人走去。在这种时刻，坐在附近的人都会低下头来避开他的目光。当然，这样的场面很少出现，只是涉及法学问题，特别是与他办过的案子或正在办的案子有关的法学问题时，检察官才会激动起来。如果不触及这类问题，他倒是和蔼可亲，始终面带微笑，专心吃喝。有时他甚至不理会别人，而只和 K. 交谈。他把一只胳膊搭在 K. 的椅背上，小声地打听银行的事，并向 K. 讲述自己的工作以及和他相好的女人。他同女人打交道的时间几乎同在法院工作的时间一样多。在这种场合，他的同事们从未见过他对谁如此亲密过。于是，当他们对哈斯特勒有所求——大多是请求他原谅他们之中的某个人——时，他们往往先请 K. 从中斡旋，而哈斯特勒一般总是看在 K. 的面子上饶过那人。尽管如此，K. 在同这帮人打交道时从不利用他与哈斯特勒的关系，相反，他对任何人都非常谦虚，非常礼貌，并且懂得怎样正确识别这些人职务的高低——这往往比谦虚和礼貌更加重要——然后根据每个人级别的高低区别对待。

当然，在这方面哈斯特勒总是不厌其烦地给他以指导，而检察官本人也始终遵守着这条不成文的规矩，即使在争论中生起气来亦如此。此外，K.对那些坐在桌子尽头的年轻人——对他们来说还谈不上级别——总是使用一种笼统的称呼，似乎他们是一个集体。正因为这样，这些年轻人都十分尊敬K.。当K.十一点钟站起身来准备回家时，竟有一个人走上前来帮他穿上大衣，另一个在K.和哈斯特勒出门时向他们深深鞠躬并替他们打开门。

最初一段时间，K.只是陪哈斯特勒走一段路，或者哈斯特勒送K.一程。到后来，哈斯特勒开始邀请K.到他的住处去坐一会儿。他们于是在一起喝酒抽烟，聊了一个钟头。有几个星期，哈斯特勒尽管留一个名叫海伦娜的女人天天在家过夜，仍然不愿放弃同K.一起度过令人愉快的晚上。海伦娜是个肥胖的、上了年纪的女人，皮肤发黄，披着一头黑色的卷发。头几天K.每次去哈斯特勒家，她几乎都躺在床上，总是在读一本廉价小说。她从来不关心他们的谈话，只是当夜太深的时候才伸伸懒腰，打个哈欠，以期引起他们的注意。倘若这一招不能奏效，她便抓起一本小说向哈斯特勒扔去。每到这时，哈斯特勒便会微笑地站起身来，K.也才会告辞。后来，哈斯特勒对海伦娜开始厌倦了，她对他们的打扰也改变了方式。她总是穿得整整齐齐地等待两位先生归来。她身上那件衣服大约是她所有的衣服中最贵重的，她以为穿上它很漂亮，很合身，但实际上，那只是件旧的、过时了的晚礼服，特别是作为装饰的那几道长长的流苏叫人看了很不舒服。K.从未仔细看过那衣服一眼。不仅如此，他也不愿看那女人一眼，通常总是半闭着眼睛坐在那儿。海伦娜试图引起他们的注意，不停地扭动腰肢在房间里走来走去，有时还故意坐在 K. 的身边，想通过挑逗 K. 来引起哈斯特勒的忌妒。有几次她甚至将她那裸露的、肉滚滚的后背俯在桌子上，脸挨近 K. 的脸，想迫使 K. 睁开眼睛。可惜她这样做，除了吓得 K. 不敢再到哈斯特勒那儿去以外，没有产生任何效果。过了一段时间，当 K. 再次跨进哈斯特勒的住所时，海伦娜已经被打发走了。这天晚上，两人待的时间比过去更长。哈斯特勒提议为他们的友谊干杯。K. 回家时差不多已经喝醉了。

第二天早上，经理请 K. 去商量一些银行业务，谈话中顺便提到他昨天晚上曾看见 K. 来着。假如他没有搞错的话，当时 K. 正和检察官手挽手地走在大街上。经理觉得这件事有点奇怪，并说出了他见到两人的确切地点——这恰恰符合他一贯办事严谨的风格：那是在某座教堂的旁边，附近有一个喷泉。经理讲述这事就好像在描绘一幅幻景。K. 只得解释说，检察官是他的朋友，他们昨天晚上的确曾从教堂边走过。经理对此十分惊讶，微笑着请 K. 坐下。过去，这个体弱多病、经常咳嗽、工作过度劳累的老人曾多次对 K. 的健康和前途表示过关心。据受到过同样待遇的其他同事说，这种关心仅仅是表面的，只不过走走形式而已，其目的无非是想花两分钟时间把那些最有能力的职员紧紧拴住，让他们为银行卖命。但 K. 却不这样认为，每每在这种时刻，他都会被经理亲切的态度所感动。也许经理同 K. 打交道的方式有所不同。同其他人谈话时，他总是保持着一种威严而冷漠的神情，而和 K. 在一起，他就会忘记他们之间地位的差异，像一位长辈对待自己的孩子或一位长者对待一个无知的、不谙世事的年轻人那样语重心长地给予教诲。每到这时，K.内心总是感到一阵温暖。要是换了别人或在别的时刻，K.一定难以容忍对方用这种口气同自己讲话，然而在这种时刻，他却觉得经理的关心是真诚的，是他无法拒绝的。K.也意识到自己这个弱点，也许是因为自己办事情的确有许多幼稚的地方。他的父亲死得很早，所以他从未享受过父爱，而他的母亲差不多是个瞎子，又长期住在一个偏僻的小城市，很少关心他，他也不大需要她的关心。他最后一次去看她，已经是两年前的事了。正因为如此，K.对经理有一种眷恋之情，而今天，这种感情又占据了他的整个身心。

"我对你和检察官之间的友谊一无所知。"经理说，那淡淡的、亲切的微笑使他那严厉的表情缓和了不少。

法院大楼

K.尝试着通过各种方式打听到那家首先对他提起诉讼的法院在什么地方。他这样做开始并没有什么明确的目的。出乎他的意料，他不费吹灰之力就办到了，不光蒂托雷里，连沃尔法特也毫不犹豫地把法院大楼的确切地址告诉了他。后来，蒂托雷里又微笑着补充说，他已制订了一个秘密的、暂时还不能透露的计划，而这家法院在计划中并不重要。他之所以把这一点告诉K.，是因为他受到K.的委托。虽然这家法院是整个庞大的诉讼机构最外围的组织，但被告仍然无法进入。假如他们对诉讼机构有什么要求的话——这种要求当然总是很多的，但提出来并不十分聪明——还得先通过这家最低级的法院。总而言之，被告本人既不能接近诉讼机构，他们的要求也永远无法到达这个机构。

K.已经对画家的性格有所了解，因此并不反驳他，也不再提问，只是点点头，记住他说的话。K.再次感到——他常常有这样的感觉——蒂托雷里在折磨人方面实在不亚于律师，区别仅仅在于，蒂托雷里还没有完全把他握在手心里，如果他愿意，可以随时摆脱画家。另外，蒂托雷里的口不像律师那么紧，甚至有些饶舌，过去比现在更加如此。正因为这样，K.有时也故意采取一些办法来折磨蒂托雷里。

在这件事情上K.就是这样做的。他常常用一种不信任的口气说起法院大楼，似乎蒂托雷里隐瞒了什么，似乎他本人已同那里的某些人建立了什么联系，似乎这种关系还未牢固到某种地步，因此不能泄露。一旦蒂托雷里请他说出详情，K.便岔开话题，很长时间不再提起这事。他为这些小小的成功感到高兴，相信自己对这帮吃法院饭的人已经有了更深的了解，自己已能随心所欲地同他们周旋，甚至能混迹于他们中间。至少，他认为自己已经像这些人一样登上了通往法院的第一级台阶，对法院看得清楚了一些。不过，万一他失去了这一有利位置怎么办？那也不要紧，还有补救的可能。他只需混到那些人中间，他们即使由于身份太低或因为别的缘故无法帮助他打赢官司，至少会收容他，将他藏起来。他已经仔细考虑过了，并在暗地里作了安排，他们无法拒绝以这种方式帮助他，尤其是蒂托雷里，K.现在已经成了他的熟人和主要施舍人。

当然，K.并不会为这种希望所陶醉，一般说来他仍然保持着清醒的头脑，并一再告诫自己不要忽略任何困难或试图越过这些困难。但尽管如此，他有时——往往是晚上下班后在极度疲劳的状况下——也会用白天发生的微不足道的、意义并不明确的事情安慰自己。这种时候他大多躺在办公室的长沙发上——现在，他不在长沙发上躺一个钟头以恢复体力便无法回家——在脑海里把他观察到的景象一幅幅拼接起来。出现在他眼前的并不都是与法院有关的人和事，相反，在半睡半醒的状态下，所有白天看到的人和事都混在一起了。他忘记了法院要审理的案子有千千万万，觉得被控有罪的只有他一人，而其他所有的人都像是法官和法院职员，他们在法院大楼的走廊里乱哄哄地走来走去，连最迟钝的家伙都低着头，下巴抵着胸脯，噘起嘴唇，呆呆地望着面前，作沉思状。格鲁巴赫太太的房客们仿佛结成了一个小团体，总是凑在一起头挨着头地议论什么。他们大张着嘴巴，好像在齐声唱一支控告他的歌。这些人当中有许多是他不认识的，因为 K. 长久以来便不再关心公寓里发生的事了。正因为不认识的人太多，他每次同这帮聚在一起的人打交道时总是感到不舒服。但为了找毕斯特纳小姐，他有时也不得不同他们打交道。他扫了那群人一眼，突然看见一双陌生的、烁烁发光的眼睛正盯着他。他没有发现毕斯特纳小姐。他恐怕自己太粗心了，于是又找了一遍，这次终于看见毕斯特纳小姐了。她站在这群人中间，两边各有一位先生用胳膊搂着她。这一场面并不使他吃惊，因为他曾在毕斯特纳小姐的房间里见过一张她在海滨浴场拍的照片，照片上的情景同现在他所见到的几乎一模一样。尽管如此，他仍然感到很不自在，因此以后再看见这帮人聚在一起时，他便迈着大步匆匆从他们身旁走过。公寓里的每个房间他都了如指掌，那些像迷宫一样的走廊他虽然从未到过，但觉得很熟悉，仿佛那就是他自己住了很久的住宅，里面的每一个细节都异常清晰地刺进他的脑海，并一再浮现在他眼前。一个外国人在前厅里散步，穿着打扮像一位宰牛工，那件用粗布制成的黄色上衣又短又小，紧箍在身上，好似把他拦腰切断。K.好奇地打量着那人，接着又弓起身子溜到他身边，睁大眼睛欣赏起他的衣服来。但那人并未因此而停止散步。K.熟悉那件上衣上的图案，熟悉那些花边，熟悉衣服上的每一道皱褶，但仍看个没够。或者，他早已看够了，或者更确切地说，他根本没兴趣看，但却无法控制自己。"外国人的服装多么稀奇古怪啊！"他一边想一边把眼睛睁得更大。他就这样一直跟在那人身后，直到翻身时脸碰在皮沙发上。

（以下被删掉——译者）

他就这样长时间躺着，体力的确得到了恢复。他虽然仍在思考，但在黑暗中无人来打搅他。他想得最多的还是蒂托雷里。蒂托雷里坐在椅子上，而K.却跪在他面前，抚摩着他的手臂并想方设法讨好他。蒂托雷里看透了K.的心思，却装得似乎什么也不知道，用这种办法来折磨K.。然而，K.心里明白，他最终将实现自己的目标，因为蒂托雷里是个轻率的、没有责任感、很容易被收买的家伙。法院同这种人搅在一起真是无法理解。K.知道，假如法院还有什么薄弱环节的话，只有在这儿才能打开一个缺口。K.决不会被蒂托雷里那无耻的微笑所迷惑，尽管这家伙此刻趾高气扬，目中无人。他毫不懈怠地恳求着，并抬高手臂，抚摩起蒂托雷里的面颊来。这样做他并不觉得勉强，反而感到很开心，因为他是出于逗乐才故意把事情拖长的，他确信自己会取得成功。用计谋战胜法院是多么简单的事！蒂托雷里终于低下头面对着他了，仿佛是某种自然法则起了作用。画家慢慢睁开的眼睛和蔼地望着K.，表明他准备满足K.的请求。他使劲握了握K.的手。K.站起身来，脸上露出庄重的神情，但蒂托雷里讨厌庄重，他一把搂住K.，拉着他走出画室的门。他们来到法院大楼，快步登上楼梯，不过并非一直往上走，而是忽上忽下，K.一点也不觉得费力，他好像坐在一条小船里，在水面上轻轻漂浮。然而，正当K.低头看着脚下，感到这美妙的运动在他奔波忙碌的一生中从未经历过时，在他的头顶却发生了变化。直到目前为止从下面射来的光改变了方向，令人眩晕地从前面闪烁起来。K.抬眼朝上看去，蒂托雷里向他点点头，叫他转过身去。K.发现自己又置身于法院大楼的走廊里，但周围变得安静了，两边的长凳和等待着的人消失了，走廊里空无一物。K.向走廊尽头望去，并挣脱蒂托雷里一直往前走。今天K.穿了一件新的黑色长袍，这衣服又重又暖和。他知道自己发生了什么变化，暗自庆幸他始终没有承认自己有罪。在走廊的一面墙上开着一扇大窗户，窗户旁的一个角落里堆着他过去穿过的衣服，那件黑色的上衣，瘦腿的裤子，最上面是他的衬衣，两只袖子张开，在轻轻地颤抖。

同副经理的斗争

一天早晨，K.觉得自己比平时精神好多了，身体也强壮了。他几乎不再想法院的事，偶尔想起，也觉得那晦暗一片的庞大机构在某个隐蔽的、藏而不露的部位轻轻一击便能连根拔除并打得粉碎。在这种出色的精神状态中，K.甚至想邀请副经理到他的办公室来，商量一下积压下来的业务问题。在这种场合，副经理每每装出一副若无其事的样子，似乎他和 K. 的关系最近几个月丝毫没有恶化。他不露声色地来了，像往常同 K. 争风吃醋时一样，静静地听着 K. 的讲述，并不时以 K. 熟悉的、表面上十分友好的口气插一两句话，表示他对这些问题的关心。使 K. 迷惑不解的是，他有意无意地抓住某些业务上的主要事情不放，以坚韧不拔的劲头不让 K. 转移话题，而 K. 却无视这种高度的责任感，一再试图将谈话引导到与此无关的方面去。于是，谈话最后变成了副经理的业务演说。有一次，K. 甚至发觉副经理突然站起身来一声不吭地回到自己的办公室。K. 不知道发生了什么事，或许谈话应该结束了，也可能副经理对谈话内容不满意不想再谈了，或者，K. 无意中伤了副经理的自尊心，再有一种可能是，副经理发现 K. 并没有听他说话，而是在想着别的事情。甚而至于，K. 也许在副经理的诱导下做了什么错误的、可笑的决定，副经理急不可待地要利用它去损害 K. 的声望。K. 不愿去想这些，反正后果已经造成了，再也无法挽回。副经理那边看不出有什么动静，暂时也似乎没有什么不对劲。不过 K. 决不会为这一次谈话失败而吓倒，一旦有了合适的机会，K. 的精力得到恢复，他就要走到副经理办公室的门边，主动跟他谈话或邀请他去自己的办公室谈话。K. 没有时间像过去那样躲着副经理了。他对于很快取得决定性的成功，从而一劳永逸地摆脱所有的忧虑，并恢复同副经理旧日的关系不再抱任何希望。K. 已经认识到，他决不能让步。倘若他退缩，副经理便会像事实证明的那样得寸进尺。不能让这家伙认为 K. 已经屈服，带着这种幻想安安稳稳地坐在办公室里。他得让副经理心里感到不踏实，得让他常常晓得，K. 还活着，即使今天对他构不成威胁，有朝一日将会以新的能力使他大吃一惊。虽然 K. 有时对自己说，他使用这种方法只不过是为了维护自己的荣誉罢了，其实对他自己并没有好处，相反，会把自己的弱点一再暴露给副经理，加强对方的安全感，并使对方有观察自己并根据情况随时改变策略的可能，但 K. 无法左右自己的行为。他已经陷入了自我欺骗的境地，有时甚至坚信，现在是他无忧无虑地和副经理较量的时候了。那些不幸的经历并未使他吸取教训，他认为即使第十次尝试失败了，第十一次一定会成功。而实际上，这场较量始终对他是不利的。每次他同副经理谈话之后都筋疲力尽，浑身大汗，脑袋里空空，不知他当初这样做的时候究竟抱的是希望还是绝望。然而下一次，他又满怀成功的希望急急忙忙走到副经理办公室的门口。

（以下段落从开始直至"安排几件特殊任务，他就一定能办到"被删掉——译者）

这天早晨这种希望特别强烈。副经理慢吞吞地走进 K. 的办公室，一只手按在额头上抱怨头痛。K. 开始想打听一下副经理头疼的原因，后来想了一下便立即开始谈业务，连问也没问一下副经理究竟为什么头疼。也许是副经理头疼得不怎么厉害，也许是对业务的关心使他忘记了头疼，反正副经理在谈话过程中放下了按在额头上的手，并且像往常一样果断而不假思索地回答 K. 的问话，好似一个模范学生回答老师的问题一样。K. 这一次完全可以应付，有几次甚至能反驳副经理的看法，但副经理头疼的事一再妨碍他集中精力，仿佛那头疼不是副经理的不利之处，而是有利的因素。瞧他的忍耐力有多强，竟能忍住头疼侃侃而谈！有时他甚至无缘无故地微笑起来，好像在夸耀他的头疼。他心里想的当然是另一回事。他们表面上似乎在谈业务问题，内心却进行着另一种对话，在这种对话中副经理虽然并不否认他有头疼，但却一再强调，这种疼痛并不怎么厉害，和 K. 常患的那种完全不同。K. 本想反驳他，但副经理那若无其事的神态使他无话可说。与此同时，副经理的表现也给了他一个榜样，他也能把业务工作之外的忧虑深藏在心底。只要他以更大的精力投入工作，在银行里推行一些新措施——他近来一直在考虑这事——通过访问和出差重新巩固他同客户们已经有些疏远了的关系，经常向经理汇报并请求他给自己安排几件特殊任务，他就一定能办到。

今天的情况同样如此。副经理立即来到他的办公室，但却站在门边擦着他的夹鼻眼镜——这已经成了他最近一个时期的习惯——先打量了一下 K.，然后又仔细看了看屋里，表面上似乎是利用这个机会检查一下自己的视力，实际上是在不露声色地猜度 K. 的用意。K. 在他的注视下并未退缩，甚至还微笑着请副经理坐下。他自己则坐在他的靠背椅上，并把椅子拉得尽量靠副经理近一些。然后，他从桌上拿起必要的文件，开始谈自己的意见。一开始，副经理好像根本没注意听，而在研究 K. 的办公桌。办公桌周围有一圈低矮的栏杆，栏杆由一根根雕花的柱子组成，整个桌子做工十分精细，栏杆也很牢固。可是，副经理却突然用食指敲了一下栏杆，仿佛发现一根柱子松动了，他想把它敲紧似的。K. 刚想停下来，副经理便殷切地请他往下讲，并解释道，他听得很仔细，完全明白 K. 的意思。由于 K. 暂时尚未征求他的具体意见，副经理掏出一把小刀，并拿起 K. 的尺子，试图把那根柱子拔出来，然后再把它按进原来的地方，使它更加牢固。K. 今天将提出一条新建议，本来想以此引起副经理的意外，给他一个突然打击。现在，他就要谈到这个建议了。他不想停下来，也无法停下来，因为，他此刻沉浸在一种自我陶醉之中，他对自己的工作感到满意。往日的自信又回到了他的身上，而一段时间以来，这种自信已经丧失得差不多了。他在银行里还是有影响，有威信的，他的思想仍然敏锐而清晰，完全可以为他出色的工作能力辩护。也许这种为自己辩护的能力不仅可以用在银行事务上，而且能运用到自己的案子中。自我辩护是最好的辩护，比其他任何方式都好。在这种思想状态下，K. 完全没有时间把副经理的注意力从那根栏杆柱子上拉回来。只有两三次，他一面宣读他的建议，一面用空着的手下意识地摸了摸写字台的栏杆，仿佛想让副经理停下那毫无意义的工作，仿佛想告诉他，栏杆并没有毛病，即使有毛病，也可以以后再修理，现在更重要的是听听 K. 的新建议，否则就太不成体统了。可是，像许多从事脑力劳动的人一样，副经理对手工活似乎表现出特别的兴趣，当真把那根栏柱拔了出来。现在，他又试图把柱子重新塞进原来的洞里去。这可比将它拔出来要困难多了。他不得不站起来，用双手抬起桌面，并试图将那根柱子压进去。然而，尽管他使尽全身力气，那柱子仍然不听使唤。K. 在读他的建议时，模模糊糊地觉得副经理似乎站了起来。虽然对方一直在他的视线以内，但他完全没注意到对方在干什么，只觉得这动作与他的建议有某种联系。于是，他也站起身来，用手指指着一个数字，将那份书面建议递给副经理。副经理这时认识到只用两只手还不足以把那根柱子压回去，便把整个身体压在写字台上。这回他成功了，那柱子吱吱地响着回到原来的位置，不过接着它又咔的一声折成了两段。"这木头太糟了。"副经理恼怒地说。

断片一则

他们走出剧院时，天下起了毛毛细雨。乏味的剧情和糟糕的表演使 K. 感到非常疲倦。一想到还得给叔叔安排住处，他的情绪更加低沉。今天晚上，他本来想去找 F.B[①] 的，说不定她愿意再和他谈一次。叔父的到来把他的这个计划给毁了。乘夜班车回去当然还来得及，但叔叔对 K. 的案子这样关心，劝他今天就回去看来没有什么希望。尽管如此，K. 还是得试一试。"叔叔，"他说，"过几天我恐怕真的需要你的帮助，不过到底是什么样的帮助，我还没想好。无论如何，我得请你帮忙。""你只管放心，"叔父说，"最近我一直在想怎样才能给你帮上忙。""你还是老样子，"K. 说，"只是我担心，过几天要是我再让你到城里来，婶婶会生气的。""你的事情更重要，即使她生气也没什么。""我可不这样想，"K. 说，"不管怎样，我不想不必要地让你和婶娘分开。我可能很快又得让你来，你不想暂时先回去吗？""明天就走？""是的，明天就走，"K. 说，"或者，现在就乘夜班车回去，这样更舒服。"

---

① 可能指毕斯特纳小姐，此处仅是缩写。——译者

二 手稿中作者自己删去的部分

〔1〕看来审讯只进行一会儿，K.想，应该允许他们威风一阵子。我要是知道是哪个机构在一件对它来说毫无成功希望的事情上如此虚张声势就好了。这一切的确是虚张声势，用三个人来对付我，把两间房间搞得乱糟糟的，角落里还站着另外三个年轻人，乱翻毕斯特纳小姐的照片。

〔2〕有人对我说——是谁说的我记不清了——一个人要是早上醒来，发现所有的东西像头天晚上一样至少大部分还在原来的地方，那就谢天谢地了。这至少说明，他在睡梦中并没有受到监视。因此，那人说得很对，在睁开眼睛的那一刻必须有绝对清醒的头脑，或者更确切地说，必须立即驱散睡意，以确信头天晚上放的东西的确还在原来的地方。醒来的一刹那因而是一天中最危险的时刻，假如他熬过了这一刻，没有被人从床上拖走，那他一整天就平安无事了。

〔3〕您应该明白，下级职员总是比他们的上司知道得更多。

〔4〕他这样做会不会同样给了他们一个观察自己的机会呢？要知道他们很可能接受了这样的任务。但他觉得这个想法太可笑了。他把手按在太阳穴上，想使自己清醒一些。"再有几个这样的想法，"他自言自语地说，"你就成了地地道道的傻瓜。"他那有点沙哑的声音是那样响，叫他吓了一跳。

〔5〕在公寓大门外有一名士兵迈着均匀而有力的步伐走来走去。如此说来，他们到底还是安排了一名看守。为了看清那名士兵，K.不得不把头远远伸出窗外，因为士兵是沿着墙根来回走的。"哈啰！"他朝那人喊，但声音不大，那人没听见。然而，不久K.便发现，那名士兵是在等一个年轻女仆，刚才她去对面一家饭店买啤酒，这会儿正从灯火辉煌的饭店大门里走出来。K.问自己，他们会不会因为怕他逃跑而给他安上一个看守呢？他无法回答这个问题。

〔6〕"您真叫人无法忍受，谁也不知道您的话是认真的还是开玩笑。""这样说并不是完全不对，"K.说，同这个漂亮的姑娘聊天，他感到很愉快，"也有一定的道理。我认真不起来，所以只能用开玩笑的方式谈严肃的事，用严肃的口气来开玩笑。不过，我被捕了，这可是千真万确的。"

〔7〕社会主义集会（手稿中改为"地方性政治集会"——译者）。

〔8〕K.只看见她那件没扣扣子的上衣滑到了腰部，一个男人把她拉到靠门的角落里，紧紧搂住她只穿内衣的上身。

〔9〕K.刚想抓住那女人畏畏缩缩地伸过来的手，大学生的话却引起了他的警觉。这家伙原来是个饶舌而自负的傻瓜，K.或许能从他嘴里探听出对自己提出起诉的确切原因。如果K.知道了原因，肯定就会不顾手可能受伤，立即猛击一拳把整个官司打得粉碎，让所有的人大吃一惊。

〔10〕是的，甚至可以肯定地说，即使K.用钱贿赂他，他也不会接

受这个建议的，因为那样一来，他就有可能被控双重失职。而作为被告，K.的案子一天不结束，便一天会受到保护。

〔11〕但姑娘对这种称赞未作任何表示，甚至好像没听见一样。叔叔说："也许吧。不过我还是得给你找一位护士。如果你觉得她不称职，还可以解雇她。别让我失望，你总得试一试。在这样的环境，在死一般的寂静中，你的身体只会越来越糟。""这儿并不总是这样寂静，"律师说，"只有我不得不用护士时，我才会接受你的好意。""你必须接受。"叔叔说。

〔12〕一张办公桌几乎占据了整整一面墙。办公桌对着几扇窗，律师平时一定是背对着门办公的，因此，一个来访者首先得穿过整个屋子才能看得见律师的脸。倘若律师情绪不好，不想转过脸来看人，来访者就会觉得自己像个贼。

〔13〕不，K.决不希望自己吃官司的事传得尽人皆知，因为那样一来，人们即使不会像法官那样盲目而匆忙地给他定罪，至少也会想方设法使他丢脸。那样做是很容易的。

〔14〕房间里一片漆黑，也许是因为窗上蒙着厚厚的帘子，从外面透不进一丝光。刚才一溜小跑使K.有些喘。他想也没想便向前跨了几步，但接着又停下来。他不知道自己究竟在房间里哪个地方。律师似乎睡着了，K.听不见他的呼吸声，因为，他睡觉时习惯于完全钻进被子里面。

〔15〕……从那时起，我作为一名被告就仿佛在等待生的希望……

〔16〕您没有开诚布公地同我谈过，从来没有，因此，如果您认为

您被误解，那也怨不着别人。我从来不隐瞒我自己，因此不怕别人误解。您硬要做我的案子的代理人，并许诺打赢这场官司，而我现在觉得，您根本没有尽力，您没认认真真做过一件事，而且还要隐瞒真相，阻止我亲自干预。这样做的目的在于有朝一日在我不知情的情况下宣布对我的判决。我即使不说您有意如此……

〔17〕K. 忍不住想嘲笑布洛克。列妮的手由于被 K. 抓住，此刻便乘他不注意的时候胳膊肘撑在椅背上轻轻地摇晃起来。K. 一开始没有理会，而是望着布洛克轻轻地掀开被子一角，寻找律师的手，显然准备吻它。

〔18〕K. 猜不透意大利人究竟在说什么，只觉得——至少暂时觉得——他的声音仿佛是喷泉里的水落下时发出的响声。

〔19〕说完这句话，他沉默下来。他注意到，他根本没读过那段叙述了这个故事的法律引文，也不知道对它的解释出自何处，却冒冒失失地发表了对故事的看法，甚至对它作了判断。他被引导到完全陌生的思路上去了。难道说，神父像所有的神职人员一样，只管对 K. 的处境作一番模糊的暗示便不再吭声，而不顾 K. 是否被引入歧途吗？想到此，K. 不知不觉忘记了手上提着的灯。灯冒出了黑烟，直到熏着他的下巴他才发觉。他想把灯拧小一些，但它却熄灭了。他站在那里，四周一片漆黑。他不知道自己现在在教堂里的什么地方。由于他身边也没有一点响动，他于是问：“你在哪儿？”“在这儿，”神父说，并抓住 K. 的手，“你为什么要把灯熄掉？来

吧，我带你到圣器室去，那儿有灯。"

K.很高兴离开了教堂大厅，那高大、空旷、一眼望不到尽头的大厅使他感到压抑。过去，他常常望着那高不可测的穹隆，心想它到底有什么用，每次都觉得黑暗从四面八方向他涌来。他的手被神父拉着，他跟着神父来到圣器室。

圣器室里亮着一盏小灯，比K.刚才提的那盏还要小。它挂得很低，几乎只照亮圣器室的地面。圣器室虽然很小，但天花板几乎与教堂大厅一样高。"到处都这样黑。"K.说，并用手揉了揉双眼，似乎由于睁大眼睛辨别方向而感到疼痛。

〔20〕他们的眉毛仿佛是安上去的，每走一步便上下抖动一下。

〔21〕他们穿过几条上坡路，路旁每隔一段距离就有几个警察站着或来回巡逻，有时离他们很近，有时离他们很远。一个大胡子警察手握国家托付给他的腰刀的柄，好像有意走到一群有点可疑的人面前。"国家给我提供了这个人的帮助，"K.在一位同行者耳边悄悄说，"假如我用我的案子来影射国家法律会怎么样？下一次我也许会在国家面前为二位先生辩护的。"

〔22〕（正文结尾处被删掉的部分——译者）

……是不是有人提出了过去被忽略了的、然而有利于他的论点？这样的论点肯定应该有。世界上的逻辑是不可动摇的，但它抵挡不住一个想活下去的人。法官在哪里？最高法院在哪里？我有话要说。我举起手来了。

现代人的困境

《诉讼》作为卡夫卡三部长篇小说之一，不但是他最重要的作品，而且是最能反映他的创作思想和写作风格的作品。这部小说断断续续写于1914至1918年，直至卡夫卡1924年去世仍未完成，只是在他去世一年之后，才由他的朋友马克斯·布罗德整理出版。

《诉讼》的德文原名为"Der Prozess"，在德语中，这个词的基本意义为"过程"，用在法律上转义为"诉讼"，即一个案件或一场"官司"——从起诉到判决——审理的全过程，而事实上，此书所讲述的也的确是主人公约瑟夫·K.所涉"官司"的完整经过：从他30岁生日那天被捕开始，直至31岁生日前夕被处死，整整一年内发生的事情。在这一年的时间里，约瑟夫·K.虽然名义上被捕，但并未失去自由。自认为无辜的他不停地奔走，寻找，呼号，试图向审理他的案件的法庭和法官打听自己究竟犯了什么罪，并为自己作无罪辩护。但一切努力都是徒劳和无意义的，那个所谓的法庭始终隐藏在黑暗之中，K.虽然可以处处感觉到它的存在，却始终无法看到并触摸到那威胁他的阴暗的力量。

《诉讼》问世后在世界范围内产生了广泛而深刻的影响，被奉为现代派文学的经典。它描写了一个小人物在落入现代社会固有权力结构的罗网后的悲剧性命运，以及所感受到的巨大困惑、无助和惶恐，揭露了现代社会中小人物的精神困境：他们始终生活在恐惧之中，被一种阴暗、陌生、强大的力量所控制，既无法摆脱又无力反抗，这股力量无时无刻不在威胁着他们，并好似一架庞大的碾压机，最终将他们碾得粉碎。

此书第九章"在大教堂里"中，神父向约瑟夫·K.讲述的那个寓言故事常常被抽出来，冠以《在法的门前》的标题单独发表。应当说，这个寓言以点睛之笔道出了这部小说的主题：现代法律和它的执行者——法庭——本来是正义的体现，应该服务于所有人，特别是为无权无势的普通人主持公道，然而，在卡夫卡笔下的现代社会里，它们却蜕变为统治的工具和权力的帮凶，成为一种少数人压迫大多数人的工具，所谓正义、公平公正完全变成了谎言。无权无势的小人物想要得到公平公正简直比登天还难。寓言中那个想要见法的乡下人在法的门前等待了一辈子，但直到老死都未能获准进入法的大门，法（即正义）对于他，对于一个普通老百姓而言永远遥不可及。

在这部小说的结尾，约瑟夫·K.即将被处死的时刻，有一段描写：采石场边一幢房子最高层一扇窗户蓦地打开，"窗里出现一个模糊、细瘦的身影。突然，他把身体探出窗口，双臂远远地伸向前方。他是谁？［……］他只是孤零零的一个人？还是整个人类？"这段描写是意味深长的，作者意在暗示，约瑟夫·K.的命运绝不仅仅是一个人的命运，而是整个人类的命运。

章国锋

汉译文学名著

第二辑书目（30 种）

图书在版编目(CIP)数据

诉讼/(奥)弗兰茨·卡夫卡著;章国锋译.—北京:
商务印书馆,2022
(汉译世界文学名著丛书)
ISBN 978 - 7 - 100 - 20695 - 2

Ⅰ.①诉… Ⅱ.①弗… ②章… Ⅲ.①长篇小说—
奥地利—现代 Ⅳ.①I521.45

中国版本图书馆 CIP 数据核字(2022)第 026178 号

汉译世界文学名著丛书
诉讼
〔奥〕弗兰茨·卡夫卡 著
章国锋 译

商 务 印 书 馆 出 版
(北京王府井大街36号 邮政编码100710)
商 务 印 书 馆 发 行
北 京 中 科 印 刷 有 限 公 司 印 刷
ISBN 978 - 7 - 100 - 20695 - 2

2022 年 3 月第 1 版　　　开本 850×1168　1/32
2022 年 3 月北京第 1 次印刷　　印张 7¼
定价:35.00 元